文治
© wénzhì books

更好的阅读

少年日记
杀人事件

[日] 歌野晶午 著

赵建勋 译

图书在版编目（CIP）数据

少年日记杀人事件 /（日）歌野晶午著；赵建勋译. 广州：广东旅游出版社，2025.7. -- ISBN 978-7-5570-3591-4

Ⅰ. I313.45

中国国家版本馆 CIP 数据核字第 2025JU5656 号

著作权合同登记号　图字：19-2025-124 号

ZETSUBOU NOTE
by SHOGO UTANO
Copyright © 2012 SHOGO UTANO
Original Japanese edition published by GENTOSHA INC.
All rights reserved
Chinese (in simplified character only) translation copyright © 2025 by Beijing Xiron Culture Group Co., Ltd.
Chinese (in simplified character only) translation rights arranged with GENTOSHA INC. through BARDON CHINESE CREATIVE AGENCY LIMITED

少年日记杀人事件
SHAONIAN RIJI SHAREN SHIJIAN

出 版 人：刘志松
责任编辑：李　丽
责任技编：冼志良
责任校对：李瑞苑

广东旅游出版社出版发行
地址：广州市荔湾区沙面北街 71 号首、二层
邮编：510130
电话：020-87347732（总编室）　020-87348887（销售热线）
投稿邮箱：2026542779@qq.com
印刷：三河市中晟雅豪印务有限公司
（地址：三河市泃阳镇错桥村）
开本：880 毫米 ×1230 毫米　1/32
字数：246 千
印张：9.5
版次：2025 年 7 月第 1 版
印次：2025 年 7 月第 1 次印刷
定价：59.00 元

【版权所有　侵权必究】

如发现图书质量问题，可联系调换。质量投诉电话：010-82069336

目 录

照音的灵魂	001
请看我一眼（Look at Me）	002
妈妈（Mother）	028
神（God）	055
噢，洋子！（Oh, Yoko!）	093
血染星期天（Sunday Blood Sunday）	107
我知道（I Know）	153
我心何处（Scared）	170
怎么办？（How?）	185
你能否安然入眠？（How Do You Sleep?）	221
啊，对不起！（I'm Sorry!）	228

请告诉我真相（Gimme Some Truth）	231
约翰挺住（Hold on）	250
心智游戏（Mind Games）	259
爱（Love）	262
从头再来（Starting over）	266
想象（Imagine）	271
原始尖叫（Primal Scream）	289
梦之梦	295

解说	296

照音的灵魂[1]

约翰·列侬[2]说：神只是人类衡量痛苦的一个概念。

大刀川照音对此深有体会。

他觉得人生的一切都走到了尽头。

在学校里抬不起头，回到家里喘不上气，成绩上不去，运动不擅长，脸长得像哈巴狗，身材矮小，瘦骨伶仃，还有极度的社交恐惧症，说话断断续续连不成句，说点儿什么话都会惹全班同学哄堂大笑。未来一片渺茫，陷入绝望的他不知多少次向神祈祷：给我哪怕一丁点儿幸福吧！

但是，什么都没有改变，神一次都没有帮助过他。

所以，他在一个新笔记本封面上写下了"绝望"二字，每天祈祷神的降临，祈祷他绝望的灵魂获得救赎。

---

[1] 本书除了第一章标题模仿约翰·列侬的第一张专辑 Plastic Ono Band（日文意译《约翰的灵魂》，中文直译《塑胶洋子乐队》），倒数第二章标题《原始尖叫（Primal Scream）》是约翰·列侬采用过的一种精神疗法外，第二章到第十章标题均取自约翰·列侬的歌名，均按日文意译成中文。为了方便读者查阅，英语原文放在各章标题后面的括号内。本书脚注均为译者注。

[2] 约翰·列侬（1940—1980），英国男歌手、音乐家、诗人、社会活动家。他的妻子小野洋子（1933— ）是著名的日裔美籍音乐家、先锋艺术家。

请看我一眼
(Look at Me)

4月9日 星期一

约翰·列侬说：神只是人类衡量痛苦的一个概念。

我要说得更明确一点儿：神根本就不存在！

整个春假①期间我都在祈祷：

给我换个班，让我离开那个叫是永雄一郎的家伙，离开庵道鹰之和仓内拓也吧！

我每天都在祈祷。

可是开学一看，新学期还是跟是永一个班，跟庵道和仓内也是一个班！

所以我明白了——

神根本就不存在！

要是有谁还说神存在的话，就请再给我一次机会吧！

神也好，佛祖也好，如果你们真的存在，就把是永、庵道、仓内都杀了！

4月10日 星期二

电视上是这么说的：

---

① 日本的新学年始于每年4月。有暑假、寒假、春假三个假期，相应地也就有三个学期。

全世界啤酒消费量是一年一亿七千万千升,如果用东京巨蛋①那么大容量的啤酒杯装,要装一百三十七杯。

什么?

谁能做出东京巨蛋那么大的啤酒杯来呢?还要往里面倒啤酒!真不敢想象。其实我根本没去过东京巨蛋,而且,就算把啤酒运到东京巨蛋,要往哪里倒呢?只能倒在球场上吧?也得倒在观众席和队员休息的地方?那不得流到洗手间里去,流到下水道里去?打个比方容易,要解释清楚就太难了。

这个世界上无感的人太多了,大人也看不到事物的本质,就是这些人把社会弄得不成样子。绝对是这样。

4月11日 星期三

世界上哪有什么神呀。

是永、庵道、仓内,不是都还欢蹦乱跳的吗?

这是最后一次,真的是最后一次,神啊,给你最后一次机会。

如果你不动手,我就要动手了!神!给我杀了他们!

4月12日 星期四

一进学校,就在我的鞋箱②里看到一个信封。薄薄的,粉色镶边,正反面都没写名字。

明知这是恶作剧,但我还是抱着一线希望打开了信封。我真是个大傻瓜!

"去死吧!愚蠢的家伙!该死的东西!从这个世界上消失吧!到

---

① 东京巨蛋,位于日本东京都文京区,是一座观众席有五万五千个座位的体育馆,日本职业棒球读卖巨人队的主场,也举办篮球、美式足球等比赛。
② 日本高中以下的学校,为了保持校内卫生,学生进入学校前要把自己的鞋子脱掉放在鞋箱里,换上统一的拖鞋。

地狱里去！把你碾成粉末！傻瓜！蛆虫！癌细胞！"

我应该知道的呀！上小学时这种东西就经常出现在我的鞋箱里，我干吗不直接扔进垃圾桶呢？怎么就不长记性呢？

我知道这是谁干的！王八蛋们，都去死吧！

4月13日 星期五

是永今天还在，庵道和仓内也没死。

我也活着呢。

神果然不存在。

4月15日 星期天

地狱般的一周又要开始了。

每周实际只有五天去学校，但我觉得比十天，不，比一个月还长。而周六和周日一眨眼就过去了。

不想去学校。

可一到早晨就醒了，我今天也会像往常一样起床、穿衣服、吃早饭，然后走出家门去学校吗？

如果到早上都没睡着，如果起床后头疼，如果吃着早饭吐了，如果刷牙时头晕，如果穿鞋时呼吸困难倒在门厅，就不用去学校了。可是，我不发烧，胃也不疼，什么毛病都没有。

明明这么不想去，可是为什么连一点儿小病都没有？为了感冒，我睡觉时甚至故意不盖被子，可就是不感冒，嗓子一点儿都不疼。难道说我不想去学校是假的？

绝对不是！我不想去，真的不想去！

就撒谎说不舒服吧。

可是……

疼痛是只有本人能感觉到的，父母也好，医生也好，谁知道我疼不疼呢？

可是……

装病是不行的。

小学四年级时装病被父母发现，从那以后，我就是得了重感冒他们也不再相信。二月里三连休时我发高烧，他们说我摩擦了体温计，根本不带我去医院。幸亏家里的小药箱里有退烧药，不然得烧死我。为什么偏偏在三连休时生病呢？

装病是过不了父母这关的。

不仅如此，我觉得装病并不光明正大，使用这种卑劣手段，等于跟是永他们同流合污。

眼下最明确的是，清晨马上就要来临，地狱般的一周又要开始了。

4月16日 星期一

"拿钱来！"

是永把手伸过来。我瞥了他一眼，低下头看书。

他的手从面前划过，揪住了我的耳朵。我使劲摇脑袋，摆脱了。

"哎哟，这小子，到叛逆期了？"

他龇出黄色的龅牙，围在我身边的庵道和仓内也不怀好意地笑起来，我继续低头看书。

"你什么时候开始这么横了？"是永说着把小说抢了过去。

"还给我。"我抬起头来盯着他。

"还给我——"是永扭着屁股，娇滴滴地重复我的话，庵道和仓内拍着手起哄。

"把书还给我！"我把手伸向是永。

"把书还给我——"是永一边扭动身子，一边把书举过头顶，然后重重地摔在地上。

我坐在椅子上弯下腰去捡，手指刚触到封面上的那只猫，是永的左脚就踩了上去。

我忍着痛,深吸一口气,在呼气的同时,把一口唾沫吐在了他的拖鞋上。

"干什么!"

是永大喊起来。他右脚站着,左脚拼命地甩动,大概是想把唾沫甩掉吧,真滑稽。

"笑什么笑!宰了你!站起来!"

我把书捡起来,右手轻轻拍掉上面的灰尘,又吹了吹被踩痛的手指。

"你个王八蛋……"是永把右臂收至腰间,以迅雷不及掩耳之势,照着我脑袋就是一拳。我头一偏,他打空了,整个人扑倒在课桌上。眼看他就要跟课桌一起倒下去,我把课桌顶住了。没想到这家伙完全不懂知恩图报。

"你个王八蛋……"

他狠狠地踹了课桌一脚,伸出左手抓住我的衣襟,收回了右拳。我讨厌他抓我的衣服,身上这件衬衫还是星期天刚买的。

我双手抓住他的左手,向右拧九十度,顺势将手腕推向他的身体一侧,弯腰用肩膀顶住他的肚子,再一挺腰,把他挑了起来,整个过程只花了0.1秒。

那身高180厘米、体重80公斤的巨大身躯瞬时腾空,紧接着后背着地,重重地摔在了刚打过蜡的地板上。是永狼狈地张着嘴巴,呆呆地望着天花板,喘不上气来,哀号着。他是屁股先着地的,肯定不会骨折,而且他还年轻,不出三天,身上的淤青都会消失得无影无踪。

我拍打着衬衫的衣襟,查看扣子是否被揪掉。还好,一个也没掉。小说封面上还留着拖鞋的鞋印,我使劲拍半天也拍不掉。

话说回来,打人是不对的,是最恶劣的行为,虽说不得不诉诸武力,属于正当防卫,但还是觉得有点儿不应该。

我低着头回到座位上，连忙翻开小说，回到故事中去。

是永还四仰八叉地躺在地板上，庵道和仓内不知跑到哪里去了。

"大刀川君！"

身后有人叫我，莫非又来捣乱了？回头一看，原来是同班女生国府田。

"对不起，影响你看书了吧？"

国府田举起右手放在嘴边，满脸歉意地小声说。

"没有没有。"

我合上书，换上亲切的笑脸。

"这个嘛……"

"你说，你说。"

"今天你有空吗？"

国府田的声音更小了。今天这是怎么了？她跟我说话毕恭毕敬的。

"嗯——倒也说不上有空，还有三节课呢。"我故意这样说道，说完两手交叉放在了后脑勺。

"我指的是上完课，放学后。"

"有俱乐部活动。"

"是——吗？"国府田失望地叹了口气。

"不过嘛，我是'放学就回家俱乐部'的，哈哈！"

"什么？你……"国府田噘起嘴。

我夸张地双手抱住脑袋。

"放学后有什么事啊？"

"嗯……"

"什么事啊？"我追问。

"你要是有空的话……"

"有空的话？"

"我想请你教我读课外书，比如推荐一些书给我。大刀川君不是读过很多书吗？咱们一起去书店或图书馆也行，如果你有空的话。"国府田用很快的语速，前言不搭后语地说完，羞涩地低下了头。

"好呀！"

我痛快地答应了，使劲点了点头，脉搏剧烈跳动，一分钟至少160次。

"那我们放学后……"国府田脸颊通红，腼腆地笑了，大概是感到不好意思了吧。

"好的，放学后……"我轻轻举起右手。

国府田也举了一下右手，然后转过身去，拖鞋底蹭着地板，滑冰似的悠然而去。我听见她轻声哼着歌。

另一边，传来令人恶心的呻吟声。我扭过头去，是永总算翻过身来。看样子摔得不轻，他像狗一样，爬着从两排课桌之间退了场。

这样的事，不只是在睡前想，时时刻刻我都在想，而且模拟得天衣无缝。

但是，早上醒来，去了学校，等待着我的是完全相反的现实。

每天被叫"随地小便"，被抢走书，被吐唾沫，被重重摔在地板上……像棕熊一样的是永每天鄙视和威胁我，可我一句话都不敢说。他比我重一倍，将他摔个四脚朝天绝不可能。我没练过合气道或巴西柔术，而国府田恐怕连我的后背都没看过一眼。

真希望能像小说里那样冷冻睡眠，三十年后醒来时，我还是十四岁，但是永已经是四十四岁的大叔。我不会跟他有任何接触，那时的我会以全新的心情享受中学生活。

为什么不能冷冻睡眠呢？小说里写到1970年就能完全实现冷冻睡眠，可十年过去了，连有人做这种试验我都没听说过。

小说有时会让人失去梦想。

4月17日 星期二

"保罗·罗杰斯说过,不,大概是约翰·保罗·罗杰斯吧,名字无所谓啦,总之他说过,世界上只有两种摇滚吉他手,一种是杰夫·贝克[①],一种是杰夫·贝克以外的人。"

吃晚饭时,喝得醉醺醺的丰彦摇头晃脑,喋喋不休,他宣称除了约翰·列侬,他还知道杰夫·贝克。

"杰夫·贝克和约翰·列侬也不是没有关系的哟。杰夫·贝克的最高杰作和1975年的专辑 Blow by Blow(《步步为营》),对了,也许这首歌才是他的最高杰作,还有第二年发表的专辑 Wired,这两部作品的监制是乔治·马丁。说起乔治·马丁,我们都知道,他监制了披头士几乎所有的音乐作品,被称为'披头士第五人'。还有,Blow by Blow 里的第二首歌曲 She's a Woman(《她是个女人》),是披头士专辑的封面。还有还有,1998年,乔治·马丁以自己的名义发表了致敬披头士的专辑 In My Life(《在我生命中》)。在这张专辑里面,杰夫·贝克演奏的是 A Day in the Life(《生命中的一天》),全部主题都是约翰·列侬的作品……"

没完没了,不是感动,而是揶揄。接下来丰彦又絮絮叨叨了半个小时,他爱说什么就说什么吧,最让人讨厌的是他的措辞。

"摇滚吉他手分为两种,一种是杰夫·贝克,一种是杰夫·贝克以外的人。"

多么机敏的措辞啊!恐怕不只是保罗·罗杰斯,世界上有多少能像他那样勉强把人分为两部分的说法呀!

"人有两种类型,一种是被女人喜欢的人,一种是不被女人喜欢的人。"

"人有两种类型,一种是会说英语的人,一种是不会说英语

[①] 杰夫·贝克(1944—2023),英国吉他演奏家。

的人。"

"人有两种类型，一种是在舞台上表演的人，一种是为他们鼓掌的人。"

"人有两种类型，一种是会用电脑的人，一种是不会用电脑的人。"

"人有两种类型，一种是总赢的人，还有一种是总输的人。"

存在于地球上的几十亿人，难道只能分成两类？如果一类是1，另一类是0，那么，0与1之间的0.2、0.849怎么办？

装出一副什么都懂的样子越说越带劲，一点疑问都没有似的越听越带劲，跟啤酒可以装满一百三十七个东京巨蛋的说法没有任何区别。正因如此，人才会被骗去投资，才会陷入邪教陷阱。都是大傻瓜！

可是，无论我多想提出这些问题也找不到机会，就算能站在摄像机前，但谁又会相信我这个小孩子说的话呢？如果开班会时说得热血沸腾，在博客上写得感人肺腑，肯定会被说成是神经病。到头来，这个世界不会发生一丁点儿改变。

如果用社会上的一般逻辑来说，应该是这样：

"人有两种类型，一种是欺负人的人，一种是被欺负的人。"

我绝对不想当前一种人，我谁也不想欺负。虽说我非常讨厌甚至憎恶是永、庵道和仓内，但也从来没想过欺负他们。不只是他们，世界上任何一个人我都不想欺负，我没有欺负别人的理由。

我不会去欺负人的那一边，我一直是被欺负的这一边。不欺负人也不被人欺负——没有这样的位置，这不是很奇怪吗？

我一边漫不经心地听着丰彦那些无聊的饶舌，一边思考着这些问题，逐渐烦躁起来。

分析来分析去又有什么用？道理讲了一大堆，一步也迈不出去，这正是我的弱点。

我烦躁得实在忍不住了，腾地站起来，膝盖撞在了桌子上。

当啷啷，桌上的盘子和碗筷发出声音，一只盘子和丰彦用的筷子还有一个空啤酒罐掉在了地上。

"嗨！碰到桌子啦？照音的腿好长啊，长得像我。"

丰彦那漫不经心的声音让我感到更加烦躁，但我什么都没说，转身走出了客厅。

啊——真烦人呀！

不过轻轻地撞了一下！应该撞得更猛烈点儿！对，应该把桌子掀翻，再狠狠踹上一脚，把盘子和碗都摔个粉碎，把丰彦也压在桌下面才解气呢！可我什么都没做。

世界毁灭吧！

4月18日 星期三

我只弄明白了一件事。

就算把人分为两类，我也只能是被欺负的那一类，过去是，现在是，恐怕将来也是。

也许神是存在的。神创造了一种不管怎样都摆脱不了被欺负的命运的人，还在天上观察着这种人会有怎样的结果。

4月19日 星期四

我把裁纸刀放在手腕上，压下去一点儿，轻轻割了一下。

有点儿痛。

血渗了出来，一点点，用纸巾擦掉后就没再出血了，半小时后结痂了。打那以后，我的手腕就一直隐隐作痛，比起刀刃划伤，这种痛更痛。

这样是死不了的吧？

不过，我并不是打算死才割手腕的，只是试试而已。开玩笑，开玩笑。

4月20日 星期五

午休时，我趴在走廊窗边的栏杆上，身子探出窗外，朦胧地看着后院。准确地说，我的意识并不朦胧，我真心希望有人在后面推我一把，让我掉下去摔死，哪怕是谁路过不小心把我撞下去也行。再往外探出去一点？脚尖再踮起一点？可是，从三层掉下去也许摔不死，要是摔个半身不遂或者撞成植物人，比死了还惨。我一边想，一边往下看。

"危险！"

突然听见身后有人大叫了一声，我吓了一跳，回头一看，是来宫老师。

叫什么叫？危险的是您啊！这么大呼小叫，我一哆嗦掉下去怪谁呀？

我心里埋怨了来宫老师两句，可是一旦面向他，我就像个听话的学生那样，说了句"是，以后再也不这样了"。

"天气真好啊！"

来宫老师说了句无关紧要的话，并伸了个大懒腰。我只随便应付了一句。

"这么好的天气，怎么不去外边玩呀？"

晴天就得去玩吗？

我虽心里这么想，但没说出来，而是毫无敌意地笑了笑。真没用！来宫老师误会了，以为我很欢迎他，就挨着我站在了窗前。

"今天怎么没跟是永他们一起玩啊？"

简直就是突然袭击。

"真少见啊，你们不是经常在那边一起投球吗？"来宫老师把一只胳膊肘撑在栏杆上，探出半个身子看着后院。我又笑了笑，这次一定很僵硬。

"投球玩是可以的,不过可不要向教学楼墙上投,万一失控砸在玻璃上可就麻烦了。"

"啊,大概不要紧的,我们投的是网球。"我拼命装出笑脸,但声音可能出卖了我。

"是软式网球吗?"

"是。"

"就算没砸碎玻璃,万一窗户开着,球飞进来也有可能砸到正好从窗前路过的同学。如果是个戴眼镜的同学呢,眼镜就可能会摔碎,所以最好还是不要向教学楼投球。"

"我知道了。"

我迎合来宫老师竖起大拇指,心里想的却是:行了行了,赶紧走吧!这些话你跟我说有什么用?你应该跟是永说去,往哪里投球还不是那小子说了算。

我不由得心情烦躁起来。

"对了,大刀川同学……"

"来宫老师,您还有什么事?"

"你有没有被欺负啊?"

我能感觉出我的表情又僵硬了,这次连笑脸都装不出来了。

"你是被欺负了吗?"来宫老师瞥了我一眼。

我把头摇得跟拨浪鼓似的,拼命装出笑脸:"为什么我会受欺负呢?"这回声音没发抖。

"有人用名字的发音嘲弄你吧?"

"您指的是'随地小便[①]'?"

"是的。"

[①] 主人公大刀川照音名字中的"刀"和"照",发音很像日语中的"立ち小"(随地小便)。

013

"那是嘲弄吗？我没意识到。小学时同学们就这样叫我，就像真名一样，早就习惯了。"我又假笑一下，用食指摸了摸鼻头。

"不过，听了总会觉得不舒服吧？"

"没办法。我名字的发音就是这样，他们起这样的绰号不也很正常吗？鹤田光男的绰号百分之百是秃头。如果班里有个叫鹤田光男的，大家肯定叫他'秃头'。木村拓哉叫木拓，罗伯特·卡洛斯叫罗伯卡洛，很正常的……"我喋喋不休。

"那样叫你也好吗？"

"也没什么好不好的……"

"老师以前也因为名字被人嘲笑过，那种痛苦不想让你忍受。"

那怎么办？让班主任在全班同学面前说"以后谁也不许叫大刀川同学'随地小便'"？还是饶了我吧。

"不管怎么说，有为难的事就来找老师，保护学生是老师的责任。"

他的手抓得更紧了。

"我现在就有为难的……肩膀痛……"

来宫老师赶紧松开手，连声说"对不起"，接下来又啰唆了一大堆，"什么时候都可以，打电话也行，发邮件也……"一遍又一遍，烦死人了。

"来宫老师，教务主任找您呢。"

穿着一双高跟凉鞋的教务主任屋代老师嗒嗒嗒地走了过来。

"大刀川同学，千万不要客气哟。"来宫老师用右拳轻轻敲了敲自己的左胸，转身向屋代老师走去。

不过一秒，来宫老师走出去还不到三米，我冲着他的后背喊了一声。

"老师！"

他停下脚步，回过头来。

老师，您误会了。我跟是永根本不是好朋友，跟庵道和仓内也不是朋友。搭肩膀，从身后抱，也许看上去关系很好，但其实是他们锁住了我。什么？我很高兴的样子？不，如果我反抗，他们会一百倍地报复。在后院投球也是，他们专门冲着我的头和裆部投。叫我'随地小便'，我根本无法忍受。我说习惯了，那是说谎。我讨厌极了，特别是他们当着女生的面叫我。是的，我一直在被人欺负，从一年级时就开始了。我以为二年级调班，就不会跟他们在一个班了，所以忍了下来，没想到还是跟他们同班。我的运气怎么这么差呀？真想一死了之。最近，原来一班的武井也加入了，组成四人帮来欺负我。今天他们没来找我纯属偶然，那几个坏蛋正在看武井带来的DVD呢。可能就在楼顶，您快去没收！

都说出来，就能解脱了吗？我本打算把来宫老师叫住，说出这一切，但话到嘴边又全都咽了回去。

"没什么事。"

我掩饰了一下，吐了吐舌头。

"真的吗？"

我向他作揖表示歉意，来宫老师冲我笑了笑，和屋代老师肩并肩地下楼了。

什么话都可以对老师说，这话听着很感动，让我有点想把被是永他们欺负的事告诉他了。来宫老师至少比班主任久能老师值得信赖。久能不行，绝对不行，他脑子里只有女生。

就算跟来宫老师说了，也不敢保证问题就能解决。是永他们会说："老师，误会了，我们没欺负他，表面看是恶作剧，其实是想和他亲近。"他们还会说："用膝盖顶他？把他衣服卷起来？是他故意找碴儿，是他自己摔倒的。"庵道他们也会跟着起哄："没错！就是他找碴儿！"他们欺负我时又没录像，我没证据。老师不会相信我的话，他们会加倍欺负我。不行，绝对不能跟来宫老师说。

而且来宫老师看上去就是装装样子。他也曾被人起绰号？怎么会呢？来宫，根本就不是容易被嘲弄的姓氏。他的名字是和树，怎么看都是很普通的名字，不，应该说非常帅气。来宫，更像是名门望族或著名演员的姓氏，他怎么能理解我的心情呢？

说到底，就是假装热血教师，装作和学生交朋友。去他的！大人是绝对不能相信的。心里根本没那么想，嘴上却能平静地说出来。像久能那样毫不关心的人当然不怎么样，但像来宫那样假模假样的人更讨厌。以前相信过老师，结果不是更倒霉了吗？小学四年级的岸部老师，小学五年级的大野木老师，都白相信了。

还让我给他发邮件，可笑至极！手机、电脑都没人给我买，他不是挖苦我吗？不，是侮辱！

气死我了！不写了，睡觉！

4月23日 星期一

理科实验课结束后，是永把收拾器具的事全推给了我。等我收拾完回到教室，看到后方有一道人墙。在叽叽喳喳的嘈杂声中，隐约听见有人说："完了完了，太过分了，好可怜呀……"可是我只能看到大家的后脑勺，不知道发生了什么。我踮起脚尖，跳了好几次，还是看不见。这时，人墙中一个高别人一头的同学回过头来。

"哟！是'随地小便'啊？你过来看看，是不是太过分了呀？也不知道谁干的！"

是永说着一把抓住我的手腕，与此同时，站在两侧的庵道他们向两边闪开，面前的人墙开了一个大口子。

我哇地大叫一声，不对，我一时喘不上气，什么声音也没发出来。我不记得了，只记得眼前除了一片白，什么都没有。

视力渐渐恢复后，我看到的是一场噩梦。墙上的告示板上贴着几张很熟悉的画。画的是一个女孩子，非常写实，就像精心描画的肖像。

我很熟悉，当然。上课时，我常常偷偷瞥一眼隔着两个座位的她，并在笔记本上把她的侧脸画下来；在音乐课教室，看到的是她另一面侧脸；在理科实验室，看到的则是斜侧脸。根据记忆，我还画过她的正面像。眼前的画有十张！都是那个女孩的肖像画，都是我的作品。

说实话我没有画画天赋，如果不说画的是谁，恐怕谁也认不出来。但在那些画上，不是写着"夏美♡"，就是写着"Natsumi, I love you（夏美，我爱你）"之类的字。

简直是噩梦！

转过身来，我看到了国府田夏美的背影。她坐在座位上，双手抱头，捂着耳朵，梳着两条辫子的头拨浪鼓似的摇着，好几个女生围在身旁安慰她。

"绝不能原谅！"

是永看着我说了这句话，然后大声喊道："这是谁画的？"随后把那些画一张张撕了下来。

没人回答。

"画画的人！听着！要是真喜欢她，就堂堂正正地表白，不要像跟踪狂似的干这种下三烂的事！"

"是永君！现在不是说这种话的时候！"女同学西乃皱着眉头说道。

"画法看上去有点儿眼熟。"庵道歪着头，手指摸着垂在额前的长发，不怀好意地说。我感觉自己快昏厥了。

"班长！你说这事怎么处理？"是永指着人墙里面的班长问道。

"怎么处理……？"班长诸井君低下了头。

"放任不管吗？"

"先收拾了再说吧。"

"已经收拾好了！"是永把抓在手里的画捏成一团。

"那……报告老师吧。"

"你以为咱们还是小学生啊？"

"那……大家都回到座位上去吧，第四节课马上要开始了。"

人群中传出笑声。

"好吧!"是永一拍手,冲着国府田的后背说道,"我负责把罪犯找出来,让他向国府田同学下跪认罪!"

国府田的胳膊肘依然支在课桌上,她捂着耳朵,轻轻点了点头。

"大家一起抓住他!好不好?"是永说着,一只手搭住我的肩膀,另一只手把我的头发弄得乱七八糟。

难道不是你们一手导演的吗?我悄悄画了国府田,被你们发现了,你们就偷偷从我的笔记本上撕下来,贴在告示板上。

罪犯是你们!

但我却不能这样谴责他们。

虽然那些画是我画的,但我没想过把它们贴出来 —— 如果这样解释,能说服谁呢?没证据证明是他们偷了我的笔记本,也没证据证明是我画的。都没证据,就都不是罪犯 —— 这种想法也太天真了。

是谁让大家看到了这些画并不是问题,画这些画本身才是大问题。这不是跟偷拍一样吗?还随随便便画上了心形符号。国府田现在(大概)还在哭,因为太恶心了。如果知道了画画的人是我,她会怎么看我?同学们会怎么看我?

说了实话我就完蛋了,只能保持沉默。

可是不知道是谁画的,国府田心里就痛快不了。这不等于欺负她吗?我成了欺负人的人,这可怎么办?

还是不能把真相说出来,如果说出来,谁都会把我当跟踪狂。所以还是假装不知道,什么都不说吧。

我怎么这么可怜呀!

那些人就是想折磨我,他们看着我痛苦就偷乐。

不对,最后他们还是会宣布调查结果的,一定会在全班同学面前指着鼻子宣布我就是罪犯。这么说,说出真相也好,沉默也好,等待我的都是毁灭?

不能原谅他们!

但我什么办法也没有。

我想哭。

我哭了。

也不知道是谁说过,悲伤和痛苦会伴随着眼泪一起流出来,可我怎么觉得更凄惨了呢?

想死。

死了算了!

4月24日 星期二

有人一边骑自行车一边用手机发短信吧,不少呢。自行车应该靠左侧通行,靠右侧逆行的人也有吧,不少呢。还有一边骑车一边戴耳机听音乐的,一手扶车把一手打伞的……

我认为这些行为都很危险,有可能撞到行人,自己也可能被车撞到。但事实上并没人管,运气好就不会遇到警察,就算遇到被拦下,顶多就是批评几句。其实从危险性考虑,这些行为比违章停车危险得多,应该首先取缔。

人们或多或少都能认识到危险,认识到却不改正。不一定会出事吧,这样一想,就不放在眼里了。校园欺凌也是如此。

那是坏事,谁都这么认为。大家也知道如果校园欺凌被揭发,欺凌者在校内校外都不会好过。可是,既然没被发现,还不是想怎么干就怎么干?

我认为,校园欺凌不容易被发现,有很多原因。比如,欺凌手段变得更巧妙了,周围学生事不关己的态度,老师反应迟钝,被欺负的学生害怕被报复……各种各样,非常复杂。

但是,不管试图隐瞒的力量有多大,一旦被欺负的学生自杀,事实就会暴露在光天化日之下。到那时候,大家才知道生命是多么沉重,而校园欺凌绝不能再次发生。

人哪，不吃苦头，是走不上正道的。

4月25日 星期三

中午吃配餐[1]时，他们抢我的面包。上课时，他们向我扔橡皮头，他们用马克笔把我的课本涂得一团糟。他们用复印机彩印的钱换我的真钱。他们把写着"随地小便"的字条贴在我的背上。他们往我的拖鞋里放胶水。他们往我脖子里塞干冰。体育课结束后，他们把我推进女生更衣室。防身术训练时，他们几乎要把我的手腕拧断。练习柔道时，他们把我摔得死去活来。他们说要练腹肌，用拳头猛击我的腹部。他们跟我玩石头剪刀布，我输了就得背四个人的书包。他们抢我的钱，抢我的饮料，抢我的漫画……我已经受够了。

可悲的是，久能老师知道后，却笑着说："你们关系不是很好吗？"之后就不再理我。是永抢了我两千日元，我告诉久能老师，是永说钱是借的，久能马上说"借钱很正常，别往心里去"，事情就算了结了。一出来，是永就马上恐吓我："少来这套，不就是借了你几个臭钱吗？再告老师打死你！"久能老师被"是永开朗活泼"的先入之见支配着，认为我性格阴郁，影响得班里气氛都很阴郁，所以总让我和是永在一起，连分组都把我和他分在一组。

是永不仅粗暴，而且狡猾，他不会直接说"给我钱"这种话，不管是钱还是漫画，他只说跟我借。说是借，但从来不还，实际上跟抢没两样，老师、家长甚至警察一介入，他就会说"那是借的"，然后啪地甩给我。太狡猾了！我力气没他大，头脑也不如他好，除了举手投降没别的选择。真的精疲力竭。

死了算了。

---

[1] 日本中小学中午为学生廉价提供的配餐，在日语中称为"给食"，最早开始于1889年。

再见。

我恨所有人,是永、庵道、仓内、武井。我恨看着他们欺凌我却假装没看见的二年二班所有同学。我恨班主任久能聪,他根本无视我的求救。我恨领导这个腐臭学校的校长和教导主任,恨对学校放任不管的教育委员会,恨这个世界上的所有人。

我也恨我父母,恨他们生养了一个像我这样柔弱的孩子。为什么要给我取"照音"这种名字呢?这名字跟大刀川的姓组合起来,就埋下了被嘲弄的种子,很容易就能预料到啊。从幼儿园起,我的绰号就是"随地小便",我的名字就是受欺负的契机。当然,贫穷也是一个原因,如果我们家富裕,情况就完全不一样了。还有,我处于这样的困境之中,父母竟然没有注意到,他们根本就不在乎我。

再见吧。

所有的人,我恨你们,诅咒你们!

写成这样就可以吗?是怎样欺负我的,写得详细具体一点儿比较好吧?不过,一件一件写是写不过来的,一件一件想起,简直就是下地狱。

给父母的遗书也许单独写一封比较好。虽然我恨他们,但不管怎么说,他们照顾过我。还有,为了对付是永,我从他们的钱包和衣柜里偷过钱,对此我该谢罪的。偷东西毕竟不是好事,对不起。

4月26日 星期四

我买了一条绳子,三股捻成一股的绳子,吊起一个相扑运动员也完全足够。

选在哪里好呢?我房间天花板上没有可以拴绳子的地方,就算钉上挂钩,也肯定挂不住我四十公斤的身体。

院子里晾衣服的杆子呢?太低了,脚肯定会着地。

学校怎么样？早晨，同学们推开教室门，一具吊在那里摇摇晃晃的尸体迎接着他们，最有讽刺效果。不只是直接欺负我的是永那几个人，那些假装没看见的同学也是共犯。

可是晚上怎么进教室呢？对了，放学后藏在学校里就可以了。夜里等保安巡逻完再等到天亮，就上吊自杀。如果行动早了被保安发现，把我的尸体运走，班里同学看不到，就没意思了。

不过那样就不能回家吃晚饭了，最后的晚餐都吃不上，太凄凉了吧？最后一顿饭，得吃点儿好的，吃个够，就不吃回转寿司了，要去真正的寿司店。汉堡牛肉饼要去东京的西餐馆吃，那里的是什么味道呢？

——净想这些没用的！其实根本就不想死吧？

死是很可怕的，真的。

最近我用裁纸刀做实验时，把刀刃放在手腕上又拿开，就是没勇气划下去，犹豫了半小时都没敢下手。把刀刃摁在皮肤上容易，但这一步后手就僵住了。闭上眼睛，屏住呼吸，心里叫着"一——二——三"，不知道为什么，一毫米都没动。过程中，我呼吸困难，以为自己要死了。

稍微划一下手腕都这么犹豫，真要上吊自杀……用绳子做个套挂在天花板上没问题，站在椅子上把头伸进去也不难，恐怕接下来就僵住了，不论站多久都不敢把椅子踢倒，一直犹豫到早上六七点，结果被晨练的运动队同学发现并阻止。

也许吃药比较轻松，但怎么弄到药呢？到医院去，对医生说睡不着，兴许能拿到安眠药之类的。不过，一个中学生去说这些话，医生肯定会跟家长联系。

不想死就算了，又在找理由！

不是找理由，我有一个疑问：就算我死了，又能有什么改变吗？

我自杀了，人们会从遗书中发现原因是校园欺凌，加害者就会被发现，学校和警察就会找到是永他们调查。可他们要是佯装不知呢？

"我们只是跟大刀川君一起玩。我们跟他特别好,没嘲弄过他,没叫过他'随地小便'。有时候拍他一下,那是亲昵的表现。确实脱过他裤子,但只是开玩笑。遗书和日记都是他的创作。大刀川君喜欢看小说,是在练习写小说吧。在练习过程中,把虚构和现实混淆了,产生了自杀的念头。他大概是想体会一下吧,在模仿自杀时不小心踩空,结果真的死了。"

然后他们会声嘶力竭地哭喊"大刀川君——",泪流满面。我已经死了,不能开口说话,是永他们想怎么说就怎么说,我无论如何也赢不了他们。

他们承认欺凌的可能性也不是为零,但那只是为了息事宁人而故作姿态,他们肯定会一边痛哭流涕,一边在心里做鬼脸。讨厌!

那以后,是永他们虽然会受到人们严厉目光的谴责,但俗话说,闲话不过七十五天,只要他们老老实实忍上一段时间,人们就会把我的事忘个一干二净。如果忍耐不了大家的谴责,请假不上学就行了,不影响升级。忍一忍把三年级上完,再考上高中,在三年高中生活中,寻到新猎物。

六年后的成人式,是永、庵道、仓内、武井都会参加。他们互相亲热地拍打后背,搭着肩膀拍照,根本不听市长的祝词,只顾聊天。结束后,去居酒屋喝酒,唱卡拉OK。谁也不会对我有悼念之意,连我的名字都不会提。喝醉了开车时全都掉下悬崖摔死吧!

你看,我死了以后什么都没改变,犹如往游泳池里扔小石子,明镜似的水面被激起涟漪,但很快就平静了。谁也不会把那个沉入水底的小石子捞起来,谁也不会从我自杀这件事上得到教训,而校园欺凌还会持续下去。

我感到空虚,感到痛恨。

就算有万分之一的可能,我自杀后,是永他们真心悔过了,那又能怎样?

我已经不在这个世界上了,是永他们都变成了好孩子,得到好处的不还是他们吗?真是再愚蠢不过了。

我把事情搞反了,是永他们应该死,而我则应该活下来。

不过,他们从这个世界上消失是不可能的。

到最后,我只有自己消失,才能逃离苦海。

4月27日 星期五

高中志愿调查表发下来了,老师让我们在连休期间好好考虑一下,跟家长商量完再填写。这种事情对我来说已经没有意义了。

4月28日 星期六

根本不顾及我心情的新闻又来了。

连休第一天,成田机场迎来了出国旅行高峰,各航空公司柜台前排起长龙。今年的年历赶得巧,如果下周二、周三请两天假,就可以连休九天。据预测,连休期间在国外度假的日本人将达到五十五万。"我去巴厘岛游泳",冲着记者的麦克风说话的是一个羞怯的女孩。两个女白领要去法国巴黎购物。一个满脸胡须的男人说要去新西兰滑雪。在东京火车站,东北新干线的乘车率达到百分之一百八十。看上去已经疲惫不堪的一家人要在农村老家悠闲地度过一段时间。东名高速公路堵车三十公里。迪士尼开始限制入园人数,动物园、海滨浴场、银座步行街,到处都是人、人、人……

这些新闻从早播到晚,NHK电视台每小时播一次,每次都让我胸口隐隐作痛。

怎么不为那些哪儿都去不了的人着想呢?叫像我家这样旅行也去不了、游乐园也去不了、购物也去不了的家庭怎么办才好?每年连休我都会受到很大伤害。而那些厚颜无耻地说要为别人着想的家伙,只会嘲弄我:怎么样?羡慕吧?穷鬼!

无所谓，我有图书馆。七卷本的《魔戒》已经借来了，就是死，也要先把这套书看完了再死。

4月29日 星期日

他们为什么拼命要把魔戒扔掉呢，我不理解。利用魔戒的力量，成为世界的支配者不好吗？魔戒的副作用是腐蚀肉体和灵魂，戴着它早晚会毁灭。即便如此，只要能暂时操纵别人，能随心所欲，我还是愿意戴的。安全到达末日火山的可能性有多大？在到达前，一行九人的远征队和萨尔曼部队被消灭的可能性很大。早晚都要死，不如活着时充分利用魔戒呢。

4月30日 星期一

一年级第二学期时我们也填过高中志愿调查表，那时不是让写想报哪个高中，而是写将来想从事什么职业。医生？体育老师？护士？理发师？总之是让学生设计自己的未来，为了掌握学生的所思所想，制定升学指导方针。

钉本君写的是：日本职业足球运动员——转会外国职业足球运动员。结果被嘲笑：你小子连业余足球都没门儿！虽然这是事实——我们学校连候补职业足球运动员都没有过，但不应该嘲笑他，老师带头嘲笑就更不应该了。

我也被老师嘲笑了。

"作家？小说家吗？别说梦话了！"

我的脸一下子热了，后背和腋下则冰凉。

"你不就是语文成绩好点儿吗？别不知天高地厚！"

心脏像被打入一根木桩，感到剧痛。

"已经不是小学生了，自己有多大本事，跟现实对照一下！不赶紧学会客观看待自己，以后怎么在社会上混？没有自知之明的人，谁也瞧不起。"

我真恨不得找个洞钻进去，大脑一片空白，后面上课的内容什么都没记住。

回到家里更生气了。在学校我只是感到耻辱，没顾上生气。

现在怒火在我胸中熊熊燃烧，作为教师，可以那样在全班同学面前斥责学生吗？最差劲的老师！这样的人居然连续两年都是我的班主任，我怎么这么倒霉！

让我生气的不只是这个。

"人要有梦想。"大人们经常这样说。校长几乎每次讲话都说，别的老师也将它当口头禅。

小学四五年级的时候吧，社区小孩子抬神轿的活动结束后，住在集会所附近的田中老先生（去年死了）大声问孩子们的梦想是什么。我从那时已经朦胧地有了写小说的想法，至于是否把写小说当作一种职业，还没想那么多。不过，当着那么多人的面不好意思说出口，而且田中老先生也喝醉了，我就说想在市政府或县政府当个公务员，工作稳定是最重要的，没想到被他狠狠地拍了脑袋：

"没有梦想就不要说！"

可是现在呢？

"别说梦话！"

完全相反。

要有梦想。

不要有梦想。

到底让我怎么办？

大人说话太随便了，从不负责任。你们考虑过语言的分量吗？

语言是灵魂，可以带给人喜悦、安宁，也会带来悲伤、不安，使人陷入地狱般的痛苦之中。

语言是刀子。

5月1日 星期二

遭受私刑般的痛苦时——
神啊！救救我！救救我！神！
我在心中这样祈祷着，狂叫着。
我一祈祷，仓内就突然倒下了。
是神吗？是神来救我了吗？

5月2日 星期三

仓内，龟裂骨折。
是惩罚吗？

5月3日 星期四

我找到了神？

5月4日 星期五

我把神请到家里来了。我在浴室把他洗得干干净净，供奉在书架上。

总有一天我要把他供奉在神龛里，这个月先忍耐一下吧。下个月才能从妈妈那儿拿到零花钱，拿到就去买神龛。先给他供奉一杯水吧，至于饭菜、真榊①，以后都要供奉的。

奥依耐普基普特神啊，请保佑我！请保佑我免遭是永他们的魔爪！请保佑我平静度过每一天！

---

① 真榊即杨桐，其枝条在日本常被作为祭祀用品。

妈妈
(Mother)

1

瑶子吓了一跳,抬起头来。

"瑶——子——"

果然是在叫自己,她慌张地合上日记本。

"瑶——子——"

声音是从楼下传来的。

"哎——"

瑶子大声答应着,从椅子上站起来。

"我要去买东西了,你要买什么吗?"

"这个嘛……"

瑶子语气暧昧地应付着,拉开了抽屉。

"要不咱们一起去吧。"

"我不去了。"瑶子说着把抽屉里的数学卷子、说明书、剪下的杂志页等一股脑儿拿起来,把日记本放在了最下面。

"那我走了啊。"

"走吧!啊,等一下!"瑶子把抽屉关上,把椅子放回原处,仔细检查着桌上的东西,确认是否被弄乱。

"出去买东西还用化妆吗?"

"不是,我没化妆……"

瑶子离开桌子，走出几步后，再次确认是否留下痕迹。就在这时，书架映入眼帘。从上往下数第二层左端，摆着一个灰色的圆乎乎的东西。她走近书架，把那东西拿起来看了看。那是一块石头，有人的脑袋那么大，倒不是很厚，一只手就能拿起来。颜色是灰色的，表面很光滑，瑶子想起娘家压咸菜的石头。

不就是块石头吗，还放在一块叠得方方正正的手巾上，旁边还有一个玻璃杯，杯里还有水。

瑶子把石头放回原处，把到处是洞的推拉门关好，顺着楼梯走下来。

"磨磨蹭蹭的，干什么呢？"

丈夫丰彦正坐在餐桌旁喝啤酒。

"你也喝一杯？"

满脸通红的丰彦把啤酒罐递过来。

"大白天的，喝什么酒啊？"

"你说让我等你，我就边喝边等呗。"

"你叫我之前就一直在喝啊！"

"露馅儿了？"

"那还用说？"瑶子说着把掉在桌下的啤酒罐捡起来。

"不就是喝点儿啤酒吗？去年我连烟都戒了。"

"你在照音面前说过这些吗？"

"说说怎么了？我现在戒掉了。"

"以前的事不要说，孩子会多想的。"

"我没说。你妆化好了？"

"我不去。"

"不去？"

"不去。"

"去吧去吧。"丰彦欠起身子，抓住瑶子的手。

瑶子甩开。

"怎么了？以前不都是你要拉我的手吗？"

"说以前有用吗？"

"那我们和好吧？"丰彦说着又伸出手。

瑶子这次也甩开了："我才不跟醉鬼一起上街呢。"

"特意等你半天，你又不去了。"

"是吗？你就是喝啤酒来着吧。稍微醒醒酒再去。"

"我不在乎。"丰彦戴上圆框眼镜，来了个金鸡独立的动作。

"果然醉得不轻。"

"一点儿都不摇晃吧？"

"摆这姿势就是你喝醉了的证据。"

"知道啦！"丰彦放下抬起来的腿，立正。

"买包手纸回来。记住，两百五十日元以上的不要买。"

"知道啦！"

"别忘了买柏饼。"

"忘不了。"

"只要味噌馅儿的。"

"这岁数了还减肥？"

为了省钱——话到嘴边又咽了回去，丈夫会嘲笑她为了一二百日元太吝啬。瑶子则会加强语气说："你知道为这点儿钱得付出多少辛苦吗？"每次都会像这样大吵一架，之后不会有任何改善。

"还有，买四根30瓦的直管荧光灯，启辉器也买四个。"

"直管的？咱家可都是圆圈的。"

"给老板家买。"

"哦，给咱钱吗？"

"这你就不用担心了。还有……"瑶子话说一半，嘴又闭上了。

"还有什么？"

丈夫虽然喝醉了,却没有听漏。

"帮我买个化妆品吧,桃山公司的新乳白美容液。"

"桃山公司?"丰彦模仿着昭和时代电视广告的旋律,"都什么年代了,还有那个公司吗?"

"好像还有。是老板母亲要我帮她买的,找了好几个地方都没找到。你顺便看看,没有就算了。"

"多少得收点儿跑腿费吧。"

"快去吧!"瑶子一副赶丈夫出去的样子。

丰彦刚要走出房间,瑶子又把他叫住了。

"喂,照音这孩子呀……"

"哦。"丰彦头都没回,继续往外走。

"在学校被欺负,你听他说过吗?"

"什么,在学校?"

"嗯。"

"受谁欺负?"

"没问你是谁。你听孩子说过吗?"

"没有。我走了啊。"

"等等!你回来!"

"不是已经说完了吗?你问我,我说没有。"

"真的没有吗?"

"怎么可能,发生什么了?"

"没发生什么……"瑶子背对着丈夫,用海绵擦着洗碗池,"最近,新闻上不是经常报道校园欺凌吗?我担心……我担心照音。"

瑶子语无伦次地说完,回头看着丈夫,勉强露出笑容。

"那种报道一年到头都有嘛。"丰彦嘲弄似的缩了缩脖子。

"最近特别多,还有专题报道呢。"

"是吗?"

"你没注意到什么吗?"

"什么?"

"那孩子像受了欺负的样子吗?"

丈夫完全没有危机感,瑶子气得要死。

"不是说了没有吗?"

"比如身上有没有伤,衣服脏没脏,你看到过没有?"

"男孩子嘛,身上有点儿伤很正常,衣服脏就更不奇怪了。"

"他有没有跟你说过被同学抢走钱或其他东西?"

"没有。不可能嘛!电视上是有一些报道……要是你真那么担心,就问问他呗。照音!喂!照音!"

丰彦冲着天花板大喊。

"和朋友去图书馆了。"

"你看看!要是受欺负怎么会有朋友呢?"

直到最后丰彦也没当回事儿。瑶子精疲力竭,趴在餐桌上。忽然想起还有东西忘了让丰彦买,但她连拿手机的力气都没有了。

刚才到儿子房间去,只是为了找透明胶带。桌上没找到,就连着拉开几个抽屉,从上翻到下,还是没找到,却在中间那个抽屉最底下看到了一个笔记本。

笔记本封面上写着"绝望",是压着原来印着的字用很粗的笔写的,写满封面的还有无数个"绝望",文字有大有小,有粗有细。几十几百个"绝望",有的并列,有的重叠。瑶子感到不安,翻开了笔记本。

笔记本每页分为上、下两部分,两个日期都是印好的。照音选择无视,自己重新写上日期,日记有的只有一行,有的则很长,完全不受本子格式限制。

一看内容,瑶子感到一阵眩晕。

照音在学校被人欺负?

她目瞪口呆。

从没听照音说过,学校也没跟瑶子联系过。记忆中,没见过照音脸上青紫过,衣服上也没见过血迹。

到底怎么回事?瑶子一边想一边翻看日记。原来照音上小学时就受欺负,用裁纸刀割过手腕,写过遗书,还做过自杀的准备。

瑶子愕然,这不可能。孩子遇到这种事情,不应该马上告诉父母吗?儿子日记本里写的那些被欺凌的事,简直就是每天受煎熬,然而,照音没有说过一个字。难道我们只顾着过日子,没注意到孩子发出的信号吗?

瑶子又从头到尾看了一遍,悲惨和绝望更加鲜明地呈现在眼前。尽管如此,瑶子还是觉得不对劲。大概是作为母亲,内心深处不想面对儿子的痛苦,也不想承认自己竟没有注意到吧。

丈夫丰彦呢?只说了一句"不可能",一笑了之。

瑶子抬起头,试着缓和紧绷的嘴角。但是,那张映在碗柜玻璃门上的脸,一丝笑容都没有。

2

"你在学校被人欺负了?"

瑶子看见照音拿着柏饼的手哆嗦了一下。

"照音,你在学校被人欺负了吗?"

丰彦又直截了当地问了一遍。

"为什么问这个?"

照音很生气似的,把包着柏饼的柏叶剥开,剥了一半,咬了一口,还没嚼呢,又咬了一口。

"最近电视上经常有关于校园欺凌的报道,我们有点儿担心你。"丰彦说着看了瑶子一眼。

"感谢关心！"照音撑了父亲一句，继续往嘴里塞柏饼。

"这么说你没被欺负？"丰彦追问。

照音边嚼边点了点头。

"那你欺负过别人吗？"

"怎么可能？"照音说完，开始剥第二个柏饼。

日记里提到过割手腕，可是他手腕上一点儿痕迹都没有。如果只伤了表皮，照音这么年轻，过一个星期倒也看不出来了。

"校园欺凌可不行！"丰彦感慨地说。

"这还用说吗？"照音没好气地顶了他一句。

"欺负人不好，被人欺负嘛，倒不一定是坏事。"

照音皱了皱眉头。

"为什么会被欺负？因为跟别人不一样。在这个世界上，跟别人一样的人啊，归根到底是凡人。天才呢，从小就跟别人不一样，才会成为被嘲弄的对象，比如约翰·列侬。所以，被人欺负了，不但没必要伤心，反而应该自豪。"

丰彦举起筷子在半空比画了一下，像在挥动一把剑。

"他爸！"瑶子用责备的语气叫道。

照音把椅子往后推，站起来，嚼着柏饼走出了房间。

"这回你放心了吧？"

丰彦看着瑶子，傻乎乎地笑着，又打开了一罐啤酒。

3

教学楼的墙壁被西沉的太阳染成了金黄色，刚才如颜料般碧蓝的天空，现在好像盖上了淡色的过滤纸，一抹薄云也染上了茜色。

"三冈中！加油！三冈中！加油！"

理着光头的棒球队员们追逐着带泥的棒球。操场另一侧，穿着两种颜色背心的足球队员们争夺着足球。田径队员们一边在跑道上跑步,一边留意着球的去向。铁网另一侧,等间隔拉开距离的网球队员们手持球拍,一边高呼"一、二,一、二",一边整齐地做挥拍练习。教学楼里,传来吹奏乐俱乐部演奏的《我爱你公爵》。

一切犹如旧日影集上剪下来的风景。

5月10日,星期四。大刀川瑶子来到了三冈中学。

连休期间,瑶子偶然发现了儿子的日记本,偷看了内容。那个日记本里,记录着一个十四岁少年的苦恼和绝望。

瑶子很吃惊自己竟然没发现,作为母亲她感到羞耻。与此同时,又感到哪里不对劲,她希望这不是现实。照音本人不也否认了吗?

但是瑶子内心还是感到不安,在她偷看日记后的第二天,照音照常去图书馆,瑶子趁机又去他的房间里,拉开抽屉一看,日记本还在最下面放着,令人绝望的内容跟前一天看过的一样,芝麻粒大小的字一个挨着一个,文字里没有正面情感,只有无尽烦恼。瑶子合上日记本,回到一楼,感觉悲鸣的声音追着她下来了。

照音为什么要否认呢?是不想让父母担心,还是在恐惧什么?瑶子想直接问照音,但她预感到,不管照音回答是或不是,都会给他们的关系造成不可修复的裂痕,十四岁的孩子的感情是非常微妙的。

丈夫却是那样的态度,就算告诉他有日记本的存在并让他看了内容,他也只会说一句"时间会解决一切问题"了事。大刀川丰彦这个人以前就是这样,无论对什么事都是这种态度。当初他从业务员降为仓库保管员,也是杂志照看,收音机照听,笑容挂在脸上,依然逍遥自在。

烦恼数日,犹豫再三,瑶子决定去学校打听一下。发生在学校的事情,最好去问学校。她跟班主任联系过,对方说是到下午五点半都在学校。瑶子特意向公司请了假,来到了三冈中学。

看着教学楼漂亮的玻璃大门,瑶子犹豫很久,最后没从那里进,而是转到了学生专用的出入口。

　　脱掉鞋子后,瑶子才发现忘了带拖鞋,随便拿一双学生拖鞋换上又不合适,于是她穿着长筒丝袜直接踏上地板,进了楼道。不用担心会碰到照音,她从公司出来后给家里打了电话,照音已经回家了。

　　左侧有楼梯,瑶子正打算从那边上楼,忽然听到楼上传来女孩子说话的声音。

　　"来宫老师柔道真厉害!简直就是男版阿柔①……"

　　几个女生下来了,一个、两个、三个、四个,围着一个年轻的男老师。瑶子感觉有点儿尴尬,转身往右拐。楼道尽头也有楼梯,瑶子上了四楼。

　　她很顺利就找到了社会科办公室,进去一看,只有一个男老师和一个女学生。男老师坐着,女学生站在男老师面前,发现有人进来,女生尴尬又羞怯地拿起放在脚下的书包,说了句"老师,太阳能电池板的事就拜托您了",转身走出了办公室。

　　"环保部的学生。"男老师向瑶子解释道。

　　"环保部?"

　　"环境保护俱乐部,课外活动的俱乐部之一。学习地球环境面临的问题,思考如何保护地球,我是俱乐部顾问。学生们用吃剩的配餐积肥,用牛奶纸盒做再生纸,很认真呢。我是个文科老师,任务艰巨呀!理科老师们全都在其他俱乐部当顾问,唉,没办法……噢,您坐呀,别的老师都回家了,坐哪把椅子都行。"

　　他说了半天,站都没站起来,滑动着椅子下面的轮子向瑶子移过来,笑了笑说:"您是大刀川君的母亲吧?第一次来学校?"

---

① 日本著名柔道女运动员谷亮子(婚前为田村亮子)的爱称,由于她长得很像漫画《YAWARA!》(中译《以柔克刚》或《柔道少女》)中的主人公阿柔(YAWARA),故得此爱称。谷亮子多次获得世界柔道锦标赛冠军,也是2000年悉尼奥运会和2004年雅典奥运会的金牌得主。

"实在是不好意思。"瑶子非常惭愧。

照音一年级时的班主任也是久能聪，可是这一年多时间里，无论参观上课，还是家长、教师、学生三方面谈，或是校园文化节，瑶子都以工作忙为理由推托了。唯一来学校的一次是入学典礼，那时她只是远远地看到了久能，至于他长什么样，一点儿印象都没有。

不只是学校的事，教育孩子更是如此。瑶子总是乐观地想总会有办法的，实际上也确实没出现过什么问题。

不，那不过是自己以为，实际上不但有问题，还出现了大问题。照音从小学开始就一直受欺负，瑶子一点儿也没发觉。照音是活泼的孩子吗？跟谁是好朋友？喜欢哪个女孩子？课堂上捣过乱吗？在班里是图书委员还是保健委员？

她这才意识到，孩子的事情，她什么都不知道。照音同学的名字，瑶子还是看了日记本才知道的。还笑话丈夫什么都不管，自己又何尝不是呢？

"您请坐。大刀川君的成绩嘛——"

久能打开一个文件夹，迅速进入正题。

头发长得几乎遮住耳朵，眉毛修得整整齐齐，熨得很平的衬衫有两个扣子没系，面前的久能，完全不像一个教师。但也许是因为长得还算英俊，看上去并不让人讨厌。年龄三十多岁，牙齿白且整齐，指甲剪得很短，看起来很干净。温和的男低音配合着舒缓的语速，听着令人安心。

久能也不管她听不听，自顾自地说下去："大刀川君的语文成绩非常好，入学以来一直保持年级前五名，但由于字写得不好，叙述题总是吃亏。字只有豆粒大小，写得也不整齐，评卷老师甚至有看错的时候。另外，美术和音乐的成绩也比较好。但是，别的科目成绩就不太好了。综合成绩嘛，在中下和下中之间摇摆。"

瑶子知道照音的成绩，就算是她这么不关心儿子的母亲，每次也都会看成绩通知单。放在桌上的试卷瑶子也看过，知道他的数学、理化和英语成绩很不好，但是，哪怕儿子得了十分，她也没说过什么。虽然丈夫丰彦对照音发过脾气，瑶子却只是笑笑，心想：你这个当爸爸的中学成绩又如何呢？高中没毕业就退学了。照音这个成绩能考上公立高中她就很知足了，语文成绩能一直名列年级前五名，可以说是奇迹。

照音就只有语文成绩好，因为他爱看书，每周看两三本吧。书都是从图书馆借的，对于这个窘迫的家庭来说，照音很懂事。

他上幼儿园时，就经常把妈妈给他读过的睡前故事和图画书改编一下讲给妈妈听。比如由于万宝锤挥舞得太厉害，一寸法师长成了巨人，不但把房顶掀翻了，走路时还踩死了很多人；又如浦岛太郎把玉手箱改造成时光机器见到了恐龙；等等。

上小学后，照音开始把那些故事写成文章，有格列佛和孙悟空合作这种荒唐无稽的空想，也有男孩偷偷把被人遗弃的小狗养成跟人一样大的故事。

小学三年级时，照音写了一篇描写全家旅行的作文，在市里作文大赛中获得了银奖。第一次坐飞机，蔚蓝色的天空和大海，白色的云和沙，五颜六色的热带鱼，撒满了珍珠般星星的夜空，一家人四天三夜的冲绳之旅——其实根本没去。

丰彦则漫不经心地说："这都是沾了约翰·列侬和我的光。"

丰彦的人生一直以约翰·列侬为中心，他初中一年级知道了披头士乐队，从此迷上了约翰·列侬。披头士的专辑几乎都被他听烂了，他还模仿披头士组了个乐队，并扮演约翰·列侬的角色。每年的12月8日，也就是约翰·列侬忌日那天，乐队都要去教堂募捐，把零钱一点一点积攒起来，然后去约翰·列侬的家乡英国利物浦和他们心中的圣地伦敦巡礼。如今丰彦已经四十五六岁了，发型和服装还是披头士的样子。对他来说，会有忘了老婆和孩子的时候，却不会有不听约翰·列侬的日子。

演奏活动停止后不久，丰彦迷上了唱歌。在卡拉OK厅就不用说了，在家里更是引吭高歌。当然也唱约翰·列侬的 Imagine（《想象》）等歌曲。他还把英文歌词翻译成日文演唱，他说，照音是因为听着 Imagine 长大，想象力才如此丰富的。

瑶子一边听久能介绍照音的情况，一边回忆着这些不着边际的往事。她忽然想到，照音在日记里写的那些，是不是虚构的呢？他凭想象创作的冲绳之旅还得过银奖呢。

但她立刻否定了自己的想法，如果只是空想，为什么要那么痛苦，还折磨自己呢？如果自己是主人公，写成英雄不是更合理？

"大刀川太太？"

瑶子慌忙抬起头来，看着久能的脸，掩饰地笑了笑。

"大刀川君在上校外补习班吗？"

瑶子摇头，儿子成绩根本不算好，将来能考上相应水平的高中，毕业后找个工作挣钱就行。

"最好去上数学和英语补习班。现在班里半数以上孩子都在上，成绩都有明显提高。他这样下去的话，会越来越落后的。"

瑶子很震惊，学校老师说要靠校外补习班来提高学生成绩，这像话吗？

同时她又感到无地自容，家里太穷，拿不出上补习班的钱。每当新学期开始，瑶子就会提心吊胆，如果照音提出想上补习班，该怎么回答他呢？

压抑着内心的愤怒和羞耻，瑶子向前探探身子，转移了话题。

"您能谈谈照音学习以外的情况吗？"

"哦，他是负责班里卫生的整理美化委员，可认真了，经常一个人留下来打扫。"

那是欺负他的人把打扫的事都推给了他吧？

"照音跟班里的同学,关系还好吧?"

"还好。"

"没有被孤立吧?"

"不必担心,没那样的事。"

久能合上文件夹,爽快地笑了。

"那孩子从小就沉默寡言,我担心他跟大家融不到一块儿去……"瑶子心里有点儿着急。

"大刀川君确实是个性格内向的孩子,不会主动走在前面。课上明明知道怎么回答也不举手,老师点名让他回答,也是小声嘀咕。他语文成绩很好,可是上语文课时也那样。上体育课时,从来不去碰球。说句不好听的,精神头差了点儿。"

"对不起。"

"不过,请不要担心,从一年级后半学期开始,他的性格有所转变。还是朋友的作用大呀。"

"朋友?"瑶子挺直了腰。

"他开始跟性格开朗的同学来往了,受他们影响,照音性格开朗多了。"

"那些朋友是……"

"什么?"

"有一个同学,姓是永吧?"

"您知道啊?"

"是不是还有庵道、仓内?"

"是这样,哦,他们都去您家里玩过,所以您知道名字吗?"

"没有……不……"

"是永同学是我们班的中心人物,庵道、仓内都是他的好朋友,大刀川君经常和他们在一起,在班里自然也就很显眼了。人是很有意思的动物,如果意识到有人在看他,就会尽可能让人看到好的一面,行动就会积极起来。大刀川君现在变得积极多了。虽说有时候闹得有点儿过分，但对于他来说也许是好事。"

"闹得有点儿过分？"

"比如用马克笔在眼皮上画黑圈，闭上眼睛好像睁着眼睛的样子？"

"我家……孩子吗？"

"是的，教语文的黑川老师告诉我的。黑川老师严厉批评了他，说活泼开朗是好事，但要有限度，尤其在上课时。"

"我家孩子吗？"

"啊，当然谁也没打他，请放心。还有，把运动服上衣当裤子穿，裤子套在头上，头朝下坐在椅子上，这是课间休息时间干的。女生看了觉得恶心向我报告，我批评他说，不要做让人讨厌的事。"

"我家孩子吗？"

"是的。基本上还是很老实的，平时甚至都感觉不到他的存在，只是有时不分时间和场合调皮一下。不过，算不上什么大问题。"

班主任脸上没有一丝阴云的笑容渐渐变成了无脑的傻笑。

"我家孩子在学校有没有受欺负？"瑶子脱口而出。

"受欺负？"

"对！有没有？"

"您怎么突然说起这个来了？"

"我家孩子绝对不会用马克笔在自己眼睑上画圈。不管是课间休息还是放学后，都不会把上衣当裤子穿，更不会把裤子套在头上。"

"刚才不是说了吗？有朋友后他变了。"

"那也变不成那样。"

"照音君每天有多久在学校？跟您接触的时间有多少？他每天都在发生变化，孩子们都是这样。"

照音回到家时，她还在公司。等她下班时，照音已经躲在房间里了。有时下班晚了,晚饭都不能一起吃,周末还有堆积的家务要做。

"可是……"

那么内向的孩子自己淘气,瑶子无法想象。

"首先,是谁欺负他呢?"

"这个嘛……"

不能把名字说出来。如果说错了,恐怕无法挽回。

"二年二班是一个和睦的班集体。我还教着二年级两个班和三年级,上课时不同班级的态度完全不一样,二年二班是最好的,全班同学都很团结。为了迎接月底的运动会,大家主动提出要自主练习,绝对没有校园欺凌。在我至今为止带过的班里,二年二班是最好的。"

久能脸上的笑容不像是装出来的。

"老师的意思是……不用担心?"

"不用担心!二年二班没问题,整个三冈中学都是和睦的。"

久能直到最后都能言善辩又快活。

4

瑶子不相信神的存在。在神社举行的结婚典礼上,神主发表祝福语时,虽然她喝过三三九度杯[①],但家中祖祖辈辈跟神道无缘。她虽然每年正月都去神社拜年,合掌祈祷神灵保佑全家健康、财源茂盛,但并不相信神能听到祈祷。圣诞节她也吃蛋糕、吃烤鸡,却从没祈祷过什么,当然,她也没参加过教堂的弥撒。

但瑶子不能否认,这个世界上存在"命运"。

忘了是小学几年级,上社会课时她突然想吃奶油泡芙,于是一边想着,一边在笔记本上画了一个。放学后一路上唱着"奶油泡芙、奶

---

① 新郎、新娘用大、中、小三只酒杯喝酒,每杯喝三次,一共喝九回。

油泡芙",回到家一看,为她准备的奶油泡芙就在冰箱里。

十七岁那年夏天,在打工的餐馆,瑶子喜欢上了同在那里打工的大学生,想表白却不敢,犹豫之间,他突然不来了。瑶子以为两人没有缘分,谁知她在和一个女同学去房总半岛旅游时,竟然在夕阳染红的海滩上,再次遇见了他。入夜,一起放烟火时,瑶子向他表白了。

搬家后收拾纸箱,瑶子翻出一张旧的全家福。虽说在那个家里每天都很遭罪,但不知为什么她想念起分别很久的父亲来。那天晚上,她正要写封信问候一下,却收到了父亲的病危通知。

见完久能的第二天,瑶子来到了田崎包子家。

"约翰好点儿了吗?"包子问。

"托您的福,体温基本正常了。您看是这个吗?"瑶子满脸堆笑,递给包子一瓶新乳白美容液。

"对对对,就是这个!最近哪儿都买不到,还真让你找着了!"

"所有药妆店都没有,最后终于在二宫的一个老化妆品店找到了。"

"二宫?你跑了那么远啊?真抱歉!"

"哪里哪里,我去那儿有事,顺便买的。外包装脏了,但使用期限还没过。还有一年才到期呢,您就放心用吧。"

"能用就好啊。谢谢你。等我用完了,再拜托你去帮我买。"

"没问题。我跟店员说了,还会去买的,让他别忘了进货。"

"不愧是瑶子,办事就是心细!谢谢你!"

包子说着打开钱包,拿出两张一千元钞票来。

"哎哟,我的老夫人,您不是已经给过我钱了吗?这是找回来的零钱。"

瑶子把找回来的零钱递给包子,包子推回去,把两千日元塞进她手里。

"拿着!"

"可是……"

"行了行了,辛苦你了。"

瑶子小声说了句"谢谢",低下了头。她的内心出现了两个人格,一个击掌喊"幸运",一个自觉很凄惨。

"约翰是感冒了吗?"

"我觉得是。"

"没去看医生吗?"

"没有,睡了一天就好了。今天都能去上班了。"

"还是去医院看看吧。平石她老公,老是眼睛模糊,看不清东西,以为是上岁数了,就没往心里去,最后几乎看不见了才去医院。你猜怎么着?糖尿病!再晚去几天就成瞎子了!"

"真可怕。"

"可不是嘛!外行人的判断呀,有时候会要人命!"

"您说得对,明天我让他去医院检查一下。我给您沏茶去。"

瑶子逃似的从包子面前走开。

包子说的约翰,就是瑶子的丈夫丰彦。昨天,瑶子为了去见久能,请假时撒谎说丈夫发了高烧。

田崎包子是瑶子公司的会长。公司名叫田崎总业,是一家老公司,属于土木建筑业,广告词上写的是"房地产综合商社"。建房出售、定制建筑、改建装修、租赁房屋,业务范围很广。尽管如此,四层楼的公司里只有十五个员工,号称综合商社还是有点儿无耻。因为在车站大厅里设有广告牌,所以公司在本地知名度很高,但在外面恐怕没人知道。

今年已经迎来喜寿的包子并非全权处理公司事务,只是挂个名,主要工作就是参加董事会时吃个高级盒饭。公司由她丈夫创建,丈夫死后，自然是儿子接班当老板，而她坐上了会长的交椅。

瑶子是这个家族企业的正式员工，算上当小时工的时间，已经干了十年。她是总务部员工，电脑录入、接电话、拷贝文件、端茶倒水……什么都干。另外，每周有一半时间，做完公司的事情后，还要在老板家帮忙做家务。

老板太太——包子的儿媳妇——非常善于社交，今天参加短歌会，明天参加慈善义卖，后天去东京看歌舞伎，基本不在家，自然也就不怎么做家务。瑶子填补了空白。也许老板正是知道大刀川家经济拮据，才特意给她安排了这些杂活。

陪包子聊天也是瑶子的工作，包子腿脚不好，很少外出，不免寂寞。瑶子一来，马上就被拽进房间，天南地北地聊，根本顾不上做家务。有时瑶子晚上九点甚至十点才能到家。不过，两人很聊得来，瑶子并不讨厌她。

"约翰岁数也不小了，不注意身体可不行啊。"

回到客厅，包子继续刚才的话题。

"是的，我也要多加注意。"

瑶子礼貌地笑笑，把茶杯放在了茶几上。

"约翰还是那么帅吧？"

"哎哟！老夫人，您还会说帅哪，真是越活越年轻啊！"

"他是个帅哥，身材苗条，穿着时髦，不知不觉就会被他迷住，再戴上墨镜，简直帅呆了！现在还戴墨镜吗？"

"这都什么时候的事啦？现在已经……"

瑶子双手在肚子上做了个拱形，意思是他已经有啤酒肚了。

"歌唱得好，吉他也弹得好，孩子们可喜欢他了。"

"因为他就是个大孩子。哟！不能再聊了，我得赶紧去做饭了。"

瑶子逃到厨房里去了。

淘米，洗菜，洗衣服，打扫房间……家务活虽然多，但老板家很宽敞，活动起来很方便，而且家具、家电都是最新款，很快就能收拾完。瑶子这才意识到自己讨厌家务是因为家中的设施跟不上。在两室一厅的破房子里，缩着身子做家务，做一道菜要刷一次锅，不可能快乐。

做好晚饭摆上桌，瑶子去叫包子。老板太太照例不在家，老板今晚有应酬，晚饭只有老夫人一个人吃。"跟我一起吃吧"——老夫人总是这么说，瑶子也总以丈夫和孩子在等她为由谢绝。但她还要收拾碗筷，不能马上回家，于是就喝着茶陪着，已经成了惯例。

演员离婚，股票下跌，最近买的保健品，观花藤时节到了……包子总是边吃边聊着她喜欢的话题。今天的餐后水果是枇杷，包子一边剥枇杷皮，一边问：

"咱们公司里有职权骚扰吗？"

"职权骚扰？"

"你见过吗？"

"没有。"

"殴打什么的倒不至于。我指的是吼一嗓子啦，下跪啦，故意安排过量工作啦等。"

瑶子心想，让员工到家里来做家务，算不算职权骚扰？她没说话，只是摇了摇头。

"胜治呢？有没有骂过员工笨蛋、无能呢？那孩子说话不好听。那也算职权骚扰吧？就算是为了给员工打气也不行吧？"

胜治是老板的名字。他根本不是东京人，却整天操一口东京腔教训员工。

"那算不上。"

"真的吗？"

"真的。"

"在我面前可不要客气。"包子伸长脖子，盯着瑶子眼睛说道。

"怎么会呢？我在咱们公司工作了十多年，从没听谁说过对他有什么不满。科长、组长们也没人耍威风，职场环境非常好，工作很愉快。"

包子叹了口气，把枇杷果肉顺滑地塞进嘴里。

瑶子感到不安起来："公司里有人说老板坏话吗？"

"嗯，在电视上看了吉田先生的故事，有点儿害怕。"

"吉田先生？"

"嗯，电视上有位吉田先生，他的儿子悠宇在公司遭到了职权骚扰。悠宇是个很老实的孩子，就是说话声音小，有时候让人听不清，为此他在公司常被批评，那都不能叫批评，常被说'你是女人吗？要是个男人，脱裤子看看！'之类的，还被迫进行发声训练，被强迫唱歌什么的。说是职权骚扰，我看跟校园欺凌没两样。"

听到"校园欺凌"，瑶子一惊，心里"咯噔"一下。

"不只是上司，甚至比他晚几年的同事也都嘲弄他。他越紧张，越发不出声音，简直就是火上浇油。悠宇心神劳累，休息日在家也闷闷不乐。因为太反常，加上去精神科的病历被发现，父母才知道的。于是吉田先生跑到公司去抗议，可是公司的人异口同声说根本就没这回事，后来告到东京总公司也没有结果。最后你猜怎么样？"

"告到法院去了？"

"一般老百姓打官司的门槛还是太高了，吉田先生打算靠自己的力量解决问题，搜集职权骚扰的证据，然后摆在那些人面前。所以他雇了个侦探。"

"侦探……"

"兴信所的侦探。侦探对那家公司展开秘密调查，找到了确凿证据。公司方面终于承认了职权骚扰的事实，向悠宇道歉，他的上司也被调走了。他得到了一大笔赔偿金，真是太好了！

"不过换位思考的话，好可怕呀。我们公司说不定什么时候也会被员工告状，悠宇的赔偿金高达七千万，如果咱们公司一下子拿出那么一大笔钱，恐怕就经营不下去了。估计是那公司好面子加了封口费吧。"

悠宇就职于日本家喻户晓的某家用电器公司。

"所以，瑶子啊，要是咱们公司有职权骚扰的情况，你可一定要马上告诉我。不要找胜治，先向我报告。这种事情啊，女人出面要好得多。"

瑶子点了点头，心想，自己正在为孩子的事糟心，就聊到了相关的话题。而且她受到了很大启发，这不是"命运"是什么？

5

星期六下午，瑶子对丰彦说老板母亲找她有事，骑着自行车急匆匆地离开了家。走出去没多远，她掉转方向朝车站那边奔去。从家里出来时只是阴天，刚刚上了县道就开始风雨交加。瑶子一手扶车把一手撑伞，好几次大风都差点儿把伞刮跑。

总算坐上了火车。车上有很多高中生，他们穿着运动服，脚下放着运动包，大概是去参加比赛吧。有的男生就坐在被雨水濡湿的地板上，吃着三明治或小点心。倒是有空座位，但瑶子没有挤过去坐，而是靠在了车门旁的扶手上。

商场、公寓、防风林、停车场……犹如一幅幅画卷在窗外闪过。列车驶过两站后，窗外风景就变成了水田。青灰色天空下，刚种上不久的水稻在风雨吹打之下飘摇。在绿色的背景里，车窗玻璃上映着瑶子模糊的面容，鲜明地露出疲态。

照音好像在学校受了欺负。

但照音本人否认，班主任也付之一笑。

想追问他吧，又很犹豫。照音正处在敏感的年龄，搞不好年幼的心灵会留下创伤。

该怎么帮他呢？悲哀、乐观、焦躁、混乱、逃避……瑶子辗转反侧，夜不能寐。

怎样才能把事情真相弄清楚？

就在这时，她从田崎包子那里听到了好主意——委托有能力的人去调查。

瑶子站了七站后下车。

从西出站口出来，沿着铁路线有一条单行路，顺着这条路走了一段，来到一座一楼是手机店的古旧大楼前。三楼的玻璃上贴着几乎挡住整个窗户的大字：阿尔法兴信侦探社。瑶子用了三十分钟，花了五百七十日元跑到这儿来，为的是躲开熟人的耳目。

坐电梯上三楼，只有一个门。推开进去，一个年轻的女子立刻迎上来，用明快的声音说了声"欢迎光临"，把瑶子带到一个屏风后面。

瑶子从包里拿出手绢擦汗时，有人递给她一杯勉强有点儿颜色的茶和一张纸，对她说："方便的话，请填一下这张表格。"那是一张调查表，瑶子被表上的"校园欺凌、性骚扰、职权骚扰、学术骚扰等调查，亦负责跟对方交涉等事宜"吸引了。

填好调查表后，来了一个穿西装的男人，名片上印着"主任调查员鲶田幸四郎"。他虽然名字看上去挺老，却只是个三十岁左右的年轻人。

"我想委托贵所调查校园欺凌相关事件，费用大概是多少？"

瑶子首先问她最关心的事。

"最少是这个数。"

鲶田竖起两根手指。

"两万，是吧？"

"太太，那样的话我们这儿早就倒闭啦！"

"二十万？最少？"瑶子瞪大眼睛。

"可不是打个电话就能查清楚的。校园欺凌这种事,除了被欺负的学生本人,别人都意识不到的情况多得很,要查清楚很难。"

"还有花五十万、一百万的?"

"那要看具体情况,超过一百万的很少。"

"是吗……二十万……"

二十万,瑶子一边叹气一边重复。

"如果很快就调查清楚,那就花不了二十万?"

鲶田脸上露出笑容:"嗯,超出工作范围的费用我们是不会收的。"

瑶子咬着嘴唇,思考了很长时间,然后说道:"关于费用,我最多能付二十万。超过的部分您就不要再调查了,只把二十万能调查到的情况给我个报告,这样可以吗?"

"但是查到一半就停了,调查还有什么意义?万一结果没出来,二十万您不是白扔了吗?"

"可是……我只能拿出来这么多……"

大刀川家根本没有这笔钱。以防万一,瑶子存过一点儿私房钱,并不多,也就十万日元。可十万日元连初期费用都不够。

"也可以按月分期付款。"

"那样每月要付多少钱?"

"要看总额是多少。不过我们会尽可能按照客人要求来安排,这方面您尽管放心。"

鲶田已经习惯了这种推销员似的说话口气,他微笑着。

瑶子坚定地说道:"请您定个二十万的上限。到了二十万,您就中断调查,跟我联系。"

"好吧。到那时,就能知道还需要多少时间和费用了。您看了阶段报告后,再决定吧。"

"那就这样。"

瑶子没细想,就鬼使神差地回了一句。还差十万日元怎么办……

可话已经说出口了。

"我想先了解清楚事实。也许只是自寻烦恼，因为我儿子一次也没跟我说过。"瑶子勉强地笑着说。

"他没有主动说过啊？"

"什么？"

"因为他觉得那是耻辱。"

"耻辱？"

"对！他认为被欺负本身是一种耻辱，承认了就等于承认自己没用。"

"太夸张了吧？"

"孩子和大人不一样，心理承受能力很差，非常敏感，总会在自己身上找原因，认为是自己没用。于是呢，就想把真相隐瞒起来。可是他又希望有人把他从地狱里救出来——看似矛盾又并不矛盾。这个年纪的孩子，就是在这种令人不安的状态中寻找着平衡。"

鲶田的表情很认真，瑶子觉得他比久能值得信赖。

她开始说具体信息：儿子的名字，学校的名字，年级和班级，欺负他的学生是永等四个人的名字……但日记本的事她没说，只说关于儿子的事情是从别人那里听来的。

"我想问一个问题，"鲶田说话了，"他在家里因顶撞父母挨过打吗？"

"挨谁的打？我的吗？"

"或者是您先生的。"

"没有。"瑶子连连摇头。

"有没有破坏过家里的东西？"

"我家孩子吗？"

"比如砸碎玻璃，用棒球棒把墙壁打个窟窿什么的。"

"那么过分的事没有……"

051

鲶田点点头,飞快地在笔记本上记录着,随后把一张纸放在了桌子上。

"按照我们的规定,收到客户的钱后才能开始调查。刚才您说过了,二十万是上限,二十万花完了,即便没有结果也得中断调查,对吧?那就请您去银行,把二十万打到我们的账户上,付完款打个电话,我们确认到账后会立刻开始调查的。"

纸上写着事务所的银行账号,瑶子将纸折好放进包里。还差十万。焦躁感攫住了她,不仅是因为担心钱。

"刚才那个问题到底是什么意思?是说我家孩子有暴力倾向吗?"瑶子直截了当地问道。

"在学校受欺负的孩子在家里一般都有暴力倾向,心里的委屈无处发泄,就会在家发泄出来。"

瑶子一时语塞。

"当然,现在只不过是推测。我们以此为依据进行调查,一定能找到实际证据,但拿到证据后怎么办?大刀川太太?"

"什么怎么办?"

"拿到证据,您就满足了吗?"

"当然不!"

"那您打算怎么办?"

"让他们停止校园欺凌……"

"跟那些学生说吗?"

"对,还要把他们父母叫来,当面对质,请老师监督……"

"他们会说,没有校园欺凌。"

"我有证据。"

"有证据他们也不会承认,那些学生会装糊涂,他们父母呢,全都百分之百相信孩子,然后怒不可遏地指责您没事找碴儿。"

"我有证据……"

"如果对方不把证据当作事实来看，那证据就没有意义。本人不承认的话，仅靠怀疑不能定罪，学校也不会采取行动。"

"什么？"

"班里发生了校园欺凌，班主任的管理能力就会受到质疑，风言风语马上就会传开，就算不当班主任，也会受到强烈抵制。大刀川太太，千万别把老师当传教士，他们是为了谋生站在讲台上的，谁都不想损害自己的利益。

"老师会掩盖事实，即便察觉到了，也会装作什么也没看见、没听见。装作看不见是很简单的，如果从早到晚在心里念叨没有那回事儿，最后就会信以为真。老师会说，'那不是欺负你，是喜欢你，别多想'，然后微笑着甩开学生。

"而对学校来说，如果存在校园欺凌，学校名誉就会受损，领导履历上就会有污点。所以，他们也会装作没看见。"

瑶子一言不发。

"学校靠不住怎么办？告到法院去？当然，如果不怕花费精力和时间，有证据在手，官司一定能打赢。前提是您得做好牺牲一切的准备。"鲶田盯着瑶子。

瑶子什么也说不出来，就连躲开鲶田的视线都做不到。

"您要是把这事交给我们，我们让他再也不敢！"

"再也不敢？"

"对！再也不敢欺负您儿子！"

"怎么做呀？"

"办法多的是，最基本的就是让那些学生立字据，承认曾经欺负过他的事实，发誓今后绝不再犯，并警告他们，如果再欺负人就报警！"

"啊？"

"立字据可不是那么容易的事，字据跟合同一样，在法律上有约束力。让加害者拿起笔也不容易，因为他们根本没意识到干了坏事，需要时间去说服。办这种事我们很有经验，可以在短时间内解决。"

鲶田双手支在桌子上，像靠近猎物的蛇一样把身子探过来，瑶子身体向后缩。

"可是……"

"您是担心费用吗？"

"是的，还会花很多钱吧？"

"当然到面谈那步的费用还得您出，但是，以后的费用就不用您费心了，我们会让对方承担的。"

"什么？"

"立了字据就可以保证将来您儿子不再遭受欺凌，但是过去的损失怎么办？那些时间是回不来的，看樱花，去远足，参加运动会……加害者得赔偿。在交涉方面，我们是专家，可以代替您去跟对方和解。赔偿金一定能拿到，而我们会从中收取一定的手续费，但不会给您增加任何负担。"

鲶田再一次向前探身，眼睛瞪得圆圆的，俯视着瑶子。

神
(God)

5月5日 星期六

被欺负是身为天才的证据？被欺负值得骄傲？被欺负的人有光明的未来？

不管喝了多少酒，也不该说出这种离谱的话来吧？爸爸真没用，出什么事都不能依靠。如果认真地跟他商量，他还会再说出一些不着边际的话吧。

我不再需要父母了，因为我遇到了一个比父母更值得信赖的存在。

奥依耐普基普特神啊，请保佑我！

5月6日 星期日

奥依耐普基普特神啊，住在我家感觉怎么样？又小又破，真对不起。不过，我会注意清洁，全力照顾好您，千万不要离开我！

我永远不会忘记那次戏剧性的相逢，但细节部分经过岁月洗礼也许会变得模糊，所以我要详细记录下来。

感觉到您的存在，是上个星期二，5月1日那天。

午休时，他们拉我去玩一种叫"西部电影"的游戏。我根本就不想去，但吃完饭后，那些家伙还是硬拉着我到了学校后院。

游戏规则很简单，大家面向墙，一个人拿球，将球扔向墙的同时叫某个人的名字,被叫到名字的那个人要去抓从墙上反弹回来的球,抓到以后,再把球扔向墙,同时叫另外一个人的名字,被叫到名字的人要去抓球,直到某人失手。"武井!"——"随地小便!"——"庵道!"——"随地小便!"——"仓内!"看上去似乎是一群好朋友在玩游戏。别开玩笑了!

其实,这是一个折磨我的游戏。我扔球时,仓内、庵道、武井,每个人的名字都会叫到。但那些家伙扔球时,只叫我的名字,三对一,打我一个。一个人怎么敌得过三个?是永今天不在,听说他高烧三十九摄氏度,没来学校。

被指名抓球的人如果没能直接抓住从墙上反弹回来的球,其余的人就立刻四散奔逃。被指名的人把球抓到喊"停"时,其余的人必须站住。然后,被指名抓球的人把球投向逃走的任意一人,如果投中了,被投中的人为"一死";如果没投中,或者球被接住了,投球的人为"一死",这算一局。然后开始第二局、第三局……最先"五死"的人出来,游戏就结束了。

这还不算完,真正的游戏在后面。最先"五死"的人要受惩罚,惩罚方法是:双臂平伸,面向墙并紧贴墙站着,其余的人站在其身后十米的地方向他扔球。他们总是集中炮火打我一个,被惩罚的人百分之百是我。

球是软式网球,距离十米向我投球,不会使我受伤,但是球直接打在身上还是很疼。是永他们总是瞄准我露出皮肤的部位扔,手背或手指上还好,最难以忍受的是耳朵,那真是割裂般的疼痛。球发出的呼啸声也让人胆战心惊。

咻——

心脏被揪紧,像被老鹰爪子抓住似的,几乎昏厥过去。击中后脑勺虽然不太疼,但如果老是被打那里,我担心脑子会出问题。

总之,上星期二我被强拉着去玩,果不其然,又被集中攻击。一死、二死、三死、四死，还差一死就要受惩罚了。

"随地小便！"

庵道叫喊着把球向教学楼墙上扔去，球打在二楼与三楼之间凸出的棱角上，向完全无法预测的方向飞去，根本不可能接住。

啊！逃不掉了，不，游戏开始前就已经确定了。

先把球找到再说吧。花坛里、水沟里、矮墙边、杂草里，找了半天也没找到。

"磨蹭什么啊？"

不耐烦的庵道跑了过来。是永不在时，他就来劲了，摆出一副主人架子。我说："球找不到了。"

"你想消磨时间吧？"

庵道说我在耍小聪明，想磨蹭到午休结束。

"你把球藏起来了吧？"

另外两个人也过来了，立刻对我搜身检查，粗暴地拍打我的衬衫和裤子。

"在这儿呢！"

后背对着我的武井蹲下去，接着站起来转过身，手里拿着一个白色的橡胶球。我吃了一惊，问他是在哪里找到的，武井指了指干涸的水沟。

"果然是想消磨时间啊！"

庵道噼噼啪啪地拍着手。我解释了好几次，说的确没找到。

"这回得加倍惩罚！"武井帮腔。

"太狡猾了！加倍惩罚！"仓内拍着手起哄。

"过来！"

庵道抓住我的手腕，拖着我往墙那边走。是武井捣的鬼，这小子抓住了球，藏在自己身上。刚才在水沟里捡起来，只不过是装样子。估计他和庵道事先商量好了，球打在凸出的棱角上绝非偶然。庵道是棒球队的投手，武井呢，预测到球的方向，提前移动。我被耍了！

这次他们要加倍惩罚，要我背靠着墙，不要啊！这怎么受得了？球砸在脸上该有多疼，砸在眼睛上就更疼了。

他们玩石头剪刀布，决定谁先惩罚，结果仓内排第一位。他先用手指在地上画了一条投球线（比哪次都近），然后右手持球，高高举过头顶，球呼啸着向我的脸部飞来。我条件反射地闭上双眼，抱着头蹲了下去。

"不许躲，下次再躲，每人投两球！"

庵道和武井号叫着扑过来，把我紧紧按在墙上。

仓内大踏步向后退，他要助跑一段。

我惊慌失措，大叫暂停，请求他们。

我拼命扭动身子，想挣脱，但双臂一动都不能动。

仓内越跑越快。

我闭上了眼睛。

救命啊！万能的神！救命！

我在心中叫着。

一秒钟、两秒钟、三秒钟过去了……哪里都没感觉到疼。

我战战兢兢地睁开眼睛，只见仓内已经趴在了地上，庵道和武井正指着他哈哈大笑。是在助跑时摔倒了吗？

仓内叫唤着爬起来，一边骂一边用脚踢地。

午休结束的铃声响了，游戏中止了。

第五节课是语文课，我一边听课，一边呆呆地思考。

神应该是存在的吧？仓内摔倒，是因为我的祈祷见效了吧？

第五节课下课后，仓内去保健室了，回来时一瘸一拐的，说疼得受不了。

放学后我去后院，在仓内摔倒的地方仔细观察，发现土里埋着一块石头。原来他是被这块石头绊倒的，并不是神保佑了我。

第二天，仓内拄着双拐来上学了，他的左脚踝骨裂，右脚大脚趾韧带损伤。

我以为仓内会向我撒气，但他看都没看我一眼。是永不在，太好了，如果他在的话，肯定会找碴儿。

是永还没退烧，那天也没来学校。那么结实的身体居然……我希望他一直发烧下去，初中毕业也来不了。

放学后，我再次来到学校后院，单膝跪地，继续观察那块埋在土里的石头，用手指反复抚摩它。那是一块灰色的石头，很光滑，以前大概是在河川里被水流冲刷了相当长的年月。

虽然那只是一块灰色的石头，但神有没有可能就住在石头里呢？

第二天快中午时，我又去了后院。我蹲在地上，双手撑着下巴，注视着那块石头。如果这是块神石，应该跟别的石头有不一样的地方。

盯着看了十五分钟，什么也没看出来。我拿起不知是谁放在花坛里的一把铁锹，打算把它挖出来。

埋得比预想中要深，整块石头有大人的头那么大，形状也像人脸，是椭圆形的。我用手把表面的泥土拍打掉，把凹陷位置的泥土抠出来，定睛一看，犹如遭到电击。

石头上有眼睛、鼻子、嘴巴，椭圆形中间靠上的位置，有两个圆圆的凹陷，正好是眼睛的位置。眼睛之间稍靠下一点儿有一个三角形凸起，那是鼻子。下边是一个横长的裂口，那是嘴巴。看侧面，中间部位有一个饺子模样带皱褶的东西，左右都有，不是耳朵吗？

心脏剧烈跳动，嘴里渴得要命，我跪坐在地，再次端详石头正面。

您是神吗？

我在心里问道。

您是神吗？

我在心里反复问道。

我听到声音了。

——奥依耐普基普特。

的确是这个声音，原来您是奥依耐普基普特神啊！

我用手绢把奥依耐普基普特神包起来带回家，在浴室仔细洗干净，安放在书架上。其实应该供奉在神龛或佛坛里，但是我没法马上就买回来。

那以后，我每天早晚都向它祈祷。

奥依耐普基普特神啊，请保佑我吧，保佑我不再受欺负，平静度过每一天。

约翰·列侬在歌中唱道：神是人用心创造出来的。此前我根本不相信他们的存在。

现在我知道了：神是存在的，确确实实就在这里，在我房间里。

5月7日 星期一

连休结束，是永来上学了。我以为他连续几天高烧，肯定吃不下饭，一定有气无力、面颊消瘦，没想到他居然还胖了一点儿，皮肤也很有光泽。武井谄媚地说："恢复得不错。"是永捧腹大笑："哈哈！我根本就没发烧！"

原来是永全家去美国旅行了，今年的五月黄金周被两个工作日分割成了前、后两段，时间都有点儿短，于是是永就假装生病，请两天假，凑了九天七夜，去了一趟美国俄勒冈州。是永他爸在俄勒冈州波特兰工作。

我的心情变得很差，不是因为看见了是永那活蹦乱跳的样子（也不能说完全不是）。一边是去美国旅行九天，一边是在家里睡了个黄金周，唯一活动是吃了一次柏饼，这差距也太大了吧。同样是父母，怎么就这么不一样？

一直是这样，新年、黄金周、盂兰盆节，爸妈都没带我去过任何地方。别说出国，就连温泉和游乐园都没去过。奶奶家他们倒是带我去过，坐公交车只要四十分钟。

"到处都是人，挤不动，累死人，一点儿好处都没有。"这是丰彦的说辞。但是，旅游淡季他也没带我去过任何地方。

我妈到底是我妈。她说："大刀川家一年三百六十五天都保持一颗平常心。"

期待的结果只能是生气，我索性不央求他们了。

我知道家里很穷，不只是穷，还很悲惨。

我讨厌黄金周之类的连休，取消连休吧！为什么非要把休息日凑到一起？

"我追到西雅图去看铃木一郎出场的美国棒球大联盟比赛了，一百多节连成一列的货运列车你们见过吗？我还登上了世界第二大岩石……"一到课间休息，是永就开始吹嘘他在美国的见闻。幸运的是，他没找我的麻烦。

5月8日 星期二

久能老师把我叫到办公室，大发雷霆："高中志愿调查表上为什么一个字没写？！"

我马上就要死了，写那个有什么意义？

我却没能这样直截了当地回答。我觉得自己好可怜，交上去白纸挨批评后赶紧傻笑着，当场又把志愿写上了。既然这样，当初为什么不随便写一个？除了装酷，什么都不是。唉——我就是这样的人！

心情暗淡到又想死的时候，忽然觉得应该再等等看。

现在状况不一样了，我有奥依耐普基普特神了。奥依耐普基普特神帮我惩罚了仓内，昨天、今天，是永都没欺负我。

总之还是先不要自杀吧。

5月9日 星期三

是永今天也高兴得忘乎所以,他提出为了准备校运动会,我们班应该提前开始自主练习。班与班之间的对抗赛有男女混合接力、男子骑马战(四人一组,三人构成一匹马,一人骑在上面为骑手。两队各组成数匹马,在规定时间内混战,想方设法将对方骑手头上的帽子摘下来,帽子被摘下后必须退出战斗。到了规定时间,骑手头上帽子留下更多的一方为胜)、女子自创舞蹈。我们的目标是拿到三个冠军。全年级才三个班,赢得冠军有啥价值啊?

价值暂且不论,班长诸井的面子往哪儿搁?无视班长的存在,自行提出建议,诸井心里能高兴吗?

5月10日 星期四

骑马战队的名字太奇怪了!亚马孙溪流?凤凰之舞?完全不明白是什么意思!

午休时间、放学后练这个?饶了我吧!什么?早上还要练?开什么玩笑!

5月11日 星期五

平静的一周过去了,是永他们还是像以前那样捉弄我,但也就是往我背上丢橡皮头,从身后顶我的膝盖窝什么的,没有敲诈勒索。

5月12日 星期六

我去商店看了神龛,真没想到一个神龛竟然那么贵。如果用每月的零花钱买,得多少个月才能攒够!还得买神镜、水玉、水瓶,以及一种叫作皿的神具,我绝对买不起。

回家路上,我与一辆黄色的甲壳虫轿车擦肩而过。咦?那不是久能老师吗？副驾驶座上还坐着一个女生，那不是环保俱乐部的副部长吗？

5月14日 星期一

"为什么早上的练习你没来？上星期也是，午休时间、放学以后，你都没参加！"

一群人正在攻击一个姓大迫的女同学，大迫同学低着头，身体缩成一团，像是在等着狂风暴雨过去。那些人执拗地威胁她："今天午休时间一定要参加！不参加不行！"大迫忍无可忍，终于爆发了。她仰起头，眼镜片后面的小眼睛瞪得溜圆，大声说道："运动会是学校组织的活动，参加是我的义务，但是早上、午休时间、放学后，都属于课外时间，如果你们强迫我参加，就是侵害个人自由……"

全班同学目瞪口呆。

大迫同学真厉害！我真羡慕！如果我也能像她那样勇敢地说出自己的主张，该多么大快人心！

但是，我做不到，也不想那样做。要是我也用那种口吻说话，只会被更过分地欺负。

5月15日 星期二

因为下雨，自主练习中止了，这雨一直下到运动会那天才好呢。

今天没轮到我打扫教室，一放学我就背起书包往外走。

是永一把拽住我："怎么？想逃走？"

我强装笑脸："没有呀。"

"那为什么不等我一起走？"

"我想去图书馆，借的书今天到期，必须还回去。"

"今天就别还了。"

"那不行，不能不遵守规则。"

"傻瓜！规则就是为了破坏才制定的。"是永像往常一样说着这种胡话。

"随地小便！你小子特别烦我吧？肯定在心里骂我呢。"

"哪有那种事。"我依然赔着笑脸。

"我是为了你好才跟你在一起的。"

什么？

"你还没有三块豆腐高。学习成绩呢，除了语文啥都不行，干什么都磨磨叽叽的。"

我全身一下子燥热起来。

"头发是自来卷，像个鸡窝。那双橡胶底运动鞋是山寨货，顶多五百日元一双。你袜子的松紧口早就开了，耷拉下去。我一直盯着四周，为的是保护你，因为你是我最好的朋友。"

别开玩笑了！他刚说完，就让我替他提书包，还说要是淋湿了就惩罚我。

"听明白了吧？咱们是好朋友！"是永打着伞，右胳膊肘撑在我肩膀上。

"你得帮我忙。"是永伸出左手，"捐款！"

你已经把我的压岁钱全借走了，到现在一个子儿没还，还要我怎么办？

我不敢直说。想起铅笔盒里有两个十日元硬币，就拿出来，满脸堆笑地对他说："这是我的全部财产。"

"好朋友遇到了困难，你就这样见死不救？"

谁是你的好朋友！

"我特别想伸出援手，可是我真的没钱了，就这二十日元。"

我已经从妈妈的钱包里偷过不少钱了，为了不被发现，纸币五张以下时不偷，而且一次只偷一张一千日元纸币，这已经是极限了。前几天，我听见妈妈质问丰彦："我的钱是不是被你偷去玩老虎机了？"

再偷就该露馅了。

"你也能用别的形式帮助我呀。"

"别的形式？"

"必须是朋友！"是永抓住我提着书包的右手，强行把他的小指和我的小指钩在一起，怪声怪气地叫喊着，"拉钩上吊，一百年不许变！"

他一个劲儿地奸笑，我有种不祥的预感。

5月16日 星期三

我看见了，住谷同学故意撞了下桌子，手里的花瓶自然就失去了平衡，但瓶里的水绝不会泼出来那么多，他是故意往大迫同学桌子上泼水的。他掏出纸巾，一边连声道歉，一边擦水——这也是演戏。他真正的目的是假装擦水，把大迫同学的笔记本弄烂。太过分了！

5月17日 星期四

最近班里很不平静，理科实验时试管摔碎了三支，英语作业两个人忘了交，送配餐的托盘翻了个底朝天……不仅仅是我们班，走在楼道里都能感觉到不安稳的空气，好像整个学校都在瑟瑟发抖。

三冈中学正在为下星期就要举行的运动会忙得晕头转向。现在，二年级一班和三班，一年级和三年级，都在进行自主练习。

我讨厌运动会，讨厌因输赢而一喜一忧的心情。我讨厌赛跑，也讨厌看赛跑。大家的情绪越高涨，我的情绪就越低落。

希望26日那天天气异常，台风登陆，迫使运动会延期，第二天因为下大雨而不得不取消。

5月18日 星期五

是永说，明天下午三点到三丁目十字路口的便利店去。

我说我没钱。

他笑着说:"我让你搞到钱。"

听不懂什么意思,但我没敢问。

不想去。可如果不去,不敢想象会发生什么。

奥依耐普基普特神啊,请保佑我吧!

5月19日 星期六

我上气不接下气地跑到便利店,是永那帮人已经聚集在放杂志的架子前。我晚到了五分钟,吃午饭时,丰彦喝醉了,一直纠缠我,所以出来晚了。

我已经做好了准备,但他们并没有惩罚我,比惩罚恐怖一百倍的事在等着我。

他们走出便利店,向市中心走去。一路上,仓内和庵道用拐杖和雨伞玩格斗,是永一边怪笑,一边鼓掌。

终于走到了大黑银座商店街,很多商店都放下了卷帘门。也许是为了省电吧,拱顶上的灯没几盏亮着。

快餐店、茶铺、中药店、佛具店,开着的没几家,我们来到了高原塑胶模型店。听丰彦说,这家店从他记事时就有。他的话百分之八十不能信,不过来到店门前一看,确实是一对老夫妇开的老店,架子上放着很多看上去年代久远的木箱。

拉开吱呀作响的玻璃推拉门,我们走进了狭窄的店铺。店铺两侧靠墙都是几乎顶到天花板的钢架,架子上一个挨一个地摆着装有模型的木箱,给人强烈的压迫感。虽说上中学后我一次也没来过,但这里跟小时候比没什么变化。

店铺深处有展示模型的玻璃柜,柜后面有一位老奶奶。不过,那位总是坐在老奶奶旁边组装模型的老爷爷却不在,也许已经死了吧。

小学四年级时,学校里风行玩塑胶模型,我每周都要来这里好几次。因为没钱，我光看不买。我把木箱从架子上拿下来，打开盖，把模型取出来，看看说明书，摸一摸。恐怕很多模型都被我摸脏了，他们却一次也没批评过我，有时还送我模型样本和口香糖。老爷爷做的是坦克和战斗机模型，得意之作都展示在玻璃柜里。他曾在塑胶模型大赛中获奖，还让我看过刊登了他作品的杂志呢。

现在可不是怀念过去的时候。

武井把一个装着高达模型的盒子拿下来，走到老奶奶那边，她停下正在缝衣服的手，接过盒子，看了看价签，三百日元，她小声嘟哝着去按收款机。

就在这时，入口处有人大叫起来。

"老奶奶！老奶奶！"是仓内。

"老奶奶！老奶奶！快过来一下！"仓内一边连声叫着，一边向老奶奶招手。

"怎么了？"老奶奶抬起头来问道。

"快过来一下。那里，你看！"仓内指着推拉门和架子之间的位置说道。

"什么呀？"老奶奶把老花镜摘下来，从玻璃柜旁走出来。突然，我的侧腹被是永捅了一下。他看着我的眼睛，使了个眼色，把脸转过去，朝玻璃柜后面努了努嘴。

"快！"是永一边玩手机一边悄声命令。

我厌恶地皱了皱眉。

"我让你快点儿！听见没？"

"快点儿干什么？"

"傻瓜！"是永狠狠地打了我的头，"收款机！钱，快去拿！"

"什么？"

"让你去拿钱！"

"可是……"

067

"你会帮我的，咱们可是说好的！"

"那是……"

"拉钩上吊了，不许反悔。快去！"是永说着照着我的侧腹就是一拳。

我伸长脖子看了看，收款机小抽屉开着，里面有一万日元的钞票、一千日元的钞票和一些硬币。

去拿钱？那不是小偷吗？

"是真的吗？"老奶奶小声嘟哝着回来了。

我松了一口气。

"咦？老奶奶，怎么了？"是永的声音马上变得开朗起来，真会装！

"不可能有老鼠呀。"

"老鼠？"

"以前是见过，可是最近每隔半年就有人撒药，不可能有的。"

"真的有！您来得太慢了，已经跑了。"仓内在那边喊道。

"如果是真的，那可太讨厌了。对了，我找你钱了吗？"老奶奶一边用包装纸给武井包那个装着高达模型的盒子，一边歪着头问。

武井连连摇头。

我的怒火差点儿从眼睛里喷出来。武井！你个坏蛋！明明给了正好三百日元，哪还有什么找头！但是我什么都没敢说。

武井接过包好的模型和七百日元，向是永得意地眨了眨眼睛，然后把脸转向我，骂了一句"笨蛋"，转身走出店门。

我终于理解了这次活动的全貌。武井以买东西为名，诱使老奶奶打开收款机，仓内以发现老鼠为名，诱骗她离开收款机，是永用高大的身体挡住瘦小的我，让我去偷钱。这是精心设计的！

庵道推开我，从架子上拿了一个同款的小高达模型，放在了柜上。老奶奶把模型拿在手上，在收款机上输入价格。

是永靠近我的耳朵,威胁道:"这次再失败,杀了你!"

他恶狠狠地瞪着我,我的内心混乱又恐惧,愣愣地站在原地。

这时,仓内说话了。

"老奶奶!"仓内站在中间那排架子前招手。

"又怎么啦?"

"帮我把那个拿下来。"仓内指着架子上方说道。

"那上边的你买不起。"

"我攒了好几个月零花钱了。那么贵的东西,我得好好看看里边。"

架子上方摆放的都是五千日元以上的模型,放那么高是为了防止被顾客摸脏或偷走。

"是吗?"老奶奶拿起一个折叠梯向那边走去。

等一下!模型店的老奶奶,您的安全意识怎么这么差!收款机抽屉还开着呢!

"快去!"

是永捅了我的腰,目光像两把利剑。

我就像被人操纵的机器似的,趴在柜台上,探过身子,把手伸进小抽屉,拿出一张钞票迅速捏在手心,转瞬便从柜台上下来,一连串动作绝对没超过0.5秒。

老奶奶还在顺着梯子往上爬,丝毫没有察觉。

是永用眼神说了声"干得漂亮",拍了拍我的肩膀,顺势搂着脖子把我带出了模型店。

玻璃门关上后,我回头看了一眼,冲着老奶奶的后背在心中大喊:"对不起!"可是这又有什么意义?

我成了一个罪犯!

随后出来的庵道和仓内追上来,跟最早出来的武井会合。检讨会召开了,因为我只偷了一张一千日元钞票。"傻瓜!废物!"几个人骂

069

了我半天,最后用那一千日元买了两份章鱼烧,一口也没让我吃。

　　罪恶感、悔恨、自我厌恶……各种消极情绪折磨得我身体僵硬。

　　这时,是永说话了。

　　"明天再干!"

　　不行不行,我绝不能干第二次!

　　"那不好吧?"我赔着笑脸,用委婉的口气拒绝。

　　"有什么不好的?"

　　"老奶奶也许已经发现少了一千日元,也许已经猜到是我们偷的了,再去,那不是自投罗网吗?"

　　"傻瓜!去别的店啊!"

　　别的店?像那样防范意识薄弱的店,上哪儿去找?

　　"而且,明天下手去偷的,不是我们,是小兔崽子!"是永诡异一笑。

　　我没听懂,皱起眉头看着他。是永把手机对着我的脸,屏幕上是我趴在高原模型店的玻璃柜台上,把手伸进收款机小抽屉时的照片。

　　"明白了吗?还是你去!"

　　是永奸笑着收起手机,武井他们捧腹大笑,我脸上肌肉痉挛着,扭曲得变了形。

　　"明天也拜托你了,小兔崽子!"

　　我想死。

　　翻来覆去睡不着,已经是凌晨三点了。

　　奥依耐普基普特神啊!我该怎么办?请您给我指一条明路吧!

5月20日 星期日

　　岩上书店。

　　三万两千日元。

　　分给我一千日元。

5月21日 星期一

一旦开始就刹不住车。

下一个目标是哪里？便利店里有摄像头，二手游戏机店里客人太多，超市更不行，五个初中生一起去买菜，太奇怪了。仔细想想，目标还真不多。经过反复研究，是永选中了高原模型店和岩上书店，不愧是是永雄一郎。

下手的是我，碰上不容易偷的店，倒霉的也是我呀。这样下去就没有回头路了！

午休时间，我扶着走廊窗边的栏杆看着窗外，悲观地想着将来时，身后有人使劲拍了一下我的肩膀。我吓了一跳，回头一看，不是是永。

"怎么了大刀川，唉声叹气的？"

是来宫老师。

"我唉声叹气了吗？"

我强装笑脸。

"从楼梯那儿走到这儿没几步，你唉声叹气了至少三次。"

"只是打哈欠，昨晚没睡好。"我用右手捂着嘴，假装无力地眨了眨眼睛。

"有什么发愁的事吗？"

"没有啊……不……有，我担心下午上课时睁不开眼。"

"你的脸色可不太好啊。"

"因为没睡好。"

"是吗？"来宫老师歪着头，用怀疑的目光看着我。我再次用右手捂住嘴巴，假装忍住了一个哈欠。

"心里有什么烦恼就对我说，千万不要客气。"

又在扮演热血教师！您不就是想多表现表现，将来能当上班主任吗？讨厌！

我在心里骂着时，过来两个三年级的女生，一左一右抱住来宫老师胳膊，拽着他走了。

真招女同学喜欢啊！年轻，英俊，帅气，说话声音是男中音，个子高高的，没有一点儿多余的脂肪，当然会招女同学喜欢啊。

再加上，他的柔道特别厉害。大学时他还是国家队候补队员呢，男版阿柔的绰号就是这么来的。他是音乐老师，音乐才能也出类拔萃，是国家一级钢琴演奏家呢。

有的人被上天赋予两三种才能，有的人一种才能也没有，只能帮别人偷东西。

5月22日 星期二

石头、剪刀、布，输了就得替他们背书包，他们规定我只能出锤子和布，根本就没有赢的机会。不过，武井还真输给过我一次。加上我自己的——五个人的书包全都由我一个人背，我咬紧牙关，累得满头大汗。走在前面的是永，正吃着用偷来的钱买的棒冰，忽然，他转身走了回来。

"听说你小子家有很多吉他？"

"什么？"

"问你家是不是有很多吉他！"是永说着打了我一拳，一个书包差点儿掉在地上。

"掉到地上要受惩罚！"

那就别打我。

"回答我！你家是不是有好几十把吉他？"

"没有好几十把，顶多十几把……"

"几十把不包括十几把吗？傻瓜！所以数学才考了35分！"

考多少分关你屁事！

"你怎么知道我家有吉他?"是永没去过我家。

"我的情报网不比CIA（美国中央情报局）差!"是永吃完棒冰，转过头来对我说，"把你家吉他卖了!"

"啊?"

"肯定有值钱的。"

"没，一把值钱的都没有。"

丰彦那家伙，家里那么穷，借钱也得买吉他。但凡他少买一把吉他，我想要的电脑、手机、游戏机就都能买齐。太过分了!家里那么小，却放着十几把吉他，而且都装在盒子里。吉他对温度和湿度都很敏感，他还特意在放吉他的房间里安了空调，而我的房间里只有电风扇!

"一般来说，吉他有一把就够了。要是有个十把二十把的，那就是为了收藏，绝对不会买那种两三万一把的便宜货。"

是永这小子，什么都能看穿。

丰彦那些吉他里，虽说没有二十世纪五六十年代的老式吉他，但仿制品有好几把。价格虽然只有老式吉他的十分之一，但也得好几十万一把。

我对吉他一点儿兴趣都没有，但丰彦每天都要在饭桌上说吉他的事，我因此学到了一些不必要的知识。

"可是……那些吉他又不是我的。"我尽量不让是永感觉出敌意。

他不但没生气，反而搂着我的肩膀说: "卖了然后不让你爸看出来不就行了?"

"不是……"

"那种名牌吉他，肯定有人仿制。我们买把仿的，把真的换下来，怎么样?"

"真不愧是是永君!"庵道拍手称赞。

"那么大的吉他，怎么换下再偷出来呢? 我家很小，只有两个卧室和一个客厅,不可能不被发现。"

我哀求着。

"你妈不是也上班吗?放学后赶快回家,那时候他们都不在家!"

"可是……"

"不是让你把所有的都换下来,两三把就行了。"

"可是我爸经常把吉他拿出来擦拭,很快就会发现的。而且就算能偷出来,我们是初中生,谁也不会买我们的吉他。"

"随地小便,你越来越会说了嘛。"

是永用搂着我肩膀的手狠狠夹住了我的头。我痛得失去力气,不知谁的书包掉在了地上。

"还挺孝顺的!"

"这跟孝不孝顺没关系……"

"那我们就进一步完善计划。至于卖给谁嘛,我已经想好了。绪川文具店!森田屋也可以!"

是永松开夹着我的手,奸笑一声。

我的眼前一片黑暗。

5月23日 星期三

这周末是运动会,盗窃团应该没有行动吧?我在心里默默祈祷。

5月24日 星期四

大迫同学的书包和书桌里都被放了冰箱除臭剂,意思是骂她太臭。即便如此,她也没参加自主练习。

5月25日 星期五

妈妈发工资的日子。

也就是我可以拿到零花钱的日子。

可是……

"忘了去银行取钱了。"妈妈说。

少来这套!

5月26日 星期六

老天也太没同情心了,台风没来,连小雨都没下。

我们班没能拿到三个冠军,男女混合接力和女子自创舞蹈拿了冠军,男子骑马战却是第二名,输给一班一分。如果不是我的帽子被一班的矢野摘走,一班就会输给我们一分,我们就会一举夺得三个冠军。

是永指着我的鼻子大骂:"笨蛋!"以后他还会没完没了地骂我。输了并不是我一个人的责任,诸井和国广的帽子也被摘掉了。但是,终归是我给了是永骂我的机会。

这些先不说了,说说丰彦吧。

你为什么要来看运动会?我已经不是小学生了!忘了去年文化节的事了吗?你不知道那让我多丢人吗?

现在想起来,就是因为去年文化节那件事,是永才注意到我,以前他根本就没理过我。也就是说,我受欺负,就是因为丰彦!

去年文化节时,你在和哪个家长一起喝酒啊?那是别人拿来的啤酒啊!想当乞丐能不能去别的地方当!

5月27日 星期日

零花钱星期一才能拿到?周末要手续费所以不能取钱?手续费不就是一两百日元吗?

我怄气地躺在床上,用被子蒙住头。这时,妈妈进来了,说这个月特别,零花钱多给一点儿,说完她放下一千日元。

妈妈有私房钱,就在五斗橱第三个抽屉的盒里的毛巾下面。最近却没有了，就是说，她还有其他藏私房钱的地方，下回一定要找到！

奥依耐普基普特神啊，您久等了！到头来还是只能给您买一个小神龛。对不起，这是我的全部资产。我要把这个月的零花钱全部花给您，将来我一定会为您买一个手工雕刻的神龛，请您恕罪！

5月28日 星期一

上小学时，运动会一般是星期日举行，星期一休息。但是，三冈中学运动会是星期六举行，学校觉得星期日一天学生们能休息过来，所以星期一照常上课。学校想尽办法，说这是为了让学生多学习。可是对学生来说，只会觉得亏了。

也许是因为疲劳，也许是因为节日之后缓不过劲来，班里，不，整个学校都笼罩着阴沉的空气。有的老师冲学生发脾气，有的老师念错学生名字，有的老师甚至上课忘记带粉笔。

5月29日 星期二

学校还没活跃起来，是永他们却早早恢复了精气神儿。

回家路上他们照旧让我背书包，还逼着我给他们买饮料。我心想，你们不是还有从岩上书店偷来的钱吗？自己买啊！王八蛋！我说我现在确实没钱。

是永马上逼过来："你妈不是刚给了零花钱吗？"

这家伙连别人家厨房的事都一清二楚。这个月的零花钱我已经用来买了神龛，一分钱都没有了。于是我说，我去图书馆借刚出版的《哈利·波特与混血王子》，结果有七十多人排队，只好自己买了一本，把钱花光了。

"整天没钱没钱的，用你家穷当借口！"

"既然那么穷，还不赶紧申请个补助金！"

"什么？"我肩上的书包掉在了地上。

"浑蛋！干什么呢？"

是永把书包拿起来，把泥土蹭在我的裤子上。

"你也太过分了吧？"

他还想要我的命吗？

"我们是这么好的朋友，能让你去死吗？我的意思是申请补助金！那样零花钱就能多点儿。"

那也太过分了。

"要不就让你爸妈离婚。"

"什么？"

"那样就能拿到儿童抚养补助金，还能少交税。你家钱多了，你的零花钱就多了。离婚就是一张纸，户籍分开而已，你和你爸妈的关系不会有丝毫改变。不在一起住了，就在附近租个房子，一家三口还在一起过日子，但能多拿很多钱。所谓制度嘛，就是让人们利用的。"

我感到屈辱，一切都因为我家太穷，因为丰彦太窝囊。

"我是为你着想，因为我们是朋友，不，是好朋友！"

是永的这番话让我吃惊。我太天真了，所以才会被随意玩弄。

"交咨询费吧！"是永张开手伸到我面前。

什么？王八蛋！

"不交？那就记账！这次咨询费是三十二万五千日元！利息按十天百分之十计算！"

我又想死了。

5月30日 星期三

突然一个闪念。

是永是想要钱，如果能得到钱，我就不用去偷了。

怎样得到钱呢？

就算把零花钱和从家里偷的钱都给他，也绝对不够他挥霍的。

又一个闪念。

让久能老师出这笔钱怎么样？

那天，在教师办公室，一个姓皆上的女同学坐在他腿上。

那天，一个一年级的女同学和他一起从游泳池后面的小仓库里走出来。

那天，在情人旅馆附近，担任环保部副部长的女生坐在他车里。

他每天都换一件看上去很贵的衣服，身上散发着香水味，背的包是路易威登，全身都很耀眼。来宫老师跟他则完全相反，穿着从不讲究，但非常得体。

给久能写封信：久能！不许你再这么干了！你的所作所为我们早就知道了！拿钱来，否则你的丑闻会大白于天下！

当然得匿名，然后久能会毫不犹豫地拿出十万日元来摆平。他那些行为如果被学校知道了，肯定会被开除，就是拿出一百万也有可能。

久能也许会装傻否认，没关系，就把照片作为证据一起给他寄去！虽然现在还没有照片，不过没关系，只要好好埋伏，就一定能拍到。

喂！这不是威胁吗？这可是犯罪呀！

我的思想变成了罪犯的思想，人变坏太容易了。

5月31日 星期四

约翰·列侬说："只要你想象着没有所谓的地狱，普天之下皆兄弟，世界就是和平的。"

胡说八道！

我每天都在想象一个和平世界，每天都在盼望不被欺负，每天都想象自己跑得很快、篮球打得很好，每天都在想象能跟国府田同学成为好朋友。

有什么变化吗？

什么都没有，还是生活在地狱里。

约翰·列侬归根到底就是一个宅在家里的梦想家。

不只是我，全世界有多少人在受欺负啊。几十万？不！也许有几亿！这些人都在想象着，结果变成现实了吗？

骗人！靠想象就能改变世界吗？

约翰·列侬是个骗子！

6月1日 星期五

是永星期六和星期天要去盛冈参加表哥的婚宴。

这小子跟亲戚也有来往吗？他跟他妈并肩坐在新干线上，吃着在车站买的高档盒饭，想到这个场景我就想笑。

不管怎么说，这周末不用担心被他逼着去当小偷了。

可是，下个周末他一定会逼着我去，逃不掉的。

不知不觉就要放暑假了，暑假期间，是永会每天逼着我去偷收款机里的钱，说不定还会让我去撬银行的ATM。人的欲望无止境。

我的眼前一片黑暗。

6月2日 星期六

庵道是个大坏蛋！

6月3日 星期日

昨天正在家看书时，庵道来了，我真应该假装没听见门铃响。当时只有我一个人在家。爸妈为什么一起出去了呢？平时妈妈觉得跟丰彦一起走在街上很丢脸，一直躲着他，昨天怎么就一起出去了呢？因为爸妈都不在家，我陷入了最恶劣的境地。

当时庵道对我说："你时刻依靠是永不好吧？他又不是我们学长，

虽说个头很大，但难道你要只听他一个人的吗？这个星期一，是永根本就没离开过课桌，课间休息也没离开过。也许是运动会太累了吧，我们不也一样吗？"

庵道到底想说什么，我根本没听明白。

这种不明不白的话他说了足足十五分钟，最后才说要我去参加没有是永指挥的行动。

饶了我吧。这周末是永不在，武井和仓内也不在，我刚好喘口气。庵道是想两个人行动吗？

"两个人能行吗？"

我被庵道从家里拉出来，没敢拒绝。

昨天一直在下雨，庵道把我带到了春日图书中心。不可能啊，这里跟岩上书店完全不一样。岩上只有一个阿姨，而这个图书中心规模很大，店员和顾客都很多，就算五个人都来，也不可能得手。

庵道竖起食指在嘴巴前晃了晃："不碰钱，偷书！专偷漫画！"

原来，庵道的计划是把漫画偷走，然后卖给二手书店。他拿来一个大旅行包，目的就是偷书。

"你一直执行是永君的命令，已经觉得没意思了吧？自己行动一次，就会知道其实自己也能干。"

我总算明白了，这小子对是永心怀不满，对一直当跟班不甘心，于是想独自行动。如果成功了，以后庵道就有发言权了。

跟我无关，我没有和是永对抗的意识，我向往的世界不仅没有是永雄一郎，也没有武井、没有仓内、没有庵道。

"偷书的话，你自己一个人也没问题。"我假笑着说。

"傻瓜！需要有人放哨！"

庵道这小子，认准了我不敢拒绝。

我们走进春日图书中心，直奔放漫画的书架。我在心里祈祷那边有很多顾客，根本无法偷书。没想到因为天气不好，尽管是周六下午，却只有一个小男孩在那里看漫画。

我手里拿着一张字条，照着上面的书名，一本一本把书往旅行包里放。那个包太大太显眼，庵道把它放在脚底下，防止店员看到。他把拉链打开，让我一本一本往里扔。书店里播放着音乐，可以完全覆盖漫画扔进包里时发出的声音。

字条上写的是能高价卖出的漫画书单，那是庵道事先准备好的。庵道挡住那个小男孩的视线，同时密切注视着店员的一举一动。

因为要找到特定的书，所以偷一本至少得用一分钟，大概偷到第十五本书时……我的肩膀被人拍了一下，心一下子提到了嗓子眼。我战战兢兢地回头，是一个围着围裙的女店员。

"这是怎么回事？"她指着地上的旅行包问道。

"啊""哎""嗯"……我说不出一句完整的话来。庵道！你不是负责放哨吗？我转过头去，那小子站在书架前正在看一本漫画。他看得入迷，把放哨忘得一干二净。

"这是什么？"

女店员说着蹲下去，从旅行包里拿出来一本封着塑料膜的漫画。庵道终于发现出事了，眼睛瞪大看着这边。

"不小心掉进去的，对不起。"我终于说出了一句完整的话。

"掉进去这么多吗？说说是怎么掉进去的！"她一本接一本地把漫画从包里拿出来。

"是我想买的……对，我这就去交钱。"

"同样的漫画买好几本？"

"咦，本来是想拿三、四、五卷来着，怎么都是第五卷啊？"

我一边强装笑脸，一边在心里叫道：喂！庵道！快来帮我解围！

"我们到那边去谈吧。"女店员指着一个门说道。

"您误会了。今天我就不买了，下着雨呢……"我完全陷入恐慌。

"那孩子跟你是一伙的吧？"她把脸转向庵道。

081

接下来发生的事令我大跌眼镜,庵道理了理额前的头发,就像看到了一堆脏东西似的皱了皱眉,把漫画放在架子上转过身,大步向放着学习资料的书架那边走去。

太过分了!

我被女店员带着向书店办公室走去,脑中一片空白。

她抓住了门把手,我知道自己要完蛋了。

突然,店内播放的音乐变成了刺耳的警报声。她的右手从门把手上缩回来,伸进围裙口袋里,掏出手机。

我撒腿就跑,完全出于本能。

刚从一个人少的出口跑出书店,就听见有人喊:"这边!这边!"停车场边上,庵道在向我招手。我向那边跑去,二人在雨中狂奔。

我们穿过小胡同,踏过菜地,上气不接下气,最后终于跑进一个竹林围着的破神社。屋顶四处漏雨,石狮子的耳朵残缺不全,净手池里的水已经干涸——一个被神祇抛弃的神社,我根本不知道这种地方还有神社。

我们在没了墙壁的仓库里一边躲雨一边喘息,平静之后我开始责问庵道。

"傻瓜!要救你,得先保证我的自由。我灵机一动,故意碰倒放杂志的架子,引起一阵骚乱,你才能趁机逃脱。我要是抛弃你,怎么会在停车场等你?"

"这样啊……谢谢你。"我很自然地说了句感谢。"朋友"两个字在脑海里闪现了一下。

"光说谢谢有什么用!我的旅行包呢?旅行包!"

能逃出来就不错了,谁还顾得上你的包!我的雨伞也丢在书店门口了。

"那可是名牌,价值一万,你得赔我!"

一直到各回各家,庵道还不停地逼我赔钱。

连一句对不起都不说，庵道应该去死！

回到家里，妈妈看我被雨淋成那样，带着哭腔问我怎么回事。我说去了图书馆，回家时发现雨伞被人拿走了，她又反复追问被谁拿走了。我说不知道，本来放在位子上，找完书回来就发现没有了。她又问我找书时为什么不拿着伞，看来她是不相信我去图书馆了。

丰彦在一旁满嘴喷着酒臭，说道："不就是把伞吗？再买一把不就行了？"

我们家太穷了，哪怕是一百日元一把的塑料雨伞也不能随便丢！话是这么说，我并没有勇气去找回那把雨伞。

这辈子都不会再去春日图书中心了，当然也不会再去岩上书店，还有高原塑胶模型店！

这样下去，不能去的商店会越来越多。

郁闷。

6月4日 星期一

第一节课的预备铃响了，久能和来宫老师一起走进教室。肯定发生了大事，他们表情严肃，肯定没好事。

师生互道早安后，久能老师突然说："最近，学区内频发盗窃事件！"

大家屏住了呼吸。

"好几个商店被盗，已经通知学校领导了！但是因为没有我们三冈的学生被抓到，也许是别的学校学生干的，也许是大人干的。我认为，也相信，我们的学生没去商店里偷东西。但是，如果有那样的学生，我只能说感到非常遗憾！"

久能嘴唇紧闭，双手撑在教桌上。来宫老师站在教室门口，一动不动。

"今天一大早，春日图书中心给学校打电话说，星期六，也就是前天，有个初中生模样的男孩子去那里偷漫画。不敢说一定是三冈的，但绝对是个初中生，而且店员以前见过他，很可能就住在书店附近。"

他把双手放在身后，慢慢向窗户那边走，随后转向同学们，继续说道："书店说了，如果老实坦白就不再追究，也不会报警。如果，万一，我们班男同学里，有谁去春日图书中心偷漫画了，下课后到老师这儿来。我不会追究，也不会告诉父母。"

他的眼睛扫视着班上每一个男同学，大概是在观察谁的表情有变化吧。回到教桌前，他又开始说话了。

"就说这么多。我不是怀疑大家，书店给学校打电话了，学校开了紧急会议，要求所有班主任在班里讲一下。对不起了，我一点儿都没有怀疑大家，一定是别的中学的学生。不过，请大家记住，偷东西是犯罪，不是调皮捣蛋的问题，也不是恶作剧，抱着侥幸心理是绝对不行的。"

久能笑着说完了这番话，但是，我笑不出来。我假装揉肩膀扭头看了斜后方的庵道一眼，他正默默低着头。

下了第二节课，课间休息时，庵道把我叫到了图书室的仓库里。

"什么都不许说！"他铁青着脸。

"还是说实话好吧？"

"说了就完了，我们会成为整个学校的话题，到毕业都别想有好日子过！"

"老师说了，不会告诉任何人。"

"傻瓜！那绝对是骗人的。"

"是吗？"

"真是无可救药！所以你才……算了，总之，不许自首！只要你不说，就什么都不会发生！"

"可是我总觉得，如果以后暴露了，还不如现在就坦白。"

"怎么会暴露？"

"你的包不是留在书店里了吗？我的伞也没顾上拿。"

"你的伞上写着名字吗？"

"没。我又不是小学生。"

"我的包也没写名字。对了，星期六，书店店员到我家来了，问我是不是有东西丢在书店，我说没有。要是到你家去问，你也要说没有。他们不可能根据书店里的东西就断定我们是偷书的，所以只要我们保持沉默，就不可能暴露。"

"是吗……"

"你就装作什么都不知道。对了，别忘了赔我！"

对话到此结束。

我心里还是一片混乱。

第三、第四节课，我都心不在焉。第五、第六节课还在想该怎么办。放学后，我鼓足勇气去了久能那里，别的老师都不在，我把星期六的事一五一十地向他坦白了。

久能非常吃惊。我已经做好了被大骂一顿的准备，但他什么都没说，只平静地说了句"你先回家吧"。

走出来关上门的同时，我的身体一下子变得沉重起来，突然病倒大概就是这种感觉吧。

6月5日 星期二

昨天忘了写，今天补上。

庵道！去死吧！庵道！快去死！

6月6日 星期三

补记昨天发生的事。

中午吃配餐时，久能走进教室，跟庵道耳语了几句。庵道吃完配餐，走出教室。

午休时间，在没有庵道参加的"西部电影"游戏里，我又被他们捉弄了。回到教室一看，庵道已经坐在位子上了。是永问他什么事，庵道回答说："上次考试的事。"他们对话时，谁都没看我。我感到一阵莫名的不安。

这次预感也非常准确。

放学后，久能把我叫到了办公室。

"庵道说他没偷书。"

"庵道说他在春日图书中心遇到了你，但只是偶遇。"

"我和他一起去的！"我神色大变。

"但他说没有。"

"是他拉着我去的！"

"你们一定有个人在说谎。"

"他在说谎！"

"春日图书中心来电话说，偷书的少年是一个，不是两个。"

我无言以对。

"跟老师说实话！"久能逼迫道。

我拼命地思考着。

走进书店前，庵道叫我一起去偷书，但是我们的对话谁也没听到。

啊——没有证据能证明庵道说谎。

不对！有证据！偷书用的旅行包是庵道的。

但是没有办法证明，包上没写庵道的名字，谁也不会去验证指纹或DNA，只要庵道说不是，调查就结束了。

"怎么不说话？是你在说谎吧！"

我站起来，手忙脚乱，眼泪横流。除了哭诉，我没有任何办法。

"知道了，别说了。"

那意思并不是理解。

"我真是看错人了!"

"老师!我没说谎!"

"人都会犯错误,但是最不能原谅的,是犯了错不肯承认,不肯反省。"

"是庵道硬拉着我去的!"

"别说了!为什么非要扯上别人呢?你觉得两个人干,罪过就能减轻一半吗?"

"今天你先回家吧,回去后冷静想一想,然后写份检讨。如果你不想检讨,就这样毕业也行,我另有办法。"

这是在威胁我吗?

回到教室时,庵道已经不在了。

从学校出来,我直奔庵道家。他不在家,家人说他去一个叫"英光学习会"的补习班上课了。

我直奔"英光学习会",在门口等了两个小时,终于找到了他。

庵道的脸皮就像铁一样硬。

我问他为什么说谎,他把长发往上撩撩,说听不懂,抬脚就走。

我气得浑身发抖。他跨上自行车,说了声"明天见",便消失在暗夜中。

我输了。

回到家才知道,家里已经接到了久能的电话,说我去书店偷书未遂,并已经向他坦白。他说不会告诉家长的,为什么说话不算话?

爸妈批评了我很长时间,更多的是叹息,既没有大声吼,也没有动手打我。

妈妈哭了,我不知所措。妈妈说,接到久能老师的电话后,迟迟不见我回家,还以为我跑出去自杀了。让您担心了,对不起。

丰彦呢,满嘴喷着酒臭,说了些不明不白的话。什么"家里虽然穷,但人穷志不短"之类的废话。我真想对他说:那你努力多挣点儿

087

钱啊!

庵道!去死吧!

6月7日 星期四

大刀川是小偷——班里尽人皆知。有人一边偷偷看我,一边跟旁边的同学小声议论,有人公开说知人知面不知心。是永拍着我的头挖苦我:"好好享受美好回忆吧!"

庵道四处宣扬偷书的事与他无关,是大刀川一个人干的,他是算计好了的。

不!我一定要反击!

奥依耐普基普特神啊!请给我力量!

6月8日 星期五

偷书的事传遍了全校,我无地自容。

来宫老师也对我一通说教:"谁都可能犯错误,重要的是不能犯第二次。第一次是过失,第二次就是故意。"

我想大声说"不是我!",但说不出口,说出来也只会更痛苦。虽说那天是庵道硬拉着我去的,但干坏事的的确是我。

我的身体依然健康,不能躲到保健室去,也不能不上学。

6月9日 星期六

丰彦带着我去春日图书中心道歉。我说要一个人去,他根本不听,说我还是未成年人。

看到店长出来我惶恐万分,但他并没有凶我。也许是因为丰彦突然就跪下了,店长的气势减弱了一半。我在心里埋怨,下什么跪呀?太不成体统了!

店长答应不报警,让我写个保证书,保证绝对不再犯这样的错误,然后原谅了我。结局还不错。

可是,以后就不好过了。虽说达成了和解,但我再也不敢到这里来买书了,如果遇到店长和上次那个女店员多尴尬呀。唉,种类齐全的书店,只有这家是骑自行车就能到的。

回家路上,我对丰彦说要去庵道家还那个名牌旅行包。我在途中与他分手,一个人去了庵道家。按下门铃过了一会儿,庵道本人开了门。我站在门厅里,把旅行包递给他。他吓了一跳,赶紧往回缩身子。

"拿回来了,还给你。"

"这是什么?"庵道装傻。

"丢在春日图书中心的旅行包。"

"听不懂。"

"你带到书店去的旅行包。"

"我没带包。"

"你不是说让我赔吗?还给你。"

"听不懂你在说什么!"

"这个包是你的!"

"我从来没有这样的包!"

这时,庵道母亲在里边说话了:"是大刀川君吗?进来吧!"庵道回头说了声"不用了,话都说完了",然后强行把我推到门外,关上了大门。

"绝不原谅你!绝不!这个仇我一定要报!你把脖子洗干净了等着!"

我冲着旅行包诅咒,然后跑到上次从书店逃出来后去过的那个破神社,把包作为供品挂在了腐朽的架子上。

6月10日 星期日

　　这周末是永没叫我一起去偷东西，大概是因为觉得跟我这个被逮过的人一起去，运气会不好吧。

　　要不就是他正在琢磨别的坏事，等琢磨好了再叫我去干。

6月11日 星期一

　　我被关进了放打扫工具的铁柜里。我冲着柜门上方的缝隙大喊："放我出去！"

　　外面有一个长方形的东西在来回晃动。

　　黑板擦？

　　狭小的空间里充满了白烟似的粉笔灰，通过鼻子和嘴巴侵入身体，从喉咙进入气管，混入血液，直达心脏和大脑——我想象着，急得满头大汗，被恶心的感觉侵袭。

　　被放出来时，全身一点儿力气都没有，我一下子瘫坐在地上。

　　"这是惩罚！"是永恶狠狠地说道，"在书店偷书，哪怕是毛孩子也不会被抓住啊，你说你多笨吧！"

　　是永身后的庵道指着大口喘气的我，捧腹大笑。

　　绝不能轻饶这小子！一定要报复他！剪了他那垂到鼻子的长发？也太便宜他了！

　　怎么才能报复他？

　　老师是靠不住的，甚至是敌人；父母根本就不理解我，跟他们说他们也不会相信；没有可以依靠的哥哥姐姐，也没有知心朋友。

　　我孤立无援。

　　不！我有奥依耐普基普特神！

　　奥依耐普基普特神啊，我该怎么办？给我指一条明路吧！

6月12日 星期二

我把检讨书交给久能了。

我为什么要写检讨!

干坏事的不是庵道,是我硬拉着他一起去的。难道这不是满嘴谎话吗?

该检讨的必须检讨!

难道我不该把高原模型店和岩上书店的事写进去吗?那不是未遂,是已遂!

我犹豫很久,最终还是没提。是永他们肯定会佯装不知,把屎盆子都扣到我一个人头上。

我是个卑鄙小人吗?

6月13日 星期三

真不知道该怎么办了。

奥依耐普基普特神啊,帮帮我吧!

请帮助我惩罚庵道鹰之这个浑蛋!

6月14日 星期四

妈妈每天回家都很晚,回来后马上就去洗澡,半天也不出来,因此丰彦怀疑她有外遇,洗那么长时间,是想把别的男人的气味洗掉。现在他们正在大吵大闹,丰彦在门外号叫着,妈妈锁上门,就是不出来。

我不希望他们吵架,我的心情很差,而且邻居也能听到。

妈妈不可能有外遇,她有那么多工作要干,哪有时间。

万一她真有外遇,我是不会原谅她的。儿子这么痛苦,她竟然有心思去外面寻欢作乐!

庵道鹰之！天诛地灭！

奥依耐普基普特神啊，求求您了！求求您了！

6月15日 星期五

庵道没来上学，我以为他感冒了，没想到午休时传来一个令人震惊的消息。

昨晚庵道上完补习班回家的路上，从路边的台阶上滚下去摔成了重伤，被救护车送到医院去了。

噢，洋子！
(Oh, Yoko!)

1

每天吃完晚饭，照音总是说一声"我吃好了"，把杯里的茶水一口气喝完，转身就回二楼房间。可是今天，他一直坐在餐桌前，一会儿用牙签剔牙，一会儿抱着茶杯呼呼地吹里面的热茶。瑶子以为他没吃饱，就把自己的那份推过去，他摇摇头，含糊地自言自语："庵道受伤了……"

"庵道？"瑶子好像第一次听说这个名字。

"嗯，我们班的。从路边的台阶上滚下去了。"

"好危险。什么时候的事？"

"一个星期前。"

"摔伤了吗？"

"头撞破了，手和脚也受伤了。"

"啊？"

"不过，好像没有生命危险。"照音的语气听起来好像很遗憾。

"是怎么从台阶上摔下去的呢？"

"我不知道。"

"谁也没看见吗？"

"那时好像只有他一个人。"

"是不是踩到香蕉皮上了？"丰彦问道。

"你又喝醉了吧?"瑶子埋怨他一句。

丰彦傻乎乎地笑了笑,拿着茶杯坐到电视前去了。

"遭报应了。"照音小声说道。

"遭报应?"瑶子吓了一跳。

照音说:"妈,我明天想去医院看看他。"

"他住院了?"

"嗯,摔下来后就失去知觉了,是被救护车送到医院的。"

"啊?很严重吧?"

"只是脑震荡,没有生命危险。"照音接着又说,"慎重起见,做了各种脑部检查,今天听说好像没有大碍了,大家要一起去医院看望他。"

"应该去。庵道在医院里肯定闲得发慌了。"

"对了,妈,我想给他带点儿东西,能不能给我点儿钱……"照音忸怩地低下了头。

"没问题。明天去之前跟我说一下。"

"对不起。"照音抬起头来看了她一眼,马上又把头低了下去。

"怎么了?"

"我们家穷……"

瑶子差点儿哭了:"照音,不用担心家里的事,你要小心一点儿,千万不要受伤啊。"

"我不要紧的。"

"粗心大意最危险,前些天仓内不是也受伤了吗?"

"仓内?"

"不是还拄上双拐了吗?"

"您是怎么知道的?"照音皱起眉头。

瑶子愣了一下,掩饰道:"不是你告诉我的吗?"

"我说过吗?"照音歪着头想不起来。

"总之你要多加小心。"

"不要紧的,有奥依耐普基普特神保佑我呢。"

"什么?"

"明天下午两点去医院看他。我吃好了。"照音从椅子上站起来,拿着茶杯走出了餐厅。

瑶子精神恍惚,坐了很久才慢慢站起来。

她一直在读照音的日记,每周看一次。

每次翻开日记本都会大吃一惊。

把奥依耐普基普特神带回家了?

偷了收款机里的钱?!

去商店偷东西了!

不,瑶子真正想说的是,是庵道硬拉着你去的。你在日记里不是写了吗?

照音不肯说出事实,他害怕被报复。瑶子对自己感到气愤,她只能干着急,却不能为儿子做任何事,她把愤怒转到了庵道鹰之身上。

是永和庵道都太过分了,他们逼着照音偷钱、偷东西,被发现了自己先逃走,把罪名都推到照音一个人身上,装作什么都不知道。

不能原谅!

"喂!"

听见有人喊她,瑶子不由得挺直了身子。

"太浪费了吧!"是丰彦。

瑶子赶紧把水龙头关上,她拿着洗碗海绵和盘子,一直在冲水。

"放在那儿吧,我来洗!"

"算了,都快洗完了。"

"那你接着洗吧,我喝点儿这个!"

丰彦从冰箱里拿出一个圆筒状的东西。

"晚饭前不是喝过了吗?"瑶子又生气又无奈。

"这不是啤酒。"

"怎么不是！"

"啤酒是以麦芽为原料，经过发酵的酒精饮料。这个发泡酒的原料是大豆肽……"

"你真会胡搅蛮缠，一天一罐，不是说好了吗？"

瑶子说着伸手去夺那个易拉罐。

"多喝一罐怎么了？大周末的。"

丰彦拉开易拉罐喝了起来。

"还有脸说这个！照音刚才说的话你没听见吗？"

"说什么了？"

"明天要去医院看望同学，想买点儿东西，又担心家里没钱。"

"我当然知道家里没钱，所以喝这种便宜的发泡酒。"

丰彦回到电视前去了。

瑶子气得啪地打开水龙头。她咬紧牙关，拼命忍着不哭出来，用尽全身力气擦洗盘子。

洗完时，瑶子总算平静下来。她用围裙擦完手，来到丰彦身边。

"偷书的事，孩子没跟你说过什么吗？"

"说什么？"

"和谁一起去的。"

"不是他一个人去的？"丰彦把视线收回来，看着瑶子的脸。

"没跟你说？"

"没有。"

"以前也偷过东西吗？"

"没有。"

"哦，那孩子书架上放着一块石头。"

"石头？"

"这么大。"瑶子用手比画着。

"有吗？"

"一个月前就放在那儿了，旁边还有一个小神龛。"

"最近我没进过他房间。那块石头是怎么回事？"

"算了，你不知道更好。"瑶子没把看过照音日记本的事说出来，而是换了话题，"你觉得神存不存在？"

"说什么呢？东一榔头西一棒子。"

"存不存在？"

"约翰·列侬说神只是一个概念。"

"对，那只是人们想象中的事物。"

"但是后来列侬和洋子联名在报纸上发表过文章，我记得是1979年5月27日的《纽约时报》，有一句话是'我们开始祈祷'。祈祷？向谁祈祷？一般来说应该是向神祈祷吧？第二年，1980年，列侬发行新专辑《双重幻想》时有一个决定性发言。他说：'对于能从战争、毒品、暴力的阴霾下活过来的事实，我们必须感谢神，或者感谢天。'堂堂正正地承认了神的存在。"

丰彦一说起约翰·列侬就没完没了。

2

高中毕业后，瑶子因为跟母亲脾气不合，离开家乡跑到了东京。

大城市适合年轻人，工作、娱乐、恋爱，只要你肯找，没有找不到的。

经历几次恋爱和分手后，瑶子结婚了。丈夫是家中次子，毕业于知名的私立大学，在一家上市公司工作。作为结婚对象，这个人没什么毛病。

但是婚后两个人根本就过不到一块儿去，几次努力修复关系都以失败告终，调解的结果是离婚，失意的瑶子回了老家。

最初她住在娘家，每天在母亲令人厌烦的唠叨中度日。一个周末的晚上，中学时期的三个女同学约她一起去看夏日祭。瑶子待在家里也很郁闷，就把以前的浴衣找出来，一起去了神社。

那是县里屈指可数的大神社，新年到这里来的人很多。穿过两个大鸟居，参道两侧都是卖东西的摊位，不少摊位前围上了人墙。虽说这场景令人怀念，瑶子却觉得憋屈，尽管这里同样很热闹，却绝对无法跟东京的涩谷和六本木的夜晚相比。

再往里走，有一个临时搭建的舞台，本地一些玩魔术的、吟诗的，纷纷登台表演。还有一个四人男子乐队，拿着电子乐器，用很大的音量在演奏摇滚乐。瑶子听到了熟悉的披头士乐队曾演奏过的曲子，仔细看那四个人的发型，也很像披头士。

章鱼烧吃过了，买个假面或竹织工艺品吧，拿回家也成了垃圾。于是瑶子就靠在一棵大树上看起演出来。这时，一起来的一个同学说，她认识乐队的鼓手，等演出结束了，一起去喝一杯吧。

演出结束后，八个人一起去附近的居酒屋喝酒。四男四女，简直就是联谊。大家各自做了自我介绍，瑶子知道了吉他手名叫大刀川丰彦。

瑶子觉得丰彦长得很帅，但当时并没有动心，也没怎么跟他说话，主要跟坐在身边的贝斯手聊天。可是喝完酒后，丰彦却给了她一张演唱会的票，说是下周末他们要在邻市的音乐厅演出。

瑶子每天在家帮母亲做家务，非常压抑。一到约定好的周末，她就像躲瘟神似的离开家，跑到邻市的音乐厅，结束后，又跟乐队成员一起喝酒。她向丰彦道谢，两人谈得很投机。瑶子知道自己喝一扎啤酒脸就会红到耳根，于是说只喝一扎。丰彦却说，只要不醉倒，想喝多少喝多少。瑶子不由得对他产生了兴趣。

再见面就只有两个人了，丰彦说他憧憬的人是约翰·列侬。就是不说，瑶子也看出来了。演出时，丰彦抱着吉他站在舞台中央，结束了也不摘掉列侬戴的那种又圆又大的墨镜。丰彦上中学时，得知自己的生日跟约翰·列侬是同一天后，就处处模仿他。瑶子问他生日是哪天，丰彦说是10月9日。瑶子说，哎呀，不是马上到了吗？要好好庆祝一下。

丰彦二十七岁生日那天，两人第一次在一张床上一起睡到第二天早晨。

丰彦说，他不仅生日跟约翰·列侬同一天，就连幼年时父母离婚、由姨妈抚养的经历都一样，简直是命运的安排，特别是最近，还有一件事。

"我跟约翰·列侬一样，也认识了一位叫YOKO[①]的女人。"

相识四个月后的一个冬日，瑶子接受了丰彦的求婚。

年龄比丰彦大的瑶子笑着对他说："我是离过婚的女人。"丰彦也笑着说："我是离过婚的男人。"小野洋子和约翰·列侬结婚前都有过婚史，洋子比列侬大八岁，瑶子才比他大三岁。说着他紧紧抱住了瑶子，那天是12月8日，正好是约翰·列侬遇刺身亡的日子。

刚过新年他们就结婚了，两人只是去市政府把户籍登记在一起，没有举行婚礼。他们开玩笑说因为都是二婚，其实是因为没钱。

丰彦的生活以音乐为中心，有时去便利店打工，虽然瑶子上班，但钱还是不够用。休息日，他们不去购物和郊游，舍不得开暖气，一整天两人都在一个被窝里相拥取暖。

丰彦想当音乐家，他一边组织乐队，一边自己作曲，录制磁带，参加各种音乐大赛，还把磁带寄给唱片公司或事务所。这样的音乐事业十年前就开始了，直到现在也没搞出名堂。

乐队模仿的是著名的披头士乐队，演奏水平不低，演出场所也能得到保障，但是收入非常有限。场地、乐器保养、服装、交通，哪样

---

① 瑶子和约翰·列侬的日裔美籍妻子洋子的发音是一样的，都是YOKO。

不得花钱？别说赚钱，不倒贴就是好事。

结婚前瑶子就不认为丰彦会成功，最终选择他，还是因为被丰彦的天真吸引。他为了喜欢的事活着，讨厌的事绝不去做，一切行动都像小孩子。瑶子的第一任丈夫，念大学选择就业率高的学校，就业时选择将来有发展的行业，为了丰富经历，宁愿转到根本就不喜欢的部门去，存钱选择既稳妥利息又高的银行，忘了自己也不忘给上司送礼……只为干什么都不失败而活着。也许正因为前夫是那样的人，瑶子才会被丰彦吸引。

但是天真不能当饭吃，刚结婚时虽然穷，日子过得却很愉快。但一两年后依然很穷，就变得难以忍受，两人的关系越来越差。

就在这时，瑶子怀孕了。

丰彦彻底改变了自己的生活方式，他退出乐队，不再推销自己的歌曲，找到一份正式的工作。也许他一直在等待机会做这样的决定吧。

梦该醒了。

正如约翰·列侬在《神》里唱的那样，他以前是约翰·列侬，今后就要作为大刀川丰彦活在这个世界上了。

梦，终于做完了。

早就应该做完了。

但丰彦拒绝从梦中醒来。

虽然不再从事音乐活动，但是他并没有停止把自己当作约翰·列侬的投影。他要弥补失去音乐梦想的损失，因此，对约翰·列侬的依存度更高了。

他突然就开始收集昂贵的吉他，凡是列侬用过的，不管花多少钱都要买。狭窄的房间里摆满了各种昂贵的吉他，每天担心碰到宝贝吉他，连睡觉、起床都得缩着身子。

而且，丰彦一年四季穿的衣服也跟列侬一模一样。

如果是个十几岁、二十几岁的年轻人，人们可能会报以微笑。可丰彦已经四十五岁了，啤酒肚都鼓了出来，还在恬不知耻地玩角色扮演。瑶子没有那样的肚量，不论是公司同事、邻居太太，提到丰彦都会叫他"约翰"，还有什么比这更令人感到羞耻？

儿子照音的名字也是，丰彦说："列侬和洋子的孩子叫肖恩，他和瑶子的孩子应该取其谐音——照音。"

瑶子坚决反对，她想给儿子起一个更像日本人的名字，而且这种奇怪的名字也容易被人嘲笑。当时如果坚持自己的意见，就不会像现在这样连肠子都悔青了。

看了照音的日记，瑶子才知道上小学时他就因为名字被同学嘲笑。如果叫大辅或刚士，他的日记本封面一定不会写满"绝望"，而是"希望"。

没有更早发现照音的遭遇也有丰彦的责任，他的手不干净，经常从瑶子钱包里偷钱。光是今年，瑶子就发现钱被偷了好几次，以为是丰彦老毛病又犯了，没太在意。

原来是照音偷的。

都怪你！

瑶子想大声埋怨丰彦。

但是话到嘴边又咽了回去，一旦说出来，就控制不住自己的感情，根本无法预测会造成怎样的结果。

现在，瑶子对丰彦的不满也是一大堆，结婚以来他的任性给瑶子带来了多少烦恼啊。

"摇滚乐不是音乐的类型，而是人的活法。说得极端点儿，就是否定现实中一切弄虚作假的现象。如果见了上司就摇尾巴，就没有做摇滚乐手的资格。"

假如丰彦死了，瑶子就是忘了他的长相，也忘不了他这句话。

曾经，因为家里收入太低，市政府生活福祉科的职员打来电话，建议瑶子申请补助金。可是丰彦马上竖起中指，把那句话又说了一遍。

算了，类似的例子太多了。

瑶子的父母经常吵架，一听到他们互相怒骂，瑶子的泪就往外涌。与其说是悲哀，不如说是害怕。所以她早就暗暗发誓，如果自己有了孩子，绝不当着孩子面跟丈夫吵架。

然而这换来的，是瑶子内心的抑郁无法发泄，越积越多。如果说着说着激动起来，手边有一把菜刀，也许……

她决定不跟丰彦商量，自己解决这个问题。

早就该分手了。已经离过一次婚的瑶子，以前无论如何也鼓不起勇气，只好选择忍耐并维持现状。像丰彦这样懒散的人，如果被抛弃，还能活下去吗？而且，对照音来说，有父亲总比没有好。

但是，这次不会再犹豫。瑶子决心已定：解决了照音的问题，就跟丰彦离婚！

3

周二，瑶子按时下班后，直奔藤泽纪念医院。

她偷偷往病房里看了一眼，心想如果有来看望的人，就赶紧撤退，结果只有庵道鹰之一个人。他坐在病床上，正在看动画片。

瑶子小声打招呼："你好。我是大刀川照音的母亲。"庵道吓了一跳，伸长了脖子。

"你妈妈呢？"瑶子问道。

"回家做晚饭去了。"

这下不用顾虑了。

"庵道，你对照音那么好，我得好好感谢你呀。"

庵道脸色大变，躲开瑶子的视线。

现在单刀直入，也许能让他把偷书的真实情况说出来。但是，万一说不好，就会使照音陷入更窘迫的境地。

"恢复得怎么样？听照音说你好多了。医院的饭吃不饱吧？吃点儿这个。正长身体呢，只吃医院的饭菜，营养肯定跟不上。"

瑶子说着把一包玛德琳蛋糕递给他。庵道身体僵硬，没伸手接。

"医生说过饮食要限量吗？"

"那个——"庵道抬起眼皮看着瑶子。

"什么？"瑶子耐心地问道。

"那个……随地小……不，大刀川君的妈妈，您来这里干什么？"

"我是为别的事来的，顺便看看你。"

庵道半信半疑地点了点头。

"你身体怎么样了？"

"不要紧的。"庵道不那么紧张了，用手摸了摸包着绷带的头。

"胳膊也受伤了？"瑶子指着他吊着的胳膊。

"脱臼了，没骨折，现在还有点儿疼。"

"脚呢？"

"也是皮外伤，肿了，变成了黑紫色。不过基本上已经消肿，也不那么疼了。骨头和韧带都没问题。"

"那太好了。"

"嗯，算我幸运。"

少年的两颊有深深的酒窝，看着那天真无邪的笑脸，瑶子心里涌上一股怒火。眼前这个庵道，跟出现在照音日记里的庵道，完全是两个人。见什么人说什么话吗？她压抑着内心的愤怒，努力不在语气上表现出来："怎么受了这么重的伤？听照音说你是从台阶上滚下去摔的。"

"是的。从台阶上滚了下去。"

"学校的台阶？"

103

"不是。"

"家里的?"

"也不是。外边的。"

"怎么滚下去的?脚下打滑了?"

"被人撞倒了。"

"怎么撞倒的?"

"我在路上用手机发短信时,被一个人撞倒了。"

"在台阶上发短信?"

"不……我把自行车停在路边,车旁边是往下走的台阶……车朝着跟台阶相反的方向……我骑在车上,单脚着地,站得不太稳……不知道您能不能听懂。"

庵道说完吐了吐舌头。

"是把你撞倒的人送你来医院的?"

"好像不是,我也不知道是谁叫的救护车。听说当时就我一个人躺在那儿,掉下去后我就昏迷了。"

"那人撞倒你后逃走了?"

"好像是。"

"男的?"

"也许是男的,也许是女的,也许是个高中生,也许是个老爷爷。"

"你没看见那个人吗?"

"没有。光顾着看手机了,而且周围光线也很暗。"

"是晚上发生的事?"

"上完补习班回家时。"

"这样啊……"

庵道脸上露出莫名其妙的神色。

瑶子连忙说:"好可怕呀。不过,伤不太重,太好了。"

"真的,太好了。"庵道摸着用吊带吊着的胳膊,吐了一口气。

"对了,有一件礼物送给你。"瑶子像想起一件大事似的拍了下手,递给他一个很大的纸袋。

"这是什么?"

"说不上礼物,这是你丢的东西。"

"什么?"

"请收下吧!"瑶子把纸袋硬塞过去。

庵道打开纸袋往里看。

"什么呀这是?"

"你的旅行包呀。"

"啊?"

"你丢在春日图书中心的旅行包。"

"啊?"

"你这孩子,太不像话了!"

瑶子再也忍不住,一把夺过纸袋,抓住底部倒过来使劲抖动,那个有点儿脏了的旅行包落在病床上。

即便如此,庵道依然表现得非常冷静。

瑶子厉声喝道:"你打算装蒜到哪一天?!"然后抓起旅行包,递到他面前。

庵道根本就不伸手去接。

格里高利牌的旅行包。瑶子看了照音日记后,找到了神社,把旅行包拿了回来,没想到庵道这么厚颜无耻。

帘子另一侧的病人干咳了一声,表示不满。

"你想装蒜装到底是吧?"瑶子压低声音。

"装蒜?"

"庵道!"

"啊?"

"神在天上看着呢。"

"什么?"

"早晚你会得到惩罚。是的,从台阶上滚下去就是惩罚。如果你一直像现在这样说谎,还会受到更严厉的惩罚!你好好想想吧!"

庵道脸上流露出一点儿畏缩的表情,但到最后也没承认。

这种坏孩子!救护车晚来一些,让他死了才好呢!瑶子内心再次燃起阴森的火苗。

血染星期天
（Sunday Blood Sunday）

6月16日 星期六

我向神祈祷，庵道果然受到了惩罚。

这是真的吗？

不用怀疑，是真的，事实如此。

6月17日 星期日

是偶然，还是必然？

6月18日 星期一

庵道的座位还是空的。真的，那小子受了重伤，住院了。

6月22日 星期五

奥依耐普基普特神替我惩罚了庵道吗？

是真的吗？

谢谢您！奥依耐普基普特神！

6月23日 星期六

庵道头上缠着绷带，吊着胳膊，脸色苍白，面颊消瘦。

不过，他还活着。

我还以为他摔到了头，落个半身不遂，连话都说不清楚了。没想到他还能像平时那样说话，还能自己去卫生间。我稍微松了口气。

死了才好呢！我曾经向奥依耐普基普特神强烈要求过。但是当我听说他从台阶上滚下去，昏迷不醒被送进医院时，我也差点儿晕倒。要是他醒不过来，我该如何是好？我吓得好几天没睡好。

可是，在他病房里待了还没五分钟，我的心情就变了。我跟他打招呼，他根本不理我。看到久能呢，他害羞地挠挠头皮；看到是永呢，互相拍拍肩膀；看到女同学呢，嘿嘿地笑着，就像没看见我一样。

久能说什么全班都去更能给庵道鼓劲，他是怎么想的？合住病室里一下子进去三十多个人，多影响别人呀！

大迫同学没去，昨天放学后，是永和岸原截住她，反复跟她说，明天一定要去。大迫啪地站起来，碰倒的椅子连扶都不扶，大声说道："一年级时我跟他不是一个班，二年级虽然调到一个班了，但到今天为止没跟他说过一句话，只不过是在一个教室里上课，根本算不上认识，我有必要去医院看他吗？"她说了一通。

是永和岸原完全被她的气势压倒，一句话也说不出来。昨天他们没把大迫怎么样，下星期肯定要找碴儿报复她。

我哪有替她担心的工夫，自己还不知道如何获得自由呢。

久能在班里说，大家都不要带东西，他来出钱买东西作为班主任和全体同学的礼物。昨天去医院时，还是有几个女同学给庵道买了鲜花。我也是空手去的，可是从家里出来时，我跟妈妈要了两千日元。

那是给是永上供的钱。他看着我手上的钱，说了声"才两千啊"，狠狠地拍了我的脑袋。

是永从不把我的钱直接拿走，我手上一有钱，他就带着我去购物中心或点心铺，让我买这买那，很快就把钱花光。在这方面，他跟庵道不一样。庵道还想夺权，做梦去吧！是永是干坏事又不露坏的天才，庵道不管怎么努力，也赢不了，只能永远当跟班！

我怎么表扬起是永来了？

6月25日 星期一

大迫同学并没有遭到报复。

6月26日 星期二

虽然没遭到报复，但她被排挤和孤立了。没人欺负她，也没人跟她说话。在我看来，这可够难受的。但是，大迫同学太了不起了，她不感到孤独，被人嘲讽也脸不变色心不跳，照样画她的漫画。中午一个人吃饭，午休一个人看漫画，上课铃响了就打开课本准备，下了课老师刚走出教室，她就打开笔记本画起来，一放学，她就第一个走出教室，简直就是一个没有感情的机器人。

太厉害了！我也想做那样的人。

但是我没她那么坚强，我讨厌被人耍弄，也讨厌被排挤、被孤立。

我喜欢孤独。学校组织郊游时，我总盼望着下雨，一个人在家里看书，就算一个星期谁也不见，一句话也不说，都无所谓。

不过，我受不了在很多人都在的情况下被孤立。

周围有欢笑声，我会不由自主地转向那边。走进正在议论的人群里，问一句"你们在说什么呢"，如果没人回答，我会受到很大刺激。一个人看书时，我也会下意识地留意别人说话的声音和视线。

我不想被欺负。我用过裁纸刀或绳子尝试自杀，但又觉得受欺负能证明自己的存在被认可，一这么想，就没去自杀。

可被排挤被孤立，就等同于存在被否定。

所以，我即使被庵道耍弄，一边咒他死，一边却又去看望他，真是自相矛盾。

6月27日 星期三

我真没用！又去医院看庵道了，这回是跟是永那帮人一起去的。

是永问我："今天跟你妈要了多少钱？"我勉强笑着回答他："刚要过钱，今天没敢要。"是永狠狠拍我的头，骂道："你小子不把我当朋友！"作为惩罚，是永让我背着他爬楼。刚爬了三个台阶我就瘫倒在地，又被他狠狠拍了头。

走出病房前，庵道对我说："你这傻瓜，老子最讨厌玛德琳蛋糕了！"

什么意思？莫名其妙！

6月29日 星期五

是永收到庵道的短信，说是已经出院。本来应该星期一出院，但为了腾床位，提前出院了。庵道身体恢复了，我虽然没那么高兴，但也没有紧皱眉头。

7月2日 星期一

庵道没来学校，好像还要在家休养几天。

7月3日 星期二

期末考试开始了，第一天的科目都没考好。为了转换心情，我拿起一本《琪琪·斯托里克与谜一样的地下都市》，一口气从头读到尾，读后一直沉浸在冒险的兴奋之中，结果复习计划没完成。

7月4日 星期三

背着是永的书包跟他走在一起时，他说除了盂兰盆节那几天，其他时间都要去暑期补习班，从早到晚，仓内和武井也是，庵道也会去。那样就不会把我叫去干坏事了吧？但是我不懂他们为什么都去补习。是永成绩并不差，为什么暑假还要补习呢？对，他想掩盖自己丑恶的真实形象。大人一般都是根据成绩来判断一个孩子的好坏。

相反，成绩不好也不去补习班的学生，人们就会认为他是个坏孩子，很可能会去偷东西，例如大刀川照音。

我很想去补习班，因为大家都去，但是爸妈不让我去。

"跟别人做同样的事情，只能成为论堆卖的便宜货。"这就是丰彦不让我去的理由。上小学时我一直觉得他说得很对，甚至有些感动。

现在我已经不会再被他的花言巧语蒙骗。你就痛痛快快说没钱，说不想把酒钱省下来不就得了？

跟别人做不一样的事情，造就了丰彦这样一事无成的人。我绝不想成为他那样的人。

7月5日 星期四

期末考试结束了，考得太差了，想死。这样下去，根本考不上好高中。放学后，是永说给我一个"期末考试结束纪念"，狠狠地打了我肩膀一拳。刚才洗澡时，我看见肩膀青紫了一大块。

7月6日 星期五

今天是永又打了我肩膀好几拳，现在还疼呢，胳膊都举不起来了。这样下去早晚有一天会脱臼甚至骨折的。

奥依耐普基普特神啊，求求您，让是永老实点儿吧！

7月7日 星期六

一口气读完了《星之继承者》，还是读书能使人心情舒畅。

7月8日 星期日

　　妈妈星期天也没休息，去老板家院子里除草了。她一回家就跟丰彦吵架，说她有个同事看见丰彦从高速公路入口附近的情人旅馆里走了出来。

　　丰彦脸色大变，连声说，肯定是看错人了。妈妈质问道："长头发，巴拿马帽，圆形墨镜，穿印着'NEW YORK CITY'的T恤衫，除了你还有别人吗？"丰彦笑着说："还有模仿我的人啊。"真是无稽之谈。他打算岔开话题，妈妈穷追不舍，问他是哪里的女人。丰彦拍着啤酒肚反问："谁会找我这样的？"妈妈反驳道："只要给钱。"

　　最后，丰彦大声发誓说自己是清白的，如果去搞女人了，他就把家里的吉他全都处理掉。后来两人虽然不再吵了，但妈妈还是一脸不相信的表情。这我能理解，从我记事起，到现在十多年，除了丰彦，我还没见过穿印着"NEW YORK CITY"T恤衫的人。

　　不，很可能是妈妈在报复丰彦。以前丰彦怀疑过她有外遇，这回是为了报复他，从情人旅馆出来是妈妈编的，目的是让丰彦惊慌失措。

　　就算是这样，她也应该照顾我的感受，不要当着孩子面说这种话。

7月9日 星期一

　　庵道来上学了，他一进来，教室就热闹起来，因为他剃了个光头。为了方便治疗，医生把他的长发剪了。在医院看到他时，因为头上缠着绷带，我没注意到。他那一向很得意的长发被剪光了，活该！

　　不过，期末考试结束了他才来上学，真是大赚特赚，因为有特殊情况不用补考，老师给他记成绩时也会加以照顾。他和是永都很狡猾。

7月11日 星期三

忽然想起来这三天没被是永攻击。星期一庵道来上学，是永跟他有说不完的话。昨天和今天的午休时间，是永和庵道、仓内、武井四个人不知道跑哪儿去了，大概是在楼顶上，不是看碟就是玩游戏机、玩手机。

7月12日 星期四

今天他们也没欺负我。大扫除时，他们让我把他们的部分也打扫了。被欺负当然不高兴，但安静得过分也让人害怕，也许是坏事要发生的前兆吧。

7月13日 星期五

我想错了，这是奥依耐普基普特神在保佑我呀。我不是向他祈祷过，让是永老实点儿吗？实际上他真的老实多了。太厉害了！

奥依耐普基普特神啊，谢谢您！

7月15日 星期日

我吃了一惊。

我大吃一惊！

以前，让我吃惊的事情太多了。游完泳回到教室，衣服找不到了；打开笔记本，里面被贴满粉色广告；背着书包回家，从包里跳出一只青蛙……还有，偷书时被女店员从身后拍肩膀。

我出生以来，几乎没有过正面意义的吃惊，这应该是第一次吧？奥依耐普基普特神显灵了，是永他们老实了。简直比买彩票中奖还令人高兴，当然我根本没买过彩票。

我兴奋得不知如何是好。明天接着写。

7月16日 星期一

接着昨天的写。

星期一是公休日"海之日",加上星期六和星期天,是三连休。但跟以前一样,谁也不带我出去玩,我憋在房间继续读那本还没读完的《蔷薇的名字》。

但是到现在连三分之一都没读完,我是被书名吸引才把它借回来的,可这本书太难啃了。再加上天气热得要死,电风扇根本不起作用。头晕乎乎的,出汗的手指在书页上留下了波浪形痕迹。

楼下有空调,但丰彦四仰八叉地坐在电视前,一边看一边哈哈大笑,那样的环境根本无法看书。我下楼去拿冰镇大麦茶时对他说:"你不如去弹子房玩老虎机去。"他说:"你懂个屁!老虎机没调整时,不往外吐弹子!"我怎么会懂那个呀。这时电视上说,梅雨期过去了。

没办法,我吃了一碗泡坨的挂面后就去图书馆了。可进去一看,学习室和阅览室都坐满了人。三连休的第二天,人们怎么那么有闲工夫啊。我想去家庭餐厅,但一个人不好意思进去,而且身上一分钱都没有。

我没精打采地回到家,躲进二楼小房间里,把电风扇开到最大,继续看书。汗水滴在了借来的书上,对不起!

这时门铃响了,丰彦开门一看,大喊起来。

"照音!找你的!"

找我的?谁会来找我呢?

除了是永一伙没有别人,暑假期间他们不得不去补习班,假期结束前还不抓紧时间捞一把?这次他们打算偷哪家?饶了我吧!我已经被抓过一次了。

"照音!你朋友!"

见我磨磨蹭蹭不下楼,丰彦又大喊大叫起来。

我没有朋友,表面看是朋友,其实都是天敌。我真是个傻瓜,在图书馆站着看书也别回家呀!

"你睡着啦!"丰彦好像要上楼来了。

"我听见了,这就下楼。"我一咬牙,走了出来。

"谁呀?"我问丰彦,他坏笑着朝大门那边看了一眼。

我闻到了啤酒的臭味,趁妈妈不在家,这家伙又喝啤酒了。

"问你呢,是谁呀?"

丰彦还是一个劲儿地坏笑。

我故意把头发弄得蓬乱不堪,走到门厅里,战战兢兢地推开大门。

门外没有是永,也没有庵道。

额前是垂直的刘海儿,两侧是齐肩的长发。上身穿一件V领短款无袖衫,露着肚脐。下身穿碎布和徽章拼接的牛仔短裤,脚上是一双镶着金丝的白色凉鞋。斜背着一个粉色、白色和海蓝色相间的挎包。站在我面前的,就是这样一个女孩子。

"嗨——"她举起右手向我打招呼,不好意思地弯下身子笑着。

这是三十五摄氏度高温下的白日梦吗?

"你还好吗?瞧我说的,前天咱们还在学校见过面呢。"

我站在门口,全身僵硬。

"今天真热呀!你看我,浑身是汗。"

"⋯⋯"

"对不起,打扰到你了?"她歪着头问道。

你⋯⋯你是⋯⋯国府田同学吧?

"什么?哪里哪里⋯⋯怎么会是打扰呢⋯⋯"我慌张地摆了摆手。

"也没事先给你打个招呼就来了。"

"啊⋯⋯嗯⋯⋯"

"因为大刀川同学没有手机⋯⋯你没有吧?"

"嗯⋯⋯啊⋯⋯对不起。"

"用不着道歉。"

"啊……嗯……对不起。"

"真可爱!"

"什么?"

"刀川君这种时候特别可爱!"她双手放在嘴巴前合在一起。

国府田同学才可爱呢!

过了很久我才想到,应该在一秒内说出那句话。

"找我有什么事?"

失礼!简直就是嫌人家打扰了嘛!幸运的是国府田听完没有转身就走。

"有啊,有事想请你帮忙。"她有些忸怩地看着我。

"什么事?"口气还是很生硬。

"学习方面的事。"

"学习?"

"不行吗?"

"你的学习成绩比我好多了……"

"我语文不行,你的语文比我好多了。别说在班里了,在全年级都数一数二。"

"没那么好……"我垂下眼皮,挠了挠头。

"这次期末考试让我发现,我根本就没弄懂语文,不管是语法还是阅读理解。所以,请你教教我。"她双手举到面前并向我靠近一步。

"请同学进家里来吧!"丰彦叫了一声。

我假装没听见,问国府田:"在我家?"

"图书馆也可以,不过现在去,单间学习室肯定已经满了,大阅览室就算有座位,说话也影响别人。"

我站在那儿一句话没说,这个破家,怎么好请她进来呢?四十多年前的连排房,墙壁脏兮兮的,到处长着苔藓,有的地方还发了霉,绝对没脸让外人看。

"站在大太阳底下说话会中暑的。"丰彦在里边又说话了。

不等我同意,他敞开大门,对国府田说:"来!进来吧!"

"那我就打扰了。"国府田微微一鞠躬,高兴地往里走。

"我家太小了……"

她一边脱凉鞋,一边左看右看。

求求你了,别到处看了。

"这边。"我跌跌撞撞地顺着楼梯上楼。

"上边太热了吧?"丰彦真饶舌。

我没理他。下边倒是凉快,可是有你这个多余的人啊!

"地方太小了,对不起。"我把国府田带进房间,让她坐在了我的桌子前,把电风扇转向她并固定住,因为只有一把椅子,我站在了她的侧后方。

"我以为男孩子的房间会比这乱得多呢。"国府田左看看右看看,我都不好意思了。

"书不多呀,可真出乎我意料。"她看着稀稀拉拉的书架说道。

"语文你有哪些地方不懂?"

我又说了一句生硬的话。幸运的是,国府田并没有不高兴。她一边自言自语"对了对了",一边从包里把课本、辅导书、练习册和笔记本拿出来,放在桌子上。

我听见了上楼的声音,肯定是丰彦。

果然,他用托盘托着冰镇大麦茶进来了。进屋后,他对国府田说:"到楼下去吧,楼下有空调,凉快。"

"不用,没关系的,我可怕吹空调了,在家也不怎么开空调。"

我越来越喜欢国府田了,她能这样为我着想,我很高兴。

我对丰彦说了声"感谢",一手拿起一个装满大麦茶的玻璃杯,推着丰彦的肩膀把他推出门外,然后用脚关上了门。

"休息日来打扰你,真对不起。"国府田抱歉地说。

"不不不,没关系。"

"过会儿也应该和你妈妈打个招呼。"

"她出去了,买东西。"

我说谎了。

"你爸爸还是那么帅。"她看着门的方向笑着说。

"帅什么呀!

"头发比我的还长。

"脏兮兮的。"

"墨镜很配。"

"在家戴墨镜,神经病!"

只要有人按门铃,丰彦肯定要戴上墨镜才去开门,哪怕来的是个快递员。真是神经病!

"戴墨镜的人可不少呢,ATSUSHI、OZMA、滨崎步、田森,都戴墨镜。"

"丰……我爸又不是艺人。"

"但是很配呢。"

"自以为潇洒而已。"

"T恤衫也很帅。"

"皱皱巴巴的。"

"穿无袖T恤衫的大叔,街上能碰到几个?"

"老大不小了还穿无袖T恤衫,而且每天都穿同一件,奇不奇怪呀?"

"每天穿同一件?"她瞪大眼睛。

"相同的无袖T恤衫他有二十多件!"

为了父亲的名誉,姑且撒个谎。

"整天就知道模仿约翰·列侬,既然喜欢到这一步,就努力成为摇滚乐手吧，可他的爱好是去弹子房打老虎机！还有，大白天喝啤酒，喝得满脸通红，臭气熏天。真丢人！"

"你这么一说，我想起去年文化节的事了。"

"啊……"

"那时候你爸多帅呀！"

"真对不起！"我低头道歉。

三冈中学运动会和文化节隔年举行一次，今年是运动会，明年就是文化节。去年举行的是文化节，家长不去也没关系，可丰彦竟然去了。盔式无檐帽，又大又圆的墨镜，印着"NEW YORK CITY"的无袖T恤衫，只这身穿戴就让我感到无地自容。

如果来了只是看看，我还能忍受，谁叫他上台的？舞台是为学生们准备的！他倒好，随随便便就跑上去，把别人的吉他和麦克风夺过去演奏，哪来的疯子呀？后来丰彦被老师拽到舞台下面，台下的学生们兴奋得直拍手。谁都明白那不是喝彩。

我身体僵硬，低着头，四面八方的声音飞进耳朵里。

"那是谁的爸爸呀？""一年级同学的！""哪个班的？""好像叫大刀川"……

正是从那天起，是永一伙开始嘲弄我的。

"对不起什么呀，真的，那天你爸可帅了！碾压其他摇滚乐手！"

"房间太小太热，对不起。"我转换了话题。

"这房子多时髦啊！"

"什么？"

"这就是双层公寓？虽然两边都有房子夹着，但跟一般的公寓不一样，家里有楼梯，一层、二层都能用。"

"我可没觉得有那么好。"

"虽然有点儿旧，但很时髦呀，很有昭和韵味。"

如果别人这样说，我会觉得是挖苦，但国府田说得很自然。

说着，国府田坐在了我的床上。

"你会生气吗？"

"不生气……"

"我妈特烦人，我坐自己的床她都不让。坐在床上多轻松啊，是吧？"她双手撑在身后，上半身向后仰着。

"可是，学习的话还是……"

"没问题！"她说着把练习册放在了大腿上。

啊！旁边还有空地方！

坐到她身边去吧——我想。可是，我动不了。

去！快去！

为了打破这尴尬的局面，必须做点儿什么，可是我一点儿思考能力都没有。

这时，国府田从床上站起来，伸了个懒腰。她把椅子放在桌前，坐下了。

接下来就是学习。

我发现国府田的发型跟在学校时不一样，在学校时是从中间分开，用橡皮筋扎成两个小发髻。现在完全散开了，而且是大波浪。按照校规，学生是禁止烫发的。

我很想对她说：你现在的发型真好看，比扎起来好看多了。你的衣服是在哪儿买的？真可爱！你一般跟谁一起去买东西？买完东西去干什么？是吗？真有意思！

不断变换着话题，距离越来越近。可是，这些对话都是我在心里进行的。

我去了好几次卫生间。一个尿频的男中学生，太差劲了！

差不多两个小时后，国府田回家了。

我跟她说了些什么呢？好像都是一些为我的破家找理由的废话，太不会说话了。我真想回到昨天，再来一遍。

唉！当时为什么表现得那么消极啊！

国府田到我家来啦！跟我一聊就是两个多小时！这可不是做梦！是现实！

这是我和她成为好朋友的契机，不，也许可以说我们已经是好朋友了。我们的关系已经超越了同学关系。

没说的话，可以下次说，一点一点地加深感情。

现在的我跟以前不一样了！我有美好的未来！

7月17日 星期二

国府田的头发果然扎起来了，我早想好了，在学校见到她，一定要微笑。

在铃响三分钟前，我走进教室。国府田已经在座位上了，我和她的目光撞到了一起，互道早安。可是她的目光马上就转到别的方向去了，我受到打击，脸烧得发烫。

不过，站在她的角度想一想，忽然跟我亲热起来肯定会感到有些不好意思。不要紧的，慢慢来。能互道早安，比起上星期，已经前进了一大步。

7月18日 星期三

是永从上星期以来一直很老实，今天也只是照着我的腹部打了一拳，只要在适当时机收紧腹肌就不会太疼，但在摸到这个窍门前我吃过不少苦。午休时的"西部电影"游戏也好多天不玩了。

这是我每天祈祷的结果，信仰是非常重要的。

最近大有一帆风顺的势头。奥依耐普基普特神啊，谢谢您！

7月19日 星期四

今天跟国府田打招呼，她还是置之不理，连续三天都是如此。上语文课前，我想把上次忘了的东西教给她，可是她却说现在很忙，根本不听我说。当时她确实在跟寺川和西乃同学聊天，虽然是我没找对时间和场合，但也很受伤。

那以后，总觉得同学们看我的眼神跟以前不一样了，好像在嗤笑。难道他们看出我和国府田关系不一般了吗？

7月20日 星期五

第一学期结束了，跟国府田的关系一点儿进展都没有。

但我还是觉得同学们在用异样的目光看我。

哪怕走在楼道里也能感觉到。其他班的同学应该不会知道我们的关系吧？

还有更奇怪的，是永从身后拍了一下我的后背，要是以前，肯定是被贴上纸条，遭到嘲笑。我赶紧去厕所照镜子，后背好像什么都没有。脱下衣服仔细查看，还是什么都没看到，裤子后边也没破口。

太不正常了！

7月25日 星期三

昨晚几乎一夜没睡，手里的书实在放不下，不看完不甘心。《奇术师》里的故事，有多少是现实，多少是幻想呢？我直到现在还晕乎乎的。最打动我的是结尾评论家的评论。

暑假开始后我每天读一本书。有书看，没有是永他们捣乱，够幸福啦。

不过，一放假就见不到国府田了，我悲伤不已。书店、CD租赁店、超市、快餐店、车站，凡是她可能去的地方都去看看？转上三天，说不定就会在哪里碰到。

那不成跟踪狂了吗？

7月26日 星期四

暑假期间不是有两个返校日吗?

7月29日 星期日

丰彦什么时候带我去不回转的寿司店?什么时候给我买游戏机?耍嘴皮子而已。他一天到晚想的都是去弹子房打老虎机和怎么通过不正当手段捞钱。傻瓜才信他的话,我被他骗了不知多少次,怎么就不长记性呢?

8月1日 星期三

期末考试时,我总盼望着从天上掉下来一块巨大陨石把学校夷为平地,那样就永远不用上学了。

我现在想的是,为什么要有暑假?没有该多好!离返校日还有两天。国府田!我想马上见到你!

8月3日 星期五

说不出为什么,心里特别难受。

难受开始于国府田返校日没来学校。

除她以外,还有九个同学没来。也是,返校日不来不是什么大问题,老师也不会当回事。可没见到她,我还是感到很失望。

是永来学校了,我的小腹吃了他一拳。庵道、武井都没来,是永怎么这么守纪律啊?不对,他是为了给久能留下一个好印象。

学生们在体育馆里集合,听校长讲了几句无关紧要的话,之后回到各自教室,听班主任讲暑假注意事项,然后就是大扫除,回家。就为了这个让学生们过来?发个邮件不能确认吗!听说大城市的学校现在都没有返校日了,乡下就是落后!

我无精打采地回到教室，拿起书包要回家时，大迫同学从后门走了进来。我以为她把什么东西忘了，没想到她走到我身边，默默地看着我的脸。

"怎么了？"

"大刀川君，最近没上网吗？"

她没有回答我的问题。她从来都是这样，只把自己想说的说出来。

"最近没上。"

"在家没上网吗？"

"我没电脑。"

我觉得自己很悲惨。

"你爸妈的电脑不让你用吗？"

"我们家没有电脑。"

我很恼火，说话语速很快。大迫瞪大了眼睛。

"手机呢？"

"我没手机。我爸妈有，但从来不让我用。"

"你家管得真严啊。"

"对对对，管得严，连游戏机都没有，我家只有我爸以前用过的老式任天堂。"

"没电脑也没手机啊，那就没办法了……"

大迫表情忧郁，长叹一口气。

"你这话什么意思？"

"你知道学校的地下网站吗？"

"什么？"

"在网上发布信息和聊天的地方。不是学校的网站，是在校生和毕业生自己搞的，每个学校都有。"

"哦？"

"三冈中学也有。"

"是吗?"

"在那个网站上,有人在嘲笑大刀川君。"

"啊?"

"有个你的视频被传上去了,评论几乎都是骂你的。"

"我的视频?"

"是的。"

"我没上传过,根本不知道有那个网站。"

"是别人录的你的视频。你被录下来了。"

"我被录下来了?"

"对!下面有很多评论,都是骂你的!"

"什么?什么样的视频?"

我紧紧抓住桌子边,向前探着身子。

"你在摄像头前说话。"

"说什么了?"

"都是些不着边际的话。"

"在学校录的吗?什么时候?"

"不是在学校,你穿的不是校服。好像是最近录的,你只穿着一件T恤衫。"

"在什么地方?不记得谁录过我呀。评论怎么说的?"

"那我不能说。"

"告诉我吧。"

"不能。"

"为什么?"

"太难听了,我说不出口。"

"啊?"

"好了,我说完了。"

大迫转身就走。

"等等！你得解释清楚，我的视频是什么呀？"

我一下子站起来，向大迫伸出手去。

"不是跟你说了吗？我说不出口。"

"你骗我的吧！"

"不，确实有你的视频，这是事实！"

"我没电脑也没手机，拿什么看？"

我不由得长叹一声，同时忽然明白一件事。

我知道第一学期快结束时，同学们为什么都在用异样的目光看我了，一定是因为他们看了那个视频。

"对了！去电脑教室看！"

"电脑教室的门锁着呢。"

"那怎么办？你给我看！"

大迫表示不解。

"到你家去看！现在就去！"

"不行！"

"为什么？你也太小气了吧！"

"我爸妈不允许我把男同学带回家。"

"又不干坏事，怕什么？"

你先照照镜子吧。

"不行！"

"求求你了。"

我合掌祈求，弯腰鞠躬，什么招数都使上了，可她就俩字："不行！"

"那还不如什么都不告诉我呢。"

大迫还是无动于衷。

"如果我也像其他同学那样冷冷地看着你，那样更坏吧？"

她甩下这句话，转身走出了教室。

8月4日 星期六

从妈妈钱包里偷了一千日元，直奔一家网吧。

结果人家说，中学生一个人不许进网吧。

我该怎么办！

8月5日 星期日

我已经不能冷静地写日记了。

但我还是要冷静地写下去。

今天我去蜂谷电器商店了。我估计展示的电脑样机里也许会有联网的，我猜对了。

但我不知道地下网站的网址，输入"学校地下网站三冈中学"也搜不到。

大迫肯定知道，但我不知道她的电话号码，干吗非指望她呢？我知道庵道的手机号和他家地址，也知道是永和仓内的。不过不能问他们，因为视频很可能就是他们上传的，绝对是他们！虽然还不知道视频的具体内容，但既然是戏弄我的，肯定就是是永一伙干的。

到底是什么视频呢？我不记得他们给我录过像。偷录的？现在手机都能录像，偷着录很简单。

莫非……在高原塑胶模型店偷钱时，是永录下来了？那时他让我看的是照片，是不是也录像了？还有，第二天去岩上书店偷钱时，说不定是永也录像了。

那可就糟了！我在春日图书中心偷书，已经受过一次严重警告，如果别的罪行再被发现，就不是警告的问题了。

"大刀川？"

我正站在电脑陈列台前闷闷不乐时，忽然听见有人叫我。

"果然是你呀。买电脑？"

是来宫老师。他上身穿T恤衫，下身穿牛仔裤，跟在学校时穿的差不多。在他身后站着一位身材苗条的性感姐姐。女朋友？……不，是屋代老师？！衣服和发型跟在学校时完全不一样，眼镜也没戴，我差点儿没认出来。

"看看啦。"我回答说。

屋代老师变化太大了，脖子上、手腕上都戴着闪闪发光的首饰，身上穿的是V领无袖衬衫，脚上穿着露着脚后跟的凉鞋，脚指甲上涂着鲜红的指甲油……

来宫老师看着我的脸问道："脸色怎么这么难看？贫血吗？"

"没有啊。老师再见！"我躲开他，绕过陈列台，直奔楼梯，下楼后跑到自行车棚，打开车锁，跨上去骑出没几米，忽然改变了主意。

我回到店里，走上二楼，两位老师正在打印机前，好像在商量买哪种纸。然后屋代老师拿着几包纸去了收款台，来宫老师则在摆着光盘的架子前看这看那。

我压低声音叫了来宫老师一声，一边环视四周，一边搜肠刮肚地找合适的词语时，屋代老师过来了。

"没事了，再见！"我转身就走。

"你怎么回事？站住！"

来宫老师从后面追上来，一把抓住了我的手腕。

"我要回家了。盂兰盆节之前请教我……柔道。"我慌不择言。

这时，屋代老师向我们举起手，笑着说了声"再见"，转眼就下楼了。

"说吧，什么事？"

来宫老师双臂交叉在胸前，从上往下看着我。屋代老师一走，我觉得轻松多了，拉着他走到二楼和一楼之间拐角的平台上。

"老师，你知道学校地下网站吗？"

他吃惊地瞪大眼睛。

"咱们学校也有地下网站吧？"

"大刀川经常看吗？"

"没有。我没电脑，也没手机。"我怄着气回答，接着问道，"来宫老师常看吧？"

"有时看上一眼。"

"那个网站上传了一个我的视频，您看了吗？"

"你的？最近没看。什么样的视频？"

我一咬牙继续说下去："好像是我干了什么见不得人的事，评论都是骂我的。"

"你受到攻击了？"

"好像是。"

他沉吟一阵，把手指插进头发，认真地说："这种地下网站，有时候是无缘无故说人坏话、网络暴力横行的地方。"

"也许是那样，也许是我不好……"

我偷过东西。

"我家没电脑。来宫老师求求你了，让我看看那个网站吧！"

我直视着他的眼睛。除了来宫老师，没人会帮我。

来宫老师不会置我于死地，虽然没有任何根据，但我这样觉得。

他沉默着，嘴唇紧闭，呼吸急促。

"听说用手机也能看。"我步步紧逼。

"好像能。不过，我的手机型号太老了，可能看不了。"

他从上衣口袋里掏出一部满是划痕的翻盖手机，翻开按了几下又合上了，说了声"该买新手机了"，就把它装进了口袋。

"用这个店里的电脑看吧。"

"被别人看到了不好吧？"

"那请您带我去网吧。"

"中学生进网吧……不太好。"

我不由得大声起来："您经常说有为难的事就找老师，我好不容易鼓足勇气向您求助，您就这个态度呀？原来只是说说而已！我居然当真了。谢谢老师！老师再见！"

一对老夫妇走过，惊奇地看了我们一眼。来宫老师像哄小孩似的伸出双手对我说："走！去老师家！"

我把自行车停在电器商店的停车场，坐上了他的车。

"对不起！"我缩着身子低头道歉。

"不必道歉。老师就要保护学生。"

"可是正在放暑假。"

"不用往心里去，我闲着也没事。"

"打扰您和屋代老师约会了。"

"约会？"

"是啊，对不起。"

来宫老师笑了："你误会了，屋代不是我女朋友。"

"啊？"

"她有男朋友，都快结婚了。"

"脚踩两只船？"

"说什么呢？屋代老师来买打印纸，我帮她看看买哪种，种类太多了。"

"这样啊。你们看上去关系特别好，不像一般同事。"

"屋代是我大学学姐，不是一个系，但是是一个俱乐部的。"

"柔道俱乐部吗？"

"壁球。"

来宫老师说，他是东京一个大学毕业的。

我也想去东京，去了东京，就能从黑暗中解放出来。

来宫老师的家是一座二层小公寓，各家各户都把洗衣机放在外廊楼道，任凭风吹雨打，密度板做的大门上到处是裂纹，我真没想到他会住在这种地方。房间里很窄，脱了鞋就是厨房，里边是两个连在一起的房间，前边这个只有四叠①，后边那个有六叠，这就是全部，破烂不堪的样子跟我家差不多。不过，他家有一台大液晶电视，还有DVD，真叫人羡慕。

"您一个人住呀？"

我毫无根据地认为他住在高级独栋住宅里，跟父母和姐姐一起生活。

"哦，他们在壁橱里。"

"啊？"

"逗你玩呢。大热天的，喝凉的吧。"

来宫老师去厨房倒茶时，我观察起他的房间。

很像一个音乐老师的房间。一架电子钢琴，钢琴上放着一个细长的盒子，打开一看，里面是一支长笛。对面靠墙有两个书架，书架上几乎都是音乐方面的书，也有漫画。靠窗摆放着一张写字桌，桌上放着一台笔记本电脑，一对小音箱。没有柔道服，没有柔道比赛的奖杯，没有和井上康生②的合影，没有屋代老师的照片，也没有别的女人的照片。

观察一通后，他还没回来。我还想拉开抽屉看看，最终忍住了。我冲着厨房问了一句："老师是东京人吗？"

"不是。"

"啊？您是东京的大学毕业的，还以为您是东京人呢。"

"我是本地人。"

"真的吗？"

---

① 1叠相当于1.62平方米。
② 日本著名柔道运动员，2000年悉尼奥运会男子柔道100公斤级金牌得主。

"真的呀。"

"哪个中学毕业的？难道是三冈中学？"

"不是，在山京町那边。"

很多老师的家比山京町还远，每天开车来上班呢。

"不过，山京町那边的父母家早就没了。"

"现在老师的父母家在哪儿？"

"早就去世了。"

"啊？"

"父母不在，我也没结婚，一身轻。"

"没有兄弟姐妹吗？"

"有是有，不过早就不来往了。冰茶好了。"来宫老师端着冰茶回来了。

"对不起。问了很多不该问的，失礼了。"我怯生生地道歉。

"不知道不算失礼。来，趁凉喝。"

我端起杯子喝了一口。

"大刀川，你想去东京吗？"老师打开电脑，一边输入开机密码一边问道。

"想去，但是……没戏。"

"为什么？"

"我家……没钱。东京的大学，不可能……就是本地的大学也够呛。就算我家有钱，我这成绩……"

"钱能想办法解决，可以申请助学金，还可以打工。"

"哦。"

"最重要的是意志，想干什么和一定要干成的意志。所以呢，先要把成绩搞上去。"

"是。"我向前伸伸脖子。

他在书签里找到网址，点击进入。

"是这个吧？"

好像找到了，我站在他身后紧盯着屏幕。

"啊……这个嘛……"

画面中央的我正在说话，只有我的上半身，没有其他人。

"那个……"

我不由得一个劲眨眼睛，鼻头渗出细细的汗珠。

"这个嘛……"

真像是在偷收款机里的钱。看那极度紧张的神情，太可疑了。

不对！不像高原模型店。背景有白色推拉门，门上脏兮兮的，还有破裂的地方。这是我家？我房间？破裂的地方分明是我生气时用拳头打的，用手指戳的。不可能是在我家录的，我家根本没摄像机。

"这个嘛……"我又说话了，"这道题……问作者想说……说什么……这个嘛，那个，不过，这个你要是……认真地考虑……是不行的……"

什么呀？说话的人是我？

的确是我的声音，怎么那么结巴，声音怎么那么尖啊？

对了，这是国府田来我家时，她问我语文答题的窍门，我好像是这样回答的。

"嗯，这个问题好难啊。"

说话的声音变成了另外一个人的，不是国府田的，比她的音调高得多。

"对……对不起……"

画面上的我缩成一团，尴尬地挠着头皮。

"大刀川君干吗要道歉呢？是我的理解能力太差，我就是个大傻瓜。"

"不不不……不会……不会……国……怎么会是傻瓜呢？"

画面中的我仰着脸。我真想闭上眼睛不再看下去。

画面上的我睁大了眼睛，眼球不安定地乱转。鼻翼一张一翕，好像能听到急促的呼吸声。嘴巴一直张着，嘴角不住地痉挛。

"大刀川君，你真好！"

不是我的声音。画面上的我听了这句话，眼看着脸就红了。

我又羞又臊，不想再看下去。这时，画面下方开始出现文字评论。

"恶心！""去死吧！""羞死了！""不要看这边！""大刀川君？还敢用真名？""大麦茶喷出来啦！""还敢来学校呢！""腻歪死我了！""赶快删除吧！""鼻息臭烘烘！""不许来学校！""智障？""原谅他吧！""葬礼哪天举行？""三冈中学的耻辱！""看那破破烂烂的推拉门。""肯定是拿补助金的吧？"……

"大刀川！大刀川！"来宫老师在叫我。

我回过神来，不知道说什么好。

"谁给你录的？"

我无力地摇摇头。

"偷录的？"

我歪着头想了想，还是没说话。

"视频上你在跟谁说话？"

我把头摇得跟拨浪鼓似的。

"好像是两个人在对话。"

除了摇头，什么都不会了。

"你仔细听这一段。"

来宫老师把进度条向左移，重新播放刚才的一部分。

"不不不……不会……不会……国……怎么会是傻瓜呢？"

"根据上下文判断，听不清楚的地方应该是某人的名字。"

老师说完，又把那段播了一遍。

"不不不……不会……不会……国……怎么会是傻瓜呢？"

"你也听不出来吗？"

我拼命摇头。

"不不不……不会……不会……国……怎么会是傻瓜呢？"

"可能是故意把这个地方抹去了，那个人声音也变了。"

"还能这样？"

"为了不让人听出是谁，故意改变音质。"

"中学生也能做到吗？"

"只要有编辑软件，谁都能做到。"

我的脸色变得铁青。这个视频里，那个人说话的声音本没有那么尖。

是国府田，那些话我只对她一个人说过。

但这到底是怎么回事？当时房间里只有我和国府田两个人。那么，录这段视频的除了她没有别人。

她是偷录的，把摄像机藏在了口袋或书包里。

为什么要偷拍我？为什么传到网上？

"你能想到是谁偷拍的吗？"

我摇摇头。

"我认为是合成的，不知道是谁什么时候录了一段我说话的视频，然后把原话删掉，加上了那些话。嗯，很可能是这样。"

老师皱了皱眉头，闭上眼睛沉默了一会儿，轻轻点了一下头。

"我跟网站管理员联系，让他把这个视频删了。"他转过身去，敲起键盘来。我默默地松了口气。

现在我的心绪还没整理好。国府田，你为什么……

太丢人了！肌肉松弛的脸上，一张连话都说不清楚的嘴。我记得那天很紧张，但完全不知道自己竟然是那样一副嘴脸。

也许真的是经过后期制作的视频，表情也是经过加工的吧？是永他们干得出来！嗯，也许就是他们干的！

但是，大刀川照音丢人现眼的样子被很多人看到，是无法改变的事实。

还有那些评论，一想起来就痛苦万分。

我用被子蒙着头，跟不时闪现在脑海里的那些评论搏斗了一夜，直到天空出现鱼肚白。

8月6日 星期一

为什么是国府田？

8月7日 星期二

为什么是国府田？

8月8日 星期三

星期天从来宫老师家里出来时，他说星期三下午给我打电话。电话来了，他让我去蜂谷电器商店。我骑着自行车去了，来宫老师已经在车里等着我了。在那辆憋屈的小车里，他跟我谈了很久。

"视频和评论都删除了。"一开始，来宫老师微笑着对我说。

我心想，就算删除了又有什么意义？但还是微笑着说了声谢谢。

来宫老师向我道歉，他没有把上传者找出来，管理员拒绝提供网址，因为这样做涉嫌违反有关法律，如果想要网址，必须先由警方立案，再由法院下令。我对老师说没关系。通过这件事，我知道了来宫老师是值得信赖的。

"对了，你想起偷拍的人是谁了吗？"

我想把一切都告诉他，但是又始终认为国府田不会做那种事。

于是我回答说，想不起来。来宫老师双臂抱在胸前，眯着眼睛沉吟起来。看来他并不相信，但他没有刨根问底，睁开眼睛后认真对我说，如果想起什么，就给他打电话。

回到家里，吃完晚饭，回到房间，写完今天的作业后，眼泪突然无声地涌了出来。一直到昨天，我都没哭过，今天为什么哭起来了呢？

8月9日 星期四

什么是真的，什么是假的，我弄不清楚了。

8月10日 星期五

暑假结束了也不想去学校，没脸见人！

我真希望有一块巨大的陨石落在三冈中学，第二学期永远不开学。这是不可能的。而且，无论多不想去学校，只要没发烧没呕吐，就得去。我就是这样一个人。

如果不去学校，又会招来新的嘲笑：哈哈！这小子终于知道自己被发在网上了！所以我要装作不知道，等着风暴自然停止，这是最好的办法。

8月11日 星期六

超过还书期限的书有三本，图书馆来电话了，说有人等着借呢。《魔性的杀人》和《杀意》我还没顾上看。这种事还是第一次，我没有一点儿心思看书。

还了三本，一本也没借，我从图书馆里出来，没精打采地踏上了回家的路。在第一个拐角拐弯时，差点儿被一辆自行车撞上。骑车的人尖叫一声，跳下来，差点儿摔倒。我赶紧扶住车，头也没抬，问了一句"不要紧吧"。

对方好像倒吸了一口凉气，抬头一看，我"啊"了一声，僵住了。

国府田！她站在自行车一侧扶着车把，也僵住了。我们都张大了嘴巴，互相注视。

她回过神来,把脸转向别处,默默地把车掉转了一百八十度,跨上就走。我冲着她的后背大声问道:"是你偷拍我的吗?"

是运气不错吧,要是等到第二学期开学,在学校里当面问她,我肯定没勇气。今天意外相见,我才能这样直接问她。

"是你吗?"我又问了一遍。

她停下来,沉默了好一会儿。

"对不起……"

声音不大,我隐约听见她好像在道歉。

"上次你来我家时,偷拍了我,对吧?"

我一边向她靠近,一边压低声音问道。

"对不起。"

这回听得清清楚楚。

"为什么?"

她不说话。

"告诉我!到底为什么?"

为了随时能看到喜欢的人?

胡思乱想!

国府田不回答,我换了种问法。

"学校网站那个视频,是你上传的吗?"

她摇了摇头。

"那是谁?"

"……"

"有人把你拍的视频偷走上传的吗?"

她摇头。

"告诉我吧,没有责备你的意思,我只是想知道到底发生了什么。"

这是心里话,我只想知道事情的真相。

国府田低着头不说话，我也不肯放过她，一直挡着不让她走，两个人僵持了很长时间。

"是永君……让我……"

国府田开口了。

"是永？"

她点点头。

"是永把你偷拍的视频抢走？然后上传？"

"不是……"

"嗯？"

"是永君命令我去偷拍你，然后从口袋里掏出来这么大一个摄像头。"

她抬起头来，用大拇指比画了一下，眼睛红红的。

"他把摄像头固定在我挎包外面的口袋里，让我把镜头对着你。他就在你家附近遥控，还有武井君和仓内君。他们说要录制班级纪录片，在文化节上播放。"

"今年没有文化节呀。"

"他们说是为明年录制的，要提前准备，还说他们都是你的好朋友，如果他们录的话可能会被你发现，所以让我去。真对不起，他们根本没告诉我要上传到网站。"

国府田用双手捂住脸，蹲在地上，肩膀不住地颤抖。

是永！我不会原谅你！不但欺负我，还让国府田这么痛苦。你把我的画在教室里公开，已经让她哭过一次了，这是第二次！

我下定决心，一定要杀了是永雄一郎！

8月12日 星期日

如果是永死了，我也就不会再受欺负了。

这么简单的事，为什么直到现在我才弄明白？

我身高只有145厘米，体重只有38公斤，怎么打得过身高180厘米、体重80公斤的是永？用刀去砍？不等刀刃碰到，我早被他一脚踢翻了。

但现在有奥依耐普基普特神保佑我。

奥依耐普基普特神啊，求求您，让是永雄一郎消失吧！

8月13日 星期一

姓名：是永雄一郎；

出生日期：1993年4月17日；

血型：A型；

家庭住址：帷子市宫下町2-8-7。

我想让他消失！奥依耐普基普特神啊，请您帮助我！

8月14日 星期二

奥依耐普基普特神啊，请您把是永雄一郎收拾了！求您了！从今天开始我会每天祈祷。

8月19日 星期日

明天是返校日，我希望是永座位上放着菊花。

8月20日 星期一

走进教室，国府田已经在座位上了，正与三反园和西乃同学聊天。我看了她们一眼，没打招呼，她们也没跟我打招呼。

是永座位上没有菊花，只有他在坐着。

"好久不见！"他一拳打在我的小腹上。

为什么让国府田偷拍我？为什么骗她？我不敢问。如果他装傻充愣，我也没办法。就算他说了实话，也没有任何意义。我已经决定让他去死。

全校师生在体育馆集合，校长说了些可有可无的话。回到教室，班主任强调了暑期生活的注意事项。行了行了，烦死了，快让我回家吧！正心烦意乱间，老师发了一张通知书，是关于修学旅行的家长说明会，二年级要去修学旅行。

我不想去。

虽然现在还没有分修学旅行的小组，但我知道肯定会被分到是永所在的小组，修学旅行整整三天都会被耍弄。

妈妈！为什么要每月为修学旅行交准备金呢？您给我买个游戏机或手机不行吗？我真不理解。

修学旅行前，一定要把是永收拾了！

大扫除时，是永像往常一样把活儿推给我，早早就回家了。再忍耐一下吧，我默默地扫地时，来宫老师到教室来，让我扫完地后到音乐课准备室去。

一进去，他就拿出一部新手机给我看。

"昨天换了新手机，是最新型号的。"

是显摆吗？

"跟电脑一样，能上网、看视频，还能看视频上的评论，在学校、电车上，都能看地下网站。我绝不能让同样的问题再次发生。"

如果来宫老师从一年级起就是我的班主任，我现在也许是一个听到修学旅行就激动万分的十四岁少年。

"对了，关于那个视频，你想起什么了吗？"

"没有。"

我摇了摇头。他环视一圈，把嘴巴凑到我耳边："你在被同学欺负吧？"像装了扩音器似的，震耳欲聋。

"啊？什么？"

不知过了多久，我才傻笑着反问。

"上次那个视频已经超出了恶作剧的范围,在我看来,只能是校园欺凌。跟老师说实话!"

"怎么会呢?"我继续傻笑着。

他手托着下巴,盯着我的眼睛。

别用那样的眼神看我!

我继续装傻,他的手终于离开下巴。

"老师是大刀川的朋友哟。"说完,他拍了拍我的肩膀,朝门走去。

我张开了嘴巴。

我在心里模拟过好多次。是永他们欺负我,我想对老师说,但我手上没有证据,就连跟班庵道都能巧妙地推脱,老大是永就更不用说了。

我很感谢来宫老师,他真的把我当亲人一般。但是这个问题我不想让他管,和平解决是不可能的,是永是个恶魔,人类是打不倒恶魔的。

所以我要每天向奥依耐普基普特神祈祷,奥依耐普基普特神啊,让是永雄一郎消失吧!

8月21日 星期二

奥依耐普基普特神啊,只是向您祈祷也太自私了。为了表示诚意,我要每天向您献上我的鲜血,我会每天割破手指,向您献上!

8月22日 星期三

奥依耐普基普特神啊,请您把是永杀了吧!

8月23日 星期四

奥依耐普基普特神啊,请您把是永杀了吧!

8月24日 星期五

今天我去知行塾看了,是永在那儿上校外补习班。车棚里有他那辆豪华公路车，是永还活着。

奥依耐普基普特神啊，请您把是永杀了吧！求求您了！

8月25日 星期六

奥依耐普基普特神啊，请您把是永杀了吧！

8月26日 星期天

奥依耐普基普特神啊，对不起，昨天晚上忘了向您献上祭物，以后绝对不会再忘记了，请您不要抛弃我。请您把是永杀了吧！求求您了！

8月27日 星期一

知行塾车棚里今天也有那辆公路车，如果主人已经不在世上，车子不可能一直停在那儿。我躲在电线杆后面等着下课。下课了，是永摇晃着书包从楼梯上跑下来。他还活着，而且很健康。

奥依耐普基普特神啊，我每天祈祷，您怎么就是不显灵呢？您也像惩罚庵道时那样，赶快把是永杀了吧！我还不够虔诚吗？我还应该做什么？

8月28日 星期二

我又去知行塾了，正在观察那里的情况时，忽然被人从身后紧紧抱住，勒得我喘不过气来。

"你什么时候开始上补习班了？"

是永松开我。

"没……我只是想看看……学习……"

我语无伦次。

"你想到知行塾补习？"

"嗯……我成绩太差了，别的地方也行……新学期再说吧……"

"你要想试听，我可以帮你介绍。"是永说着伸出手来，"介绍费一万！"

我愕然。

"噢，看在好朋友的面上，给你优惠价，少要一百，给我九千九百日元吧。"

他说完这些混账话，伸手把我的头发弄得乱七八糟，紧接着来了一个锁喉。

我才不想去试听呢，肯定会遇到很多麻烦。

忽然，他放开我，叫了一声"糟糕！开始上课了"，一步两个台阶地向楼上跑去。

是永去死！

8月29日 星期三

奥依耐普基普特神啊，这是一只蜘蛛，就当作供奉给您的祭品吧。太小了不行吗？跳蛛我还能捉住，女郎蜘蛛太大了，我不敢……

8月30日 星期四

奥依耐普基普特神啊，今天供奉给您的是蜥蜴，您还嫌小吗？

8月31日 星期五

奥依耐普基普特神啊，今天供奉给您的也是蜘蛛，当然还有我的血。祈求您的保佑。

9月1日 星期六

今天我又去知行塾了，那辆豪华公路车还在，我很失望。今天又被是永抓住了，课间休息这小子怎么老跑出来？教室里肯定更凉快呀。

"随地小便！你鬼鬼祟祟在这儿干什么？"

他给我来了一个倒剪双臂。

"你家离得那么远！想试听？"

"嗯……"

"到底想还是不想？"

"我肯定不补习。"

"那你到这儿来干什么？偷自行车？"

"不是的，不是！"

我想从他手里挣脱出来。

"那你来干什么？找我有事？"

"嗯……"

"问你呢，是不是？"

"要说有事嘛……"

"想找我玩吗？我下午四点才下课呢，你四点再来，别忘了带钱买冰激凌！"

"不是想找你玩，是……"

"是什么？"

是永松开手，推我的右肩，让我转了一圈，面对着他。

我双手紧握，深吸了一口气。

"你让国府田偷拍我，然后把视频传到网上，太过分了吧？"

我做好了挨打的准备。

是永没打我，反而"扑哧"一声笑了。我战战兢兢地抬起头来。

"为什么要那样做？国府田也很可怜。"

"把朋友当罪犯吗？"是永还在笑。

谁是你朋友！

"你装糊涂也没用，我有证据。"

"证据？给我看看！在哪里？"

他的神色一点儿都没动摇，还嘲弄地拍了拍我的裤兜。

"到底怎么回事我也不知道，不过据我推测，大概是哪里某个奇怪的人利用了你！"

什么？

"有个男孩喜欢上一个女孩，但是男孩很内向，不敢表白，他就找了一个人当丘比特，把女孩送到他家里，以便接近她。把视频传到网上是为了把两个人变亲近的事实告诉大家，大家看了视频会纷纷留言嘲笑他，女孩看了以后不免觉得自己做了对不起男孩的事，两个人的距离就会更近。毕竟很多爱情都是从同情开始的。"

是永嗤笑着，拍打着我的后背。

真会编故事！

如果是永把事实告诉我，我还能原谅他，但是他现在说的话比破口大骂还让我感到屈辱，这是蔑视！对不起国府田的话他一句都没说。是永！是你自己放弃了最后的机会！

奥依耐普基普特神啊，这样的人活在世上，一点儿价值都没有！

是永去死！

9月2日 星期日

我真心祈祷：明天是永座位上一定摆着悼念的鲜花！奥依耐普基普特神啊，求求您，把是永杀了吧！

9月3日 星期一

是永座位上没有鲜花，只有他本人结结实实地坐在那里。

修学旅行的小组也分好了，我跟是永一个组，组里还有庵道、仓内和武井，我仿佛看到了地狱。

国府田看都没看我一眼。

9月4日 星期二

　　大课间时，我被带到了厕所里。在来不及抵抗的情况下，我被塞进女厕所的一个单间里。除我以外，还有三个人，都是女生。那么小的单间里站着四个人——难以形容的局面。
　　"说实话！你跟阿柔是什么关系？"
　　抓住我的手腕恶狠狠地问话的是三年级的妹尾，虽然我们所在不同年级，但她在学校非常有名。按照校规，学生是不准染发的，但妹尾毫不在乎地把头发染成了金黄色。她说自己的头发天生就是金黄色，还把小学时的照片拿出来作为证据。我跟妹尾也是一个小学的，知道她上小学时头发就是金黄色的，不过我听说她上幼儿园时就开始染发。
　　"问你呢！什么关系？"
　　我吓得缩成一团，妹尾身后的一个人伸出手来，揪住了我的耳朵。我叫不上她的名字，大概也是三年级的。
　　"来宫老师吗？"我战战兢兢地问道。
　　"还用问吗？"
　　我身后还站着一个人，她揪着我的后领子厉声喝道。
　　"他教我们音乐，也是我们的副班主任。"
　　"我问你跟他私下是什么关系！"
　　"没什么关系。"
　　"骗鬼去吧！"
　　我的脸颊被打了一下。
　　"暑假时，你坐着阿柔的'小精灵'去哪儿了？"
　　"'小精灵'？"
　　"别装傻！我们早就拿到证据了。你在蜂谷电器商店的停车场，上了阿柔的车！8月5日那天。"

"啊？是……是的。"

"你承认跟阿柔一起driving（兜风）了？"

"那不叫driving。"

"两人坐一辆车不就是driving吗？你连这么简单的英语都不懂吗？"

"我只不过是坐老师的车去了他家。"

"你去了阿柔的家？！"

妹尾瞪大了眼睛。

"你竟然去了老师的家！说！在他家干什么了？"

身后那个人使劲往两边拽我的耳朵。

"没……没干什么……"

"大刀川！"

妹尾眯着眼睛盯着我。

"到！"

"在阿柔家，就你们两个人吗？"

"是的。"

"你们在房间里干什么了？"

"看……电脑……"

"看电脑？"

"我家没电脑，所以拜托老师……"

"别说这种一眼就能看穿的谎话！"

"真的。我家真没电脑，所以拜托老师……本来我想用电器商店的电脑，正好碰到了来宫老师……所以就求他带我到他家里去上网……"我拼命解释着。

妹尾"扑哧"一声笑了："我想起来了，你小子在网上很有人气。那个视频，拍的就是你吧？"

我讨好地笑了笑，紧接着就陷入极度的自我厌恶中。

"你家没电脑，就能随便去来宫老师家吗？他怎么那么偏心？"

"非要这么说我也没办法……"

"还嘴硬！你在学校也经常跟阿柔一起亲热地聊天！"

"亲热？……没那回事。"

"又撒谎！课间休息时，在教室前面，经常看见你们在一起聊天。"

"不是经常，是偶尔，而且也不亲热，说的都是学校的事。"

"一般情况下，老师会在课间跟学生聊天吗？而且既然是学校的事，一般会把学生叫到办公室去说吧？"

我无言以对。

"还有，返校日那天放学后，你们在音乐准备室说话来着，就你们两个人！"

"那、那次说的是电脑的事！"

"声音怎么突然大起来了？是想让外面的人听到来救你吗？我安排了人盯着，谁也进不来！"

我无力地垂下了头。

"再问一遍，你们到底是什么关系？"

"什么关系都不是。"

"什么事都没有吗？"

"是的，没有。"

在那一瞬间，我突然明白了。学姐呀，误会了！您要是怀疑老师跟我有什么，还不如去怀疑屋代老师。

妹尾伸出手来，掐住了我的脖子。

"从今以后，不许靠近阿柔半步！"

"可是，他是我们班的副班主任……啊！疼！"

"除了学校的事什么都不许说！在学校外不许见面！电脑找同学借！听见没？"

"听见了。"

总算被她放开了。

我心情暗淡,感觉前途渺茫。不仅是永他们欺负我,学姐们也欺负我,原来我天生就是个被欺负的料啊!

我又想死了。

不行!不能再软弱下去了!死的不该是我,应该是那个叫是永雄一郎的家伙!那样我的人生就会发生巨大改变!

9月5日 星期三

真稀奇,大扫除时是永在场,但他并不扫地,而是拿着拖把玩,结果把天花板上的灯打碎了。他大叫一声:"随地小便把灯打碎了!"然后把拖把塞给我就跑了。

没办法,我把地上的碎片打扫干净,然后跟久能认错。看着校务员换上新灯以后,我又去向久能汇报。回到教室一看,同学们都回家了。

我走到窗前,把头枕在手上,尽情享受窗外吹来的凉风。远处的山峦白云缭绕,现在是9月,晚霞还没有出现。

外面运动部的同学高声呼喊着,有的绕着操场跑步,有的挥动着棒球棒。他们想过死吗?大概没有吧。

晚霞没有出现,我的眼泪流了出来。

9月6日 星期四

去美术教室途中我发现忘了带雕刻刀,回班里去拿时,看见大迫一个人坐在桌前,正在笔记本上画漫画,看来她是要卡着点去。我拿起雕刻刀往外走,从她身边经过时,小声对她说了声:"上次的事谢谢你了。"

走到教室门口了,她才有反应。

"什么事?"

"告诉我有那个视频。"

我早就觉得应该谢谢她，但是大家都在时不方便说。

"有什么好谢的。"

大迫依旧那么冷淡，连头都没抬。管她迟不迟到呢，我拔腿就走，她又说话了。

"是永偷拍的视频，对吧？"

我干咳两声。

"你一直在被他欺负。"她继续说道。

"说什么？是永君是我的朋友。"我否认。

"你一直在被他欺负。"没完了。

"这话你跟是永君说一次试试！快去美术教室吧！你想逃课吗？"

大迫"啪"的一声合上笔记本，从书桌里拿出课本和雕刻刀，站起来往教室外走，转眼就把我甩在了身后。

9月7日 星期五

是永说我欠他八十七万六千日元！理由竟然是替他背书包时书包掉在了地上，开什么玩笑！

话说回来，为什么是永还活着？为什么还跟以前一样专横跋扈？

奥依耐普基普特神啊，我还不够虔诚吗？还要我供奉什么？听说应该供奉山羊，可是在哪儿能买到山羊呢？

9月8日 星期六

知行塾的车棚里，还稳稳当当地停放着那辆豪华公路车。

为什么？我都连续祈祷一个月了，一天不落，每天四次，早晨、中午、晚上、睡前都会虔诚地祈祷，在路口等红灯时也会。可是永还活得好好的，连感冒症状都没有。

这只能说明神是不存在的。

仓内摔倒，庵道从台阶上滚下去，都是偶然，肯定是这样吧？

奥依耐普基普特神只不过是我的幻想，那只不过是一块石头。对吧？

9月9日 星期日

今天去公园和神社，想抓一只野鸽子，结果没抓到。

抓不到，抓不到更大的动物供奉给奥依耐普基普特神了。猫和狗，不敢抓——杀掉它们，警察就会把我抓起来，还不如直接把是永杀了。

蜘蛛和蜥蜴抓到一只也很不容易，我的努力还不够吗？

奥依耐普基普特神啊，这是我最后一次求您了。

请您把是永雄一郎杀了！

如果明天在学校里看到是永还活着，我就认定仓内和庵道受伤的事纯属偶然，神根本就不存在。

奥依耐普基普特神啊，这样理解可以吗？

9月10日 星期一

神，不存在。

神，只是一个概念。

约翰·列侬，你是对的。

奥依耐普基普特神啊，再见了！

9月11日 星期二

晚上，久能来电话了。

他在电话里说：是永死了！

我知道
(I Know)

1

国府田夏美听说是永雄一郎死了,先是笑着说"开什么玩笑啊",紧接着吃惊地问道:"他那么壮,怎么就死了呢?"慢慢恢复平静后,脑海里浮现出大刀川照音的面孔,那张像啮齿类动物的脸,久久不能消失。

最初是听妈妈说的,那时夏美正躺在床上看漫画。妈妈去学校参加修学旅行说明会,她用带着几分亢奋的语气在电话里说,你们班有个男孩被救护车送到医院去了。

她说,说明会正在进行时,有个老师慌慌张张地跑进来,把班主任久能和教导主任叫了出去,然后就听到了救护车鸣笛声,体育馆里一阵骚乱,说明会暂停。一些家长跑出去看,救护车开到教学楼后面,由于人太多,夏美妈妈没亲眼看到,只听有人议论,是二年二班一个男生,还不知道名字。

不久,班里一个叫西乃彩名的女同学来电话说,是永雄一郎从教学楼楼顶上掉下来,救护车到现场时已经没有心跳和呼吸了。夏美笑着说"开什么玩笑啊",但彩名在电话里大喊:"是永死了,这可怎么办呀?"陷入了极度恐慌中。

彩名说无论如何都要去医院看看,夏美就把一个叫寺川里美的女同学叫上,三人一起去了医院。班里一些同学已经在那儿了,还有班主任久能、副班主任来宫、年级主任德本和教导主任。是永正在急救室抢救，具体状况不明。

过了一会儿，是永的姐姐过来，告诉大家他已经死了……说着说着，她哭了起来。学生们也哭了，有的男生哇哇大哭，老师们也都抽泣起来。

夏美也哭了，但她是因为受到周围人的影响，而不是因为悲伤。她还是不敢相信，几个小时前还在教室里听见他精力充沛地大声说话呢。

第二天早上，走进教室，那张书桌上摆着一束白色的菊花，教室里一片哭声。

上课前，久能说明了情况。是永是从教学楼的楼顶上掉下去的，是意外。

为了防止发生意外，通往楼顶的门一直是锁着的，钥匙挂在办公室里教导主任身后的墙上，谁都能随手摘下，学生拿走并不困难。

是永可能自己配了一把钥匙，他很聪明，成绩也好，还有点儿狡猾。那些校规禁止的东西，是永可能会拿到楼顶上享受，昨天可能也是为此跑上去的。

但是久能没说是永到楼顶上去干什么，只是提醒大家上去很危险，千万不要去，然后就开始上课了。

是永的葬礼是在他死后第三天在学校附近的殡仪馆举行的。是永雄一郎性格开朗，跟谁都处得来，所以参加葬礼的人很多，上香的人排到了殡仪馆的停车场。看到是永的家人向来宾鞠躬，夏美才第一次感到悲伤。

和尚读完经后，举行遗体告别仪式。二年二班的同学们和是永的家人一起，围在棺材周围，往里面放鲜花。是永雄一郎躺在棺材里，面容安详，表情平静，同时，他的脸色白得不正常，跟蜡像似的。此时，夏美才真切感受到，那个身体里已经没有生命了。

这时，夏美看到了另一个让她感到恐惧的人。

棺材另一侧的大刀川照音，双手撑着棺材的边缘，往里探着身子，眼睛红红的，鼻头也是红的，下眼睑有被泪水打湿的痕迹。但是，他的面颊是松弛的，从夏美的角度看，他在微笑。紧接着，她看到大刀川的嘴巴翕动起来，好像在说着什么。

从那时开始，大刀川照音那酷似啮齿类动物的脸，再也不曾离开夏美的脑海。

2

是永雄一郎死后的那一个星期，二年二班弥漫着死寂般的沉静，好像失去了领头羊，不知道往哪个方向走了。就算有人自告奋勇站出来，也不会成为是永那样的中心人物。

特别是常跟是永一起玩的几个男同学，他们就像被主人抛弃的小猫，存在感一天比一天薄弱。

19日那天也是。以前，大课间、中午配餐时间、午休和放学后，他们都会在是永周围大声喧闹；是永一死，即作鸟兽散，有的趴在桌上睡觉，有的撑着下巴呆呆地看着窗外。一个叫仓内拓也的男同学，坐在后院的花坛边上抱着膝盖发呆。

夏美走出教室，顺着楼梯下楼，穿着拖鞋走出教学楼，来到后院。仓内拓也感觉到有人，把头抬了起来。

"就你一个人？"夏美问道。

"还用问吗？"仓内没好气地反问。

"怎么不投球啊？你们不是喜欢一边叫着谁的名字一边往墙上投球吗？"

"谁还有心思玩那个！"

仓内说着，捡起一个小石子，扔进了花坛。

"你过来!"夏美招手。

"什么事啊?!"

"小声点儿。"

"怎么了?你过来!"

"我穿着拖鞋呢。"

"我不也穿着呢吗?"

"我的拖鞋还没弄脏。"

"弄脏就弄脏吧。"仓内不耐烦地站起来,向夏美走过来。

"拍一下裤子,过会儿上课,省得把椅子弄脏。"

"行啦!什么事?"

"嗯——"夏美话到嘴边又犹豫起来。

"什么事?快说!"

"嗯……我想说说是永的事。"

仓内没说话,垂下了眼皮。

"你不想说他的事?"

"没有……什么事?"

"你们几个一直和是永在一起吧?"

"嗯,你就为这事找我吗?"仓内皱起眉头。

"那天没一起回家吗?"

"嗯。"仓内马上答道,也没问是哪天。

"为什么没一起回家?"

"他说有事,让我们先回。"

"什么事?"

"这个事。"仓内竖起了小指。

"见女朋友?"

"嗯——说不好。他只是笑着竖起了小指,什么都没说。"

"咦?你不知道吗?这是女朋友的意思呀。"夏美说着竖起小指,轻快地动了动。

"当然知道！不过，不是咱们学校的。"

"哪个学校的？"

"藤泽纪念医院的。"

"病人？"

"不是，是护士。"

"啊？"

"是永说，那个护士什么都请他吃，什么都给他买，有车有工作……太好了！"

"她多大了？"

"二十三四？就是个阿姨！"

"所以呢，是永不是为此留在学校的，小手指的意思也许是跟谁拉钩的约定……不对，可能是要和另一个人约会……"

"是谁？咱们班的？"

"不知道。也就是说，那天是永一个人留在学校，你们都回家了？"夏美把话题拉了回来。

"都回家了。"

"大刀川君呢？"

"随地小便？"仓内皱着眉头回忆起来，"也一起回家了吧……不对……也许没有。"

"你好好想想！"

"那谁想得起来呀。"

"是永到底为什么留在学校，你不想知道吗？"

"不是说了吗？我没问他。"

"他配了一把楼顶的钥匙吧？"

"嗯……不……不知道……不可能。"仓内语无伦次起来。

"他经常用那把钥匙到楼顶去吧？还有你和庵道、武井。"

157

"没……没有……没去过。"

"你紧张什么？我不会告诉老师的。"

"啊……不是经常，是偶尔。"

"在楼顶上干什么？"

"没……干什么……"

"玩游戏机，对吧？"

"你想到久能那儿去打小报告吧？"

"我不会告诉老师的。那天，是永也是为了玩游戏机到楼顶上去了吧？"

仓内先是点了点头，然后歪着头想了想，随即矢口否认："肯定不是，一般都是大课间或午休时上去。你这么一说提醒了我，那天他为什么要到楼顶上去啊？"

"对呀。为什么？"

仓内沉默了。

"对不起，问了好多奇怪的问题，别往心里去。"夏美道歉。

"什么？"

"刚才我说的话，都忘掉吧！"

"啊？"

"你就当没听见。"

"开什么玩笑！"

"午休快结束了，该上课了。你最好把裤子上的泥拍一下。"

夏美说完，转身往教学楼方向走，刚走出去几步又回来了。

"对了，仓内君，你的脚受过伤吧？"

"什么？"

"你们在这儿投球时，好像是五月黄金周连休前后。"

"你这人怎么回事？刚说让我忘掉，现在又提这些陈芝麻烂谷子的事！"

仓内皱着眉头发飙时,上方传来一个声音。

"原来你俩是这种关系啊!"

武井从三楼窗口探出身子,双手做喇叭状放在嘴前,起哄似的吹着口哨。

"别胡说八道!"

夏美感到自己被嘲笑了,不由得全身燥热。她上下看了看互相开玩笑的武井和仓内,不知为什么,感觉松了一口气。

3

夏美脑中萌生的疑惑一天天膨胀,恐惧和不安快把她压垮了。

办完葬礼的一个星期后,9月20日星期四,国府田夏美下定了决心。放学后回到家,她给大刀川照音打了电话,说要找他单独谈谈,现在就到他家去。大刀川说,明天放学后父母都不在家,可以在那个时间谈。

第二天是星期五,放学后,夏美先回了家,换了一身衣服。

来开门的大刀川还穿着校服——白色衬衫和灰色长裤,回到家也不换衣服。夏美进门就道歉,说不应该闯到他家里来。

"啊……没……没关系的。"

大刀川的表情不知是笑还是哭,一个劲儿地用手背抹着额头上冒出来的汗珠。

"我爸妈不在家,上班去了,你上来吧。"

他把夏美带到二楼,刚要下楼去拿饮料,就被夏美制止了,两人站着开始说话。

"从现在开始我只说真话,希望你也说真话,可以吗?"

"嗯,能。"他猜不透夏美是什么意思。

"先向你道歉。上次我说是为了拍纪录片偷拍你,那是骗你的。"

"啊？"

"是是永让我拍的，但并不是为了拍纪录片。"

"那、那是为什么？"

"为了报复你！"

"什么？"

"第一学期上课时，你经常偷偷画我，画了很多张，还把画贴在了教室后面的告示板上，有这回事儿吧？"

"啊？什么？那个……"

"没想到你会做那样的事！"

"不、不是！那不是我！"

大刀川一个劲儿摆手。

"住口！不能说谎，你答应过我！"

夏美瞪着他厉声喝道。

"我、我没说谎，我、我什么都没干。"

"骗人！我有证据！"

"证、证据？"

"我看了你的笔记本！"

"什么？"

"是永把你的笔记本给我看了！"

"是永……"

"你的笔记本上到处画着我，跟贴在告示板上的一模一样！恶心死了！"

"对、对不起……"

"还有……心形符号之类的，一想到被你这家伙喜欢，我就恨不得大哭一场。"

"是我画的，确实是我，对不起。但我没把它们贴到告示板上，真的，请相信我！"

"难道是被大风刮上去的吗？"

"有人偷偷把我的画撕下来……"

"谁？你还真敢说！"

她双手叉腰，瞪着大刀川。

"真的是被人偷走了！被是永……"

"无耻！你明知道死了的人没法反驳！"

"真的！刚才你说，是永未经我的允许把我的笔记本拿给你看，那他偷偷把笔记本上的画撕走也不奇怪。你说是不是？"

大刀川含着眼泪解释着。

"不一样！如果不把笔记本拿走，就没法让我看到证据。"

"可是不管什么理由，随便拿走别人东西就是小偷！"

"不管怎么说，以后不许再画我！"

大刀川忽然老实了，没再说什么。

"总之，我看了笔记本后，知道了告示板上的画是你画的，非常生气，当时想找你算账。但是永对我说，要以眼还眼，也要让你在大家面前丢脸。说你从来不敢正面看女生，一看到女生就陷入恐慌，满脸通红，结结巴巴。他说把你那样子录下来给大家看，非把你气死不可，还说我有权利这么报复。

"于是，海之日连休时，我带着设备去了你家。很顺利，拍到了很多可笑的镜头。从你家离开后，我直接去了是永家，我说话的部分被编辑成谁都听不出来的声音，你成了全校学生的嘲笑对象，我很满意。不过，很快我就笑不出来了，甚至开始讨厌自己。没想到会有那么多过分的留言，我很害怕。现在我正式向你道歉，对不起！以前是在说谎基础上的道歉，不算数。我太过分了，对不起！"

大刀川不说原谅与否，只是低着头。

"还有一件事，我也跟你说实话。上次到你家来，你爸不是叫你下楼过几次吗？你还去过几次卫生间。趁你不在，我检查了你的房间。"夏美继续说道。

啊？大刀川不由得抬起头来。

"是是永让我检查的。他说你房间里绝对有不良漫画或书籍，让我找出来，也偷拍下来。我就按照他的指示找起来，书架上，桌底下，还有——

"抽屉里。在中间那个大抽屉里，我看到了一个奇怪的东西，一个日记本，封面上写着'绝望'，而且不止一个，有大有小，有粗有细，有红有绿，有的是英语。打开看看也是人之常情吧？你每出去一次我就看几页，大致翻看了一下。你的字很好看，虽然小，但写得很工整，像印刷体。"

"谢谢。"

"看完我大吃一惊。你被欺负了啊？这我可真不知道。起外号，练摔跤，那是因为关系亲密吧。你把亲密当成欺凌了，不是吗？"

大刀川低着头不说话。

"在班里也好，在俱乐部也好，总是会自然分成几个小团体。团体里面一般都有角色划分的，有逗哏的，有捧哏的——难道不是吗？"

"你说什么啊？！"

大刀川突然大叫起来。

"先不说你相不相信，偷看别人的秘密，是最不道德的！"

"对不起。开始我并没有打算看，刚才不是解释过了吗？你不是每天都跟是永他们一起玩、一起大笑、一起回家吗？"

"你看不出来就算了。"

"虽然你觉得自己被欺负了，但是永已经不在了，没法证明了。"

大刀川随便画了她的画像，夏美是不会同情他的。

"我根本不相信你受到了欺负，所以从第二学期开始，每天在学校不动声色地观察你……就在这时，是永死了。在葬礼上，我看到了恐怖的一幕……喂！你在听吗？"

他埋在两个膝盖之间的头轻轻点了一下。

"遗体告别仪式上,往棺材里放鲜花时,你笑了,对吧?"

他不说话。

"我吓出一身冷汗。如果不是有深仇大恨,在葬礼上怎么笑得出来呢?那时我忽然明白了,是真的,你真的受到了欺负。同时我也明白了,如果你真是受害者,那么加害者是永的死,一定有蹊跷。你在听吗?"

他的头点了一下。

"我们约定好了绝对不能说谎,那我可要问你了。"

她深吸一口气,问了最核心的问题。

"是永是你杀的吗?"

大刀川没有反应。

"是永是你杀的吗?"

夏美又问了一遍,大刀川慢慢抬起头来。

"受了欺负,难以忍受,甚至想过自杀。想死,死不了,死不了,受欺负,简直就是没有出口的地狱。绝望中,突然一闪念,让对方去死。于是,9月11日放学后,你把是永杀了。"

夏美一边说一边观察他的表情,没有一点儿变化。

"是这样吧?"

她最后一次确认。

"什么呀?"

"是你杀了他吧?"

"我?"

"对!你把他从楼顶上推下来了!"

"为什么?"

"还用问吗?为了复仇。"

"我没有干那种事。"

163

"我们约定了说真话!"

"我说的就是真话!"

"骗人!"

"我骗人……"

他的表情终于发生了变化,好像很为难。

夏美穷追不舍:"我问过了,修学旅行说明会那天,二年级学生吃完配餐就放学了,放学后,你并没有跟仓内、庵道还有武井一起回家,对吧?"

大刀川在记忆里搜寻着,几秒钟后默默地点了点头。

"每天都一起回家,为什么那天没有?"

"一个人回家的时候也不少啊,比如要去学校图书室。"

"你没和大家一起,是永也没和大家一起。也就是说,你和是永在一起——这样想很自然吧?"

"什么?"

"你们一起到楼顶上去了,只有你们两个!"

"没去。"

"然后,你把他从楼顶上推下来了。"

"我没有。"

"骗人!"

"我没骗人!我去图书室了。"

"你没证据!"

"管理员肯定看见我了。"

"你常去图书室,跟他很熟,所以没有可信度。"

"楼顶的门一直锁着,根本上不去。"

"是永有钥匙,他配了钥匙,对吧?"

"不可能,就算楼顶上只有我们两个人,体格上差距太大,我也不可能把他推下去呀。"

夏美有点儿动摇。

"庵道也是被你伤害的吧？"

"什么？"

"他上完校外补习班，是你把他从台阶上推下去的，是不是？"

"啊？"

"偷书的事，他把责任推在了你一个人身上，你恨他。他当时正在发短信，突然把他推下去很容易。"

"我没干那种事。"

"骗人！"

"那天我一直待在家里。"

"骗人！"

"真的！不信你问我爸妈。"

"你家人肯定护着你。"

"那……你……"

"不要演戏了！你骗不了我！"

"演？"

"你不觉得奇怪吗？班里男生，一个受重伤，一个死了，受重伤那个差点儿也死了，有那么巧的事吗？短短三个月内！而且他俩是好朋友！太奇怪了！绝不是偶然！"

夏美越说越激动。

"而且在小团体里，有一个人正遭受着其他人的欺凌，不该怀疑是报复吗？"

大刀川又把头埋在膝盖间，身体缩成一团。

"沉默就是承认！"

夏美双手叉腰，大声喊道。

大刀川缓缓抬起头来，小声说道："我说实话。"

"是永是你杀的吧？"

"不是，绝对不是。"

他先激烈地摇头，停下来后，眼睛看着窗户，开始说话。

"我一直在受是永他们的欺负，我希望他们都死掉。但是我什么都没做，我没有那么大力气，也没那么大决心。不过也不是什么都没做，我向神祈祷了，请惩罚他们！请让他们遭遇不幸！我每天都祈祷。开始也不是每天……但最后几乎是天天祈祷。于是，是永就死了。是神听到了我的祈祷，显灵了。所以，虽然我没有直接下手，但也可以说是我把他杀了。"

大刀川说完，转过头来，仰起脸看着夏美。

"你向神祈祷了？"

"嗯。"

"于是，是永君就死了？"

"嗯。"

"胡说八道！怎么可能？"

她甩手，像要把什么东西甩掉似的。

"真的，我没说谎。"

大刀川无力地摇了摇头。

"哪有什么神！"

"嗯，我也一直这么认为。但是，神是存在的，真的！"

"说谎也说个像样点儿的吧。"

大刀川站起身来，走到了书架前。

"你看！这就是神！"

他的右手指向书架顶层。

那里摆着一块灰色的石头，大小跟人头差不多，样子跟夏美祖母家腌咸菜时压盖子的石头几乎一模一样。

"它叫奥依耐普基普特神。"

"完全听不懂你在说什么！"

"神！我的神！奥依耐普基普特神！"

"只不过是一块石头！"

"看上去是石头，但是，神在里边！"

石头下面铺着一块猩红色的毛毯，左边有一杯盛着水的玻璃杯，右边有一个盘子，盘子里有米粒，后面是一个神社形状的神龛。

"你向神祈祷，是永就死了？"

"嗯……"

"你向这块石头祈祷，他就死了？"

"不是石头！是奥依耐普基普特神！"

夏美走过去，一只手将大刀川推开，另一只手去抓那块石头。

"别碰！"

他脸色大变，急忙制止。夏美不管，继续伸手去抓，没抓起来。

"奥依耐普基普特神啊，对不起，她没有恶意。"

大刀川边说边把被夏美弄乱的毛毯整理好。

"精心爱护呀！"夏美嘲讽了一句，跟大刀川拉开距离，继续说道，"你在日记里提到了。好像是在学校后院捡到的，拿回家洗干净供奉了起来。"

"嗯，这就是奥依耐普基普特神。"

"通过祈祷？那是不可能的。你一祈祷，仓内就摔了，庵道就从台阶上滚下去——都是伪装，你在装傻！"

"装傻？"大刀川皱起眉头。

"对，弄一块石头当神祇是为了装傻，装模作样地供奉，还写在日记里，表现出真的相信有神存在的样子。这样万一被人怀疑，就说自己每天向神祈祷，求神惩罚他们，结果显灵了。就算事情败露，被警察抓起来，也可以辩解是你被欺负得太严重了，得了精神病，就不会被问罪。嗯，准备得很周到，不，应该说你好狡猾啊！"

大刀川眼看就要哭了。

167

"不要一直沉默！说话！今天我不达目的决不罢休！"

他看着自己的脚，小声嘟哝道："神是存在的。只要你每天虔诚祈祷，愿望就一定能实现。"

"你一边假装向神祈祷，一边动手杀了是永！"

"不！我只是祈祷，没把他从楼顶上推下来！"

"你要顽抗到底吗？"

"我根本就没有……"

"那咱们还是去警察局吧！"

"什么？"

"对警察说，三冈中学的是永雄一郎不是死于意外，很可能是被同班同学杀害的，请重新调查！"

"不去！是永的死与我有关，但我并没有动手伤害他。"

"你那些理由没人相信！所以才要一起去找警察调查清楚！"

"不去不去！"

"那我打电话报警。"

夏美掏出手机。

大刀川大叫一声"不要"，试图抢她的手机。夏美一扭身子躲开，把手机高举过头顶。

"别打！我现在说实话，你把手机收起来。"

"承认了？是你杀的吧？"

"我没杀他。不过，刚才那些话都是骗你的，我没有向神祈祷。"

"什么？"

"是永根本就没欺负过我，他是我的好朋友，最好的朋友。"

"你真让我无语！"

"你不是也说了吗？我们是好朋友，日记上都是瞎编的。对不起，骗了你。"

"唉，算了，我给你时间考虑，到修学旅行结束吧。还有三个多星期，总能下定决心吧？"

"你太过分了！你太过分了！"

大刀川双手抱头，一遍又一遍地唠叨着。

"日记本的事我不会对任何人说，知道的只有我一人，我也绝对不会告诉警察或老师，你不用担心，集中精力把你做过的事回想一下，然后好好考虑一下应该怎么办。"

夏美蹲在大刀川面前，看着他低垂的头，一字一句地说完。然后她转身下楼，离开了大刀川家。

我心何处
(Scared)[1]

9 月 12 日 星期三

是永不小心从楼顶上摔下来了，当时就他一个人吗？

真的是不小心摔下来的吗？

他竟然死了……

我向神祈祷，应验了。庵道是第一次，是永是第二次，而且这次竟然死了。

我的心在颤抖，不住地颤抖。

9 月 13 日 星期四

棺材里是那家伙巨大的身躯，看上去睡得很香，又好像马上就能坐起来，笑着叫一声："嗨！随地小便！"我不敢正视他。但是他纹丝未动，被菊花埋起来，棺材盖上了，四角钉上了。那家伙真的死了，确确实实死了。

9 月 14 日 星期五

睡不着。

好不容易迷迷糊糊要睡着时，那家伙突然又出现在我面前，叫一

---

[1] 约翰·列侬这首歌的歌名，英文原文 Scared，中文直译《我害怕》。中译本按日文原著意译的《我心何处（心のしとねは何处）》翻译。

声"傻瓜！锁死你"，来了一个锁喉。我吓得大叫一声，从床上跳起来。就这样重复了一遍又一遍，直到第二天早晨。

我在害怕什么呢？

不，那不是害怕，是兴奋。

9月15日 星期六

这样的结果挺好的吧？这不就是我所希望的吗？

挺好的吧？

9月16日 星期日

不要紧了，我冷静下来了。

命运是动态的，是变化的。恐惧也能让人兴奋不已。

奥依耐普基普特神啊，我太吃惊了，太兴奋了，好多事情都没来得及做呢。

首先，我要向您下跪谢罪。以前怀疑您是我不对，还说了很多失礼的话，请原谅！

感谢您！我要给您磕头，哪怕磕得头破血流。

奥依耐普基普特神啊，您不但救我于水火，也救了国府田。衷心感谢您！

9月17日 星期一

上星期四的事我得补记一下。

我去参加了是永的葬礼，虽然学校不强迫大家去，但我没有装作不知道的勇气，和班里同学一起去了。大迫同学没去，真厉害！真佩服！

我要是没去就好了。

久能和班长致悼词。悼词中说：

"是永雄一郎开朗活泼，引领全班，女生仰慕，男生信赖，成绩优秀，能文能武，尊重师长，爱护同学，是三冈中学建校以来……"

什么呀？他有这么完美吗？上课玩手机，一周五天有三天迟到，老师在上面讲课，他在下面睡觉，动不动就以肚子疼为由逃去保健室，大扫除从来不碰工具……为什么一字不提？

那天他爬到楼顶去干什么也一字没提，一个人在楼顶上，没看碟吗？没玩游戏机吗？警察调查一下，肯定能发现蛛丝马迹。如果什么都没发现，他上楼顶的目的就更可疑了，就按意外简单处理了？

单是学生一个人到楼顶上去这件事就应该受到批评，钥匙在教师办公室里挂着，不经老师允许是拿不到的。这件事也一字不提，太奇怪了！

"表面看上去也许是那样！"

我站起来，夺下久能手里的麦克风，大声说道："是永雄一郎，在和蔼可亲的面目后，隐藏着卑劣邪恶的本性！"

啊！当时我要是能这样做，心情还能平静一点儿。

去死吧！噢，是永已经死了！活该！

9月18日 星期二

仔细想一想，也太厉害了吧。

向奥依耐普基普特神祈祷，是永就死了。

想让谁死，就向奥依耐普基普特神祈祷。

太厉害了！我有一种神奇的力量！

征服世界也不是梦想！

9月19日 星期三

没有了是永的学校生活是和平的，太和平了！希望他的跟班们永远萎靡下去，再也恢复不了精气神。

9月20日 星期四

电话响了，丰彦叫我下楼接电话。是国府田打来的，她说有话跟我说，马上要来我家。我问她什么事，她支支吾吾不肯说。我说家里有人，可以在公园见面，她说不想让别人看见。丰彦手里拿着一罐啤酒，咧着嘴笑，看着我，家里电话为什么不是无线的呀！

今天妈妈也在家，我让国府田明天下午放学后来我家。爱说什么说什么吧，有了上次的教训，我不敢做什么美梦了。

尽管如此，我还是激动得没睡好。我在期待什么呢？没有什么值得期待的啊。但是，万一呢。

9月21日 星期五

我的头脑陷入混乱状态，极度混乱。

国府田到我家来了，表情非常严肃。昨天打完电话后，我想了很多，有的现在想起来还会害臊，但一看到她那张若有所思的脸就知道我又想多了。

她在图书馆后面说的那些话都是骗我的？

她并不是被是永骗了才来偷拍我的？

她是跟是永勾结好了来偷拍我，并传到网上羞辱我的？

我受到了巨大打击。在图书馆后面，我还曾被她的眼泪打动。

还有，为什么是我被报复呢？把那些画贴在告示板上羞辱了国府田的是谁？是是永啊！但是她根本不听我解释。

而且，她早就知道那些画是我画的！在她看来，把画贴出去不是问题，画了那些画的人才有问题！国府田对我非常蔑视。

她开始穷追猛打了，说她偷看了我的日记！

日记里清清楚楚地记录着我对国府田的单相思，她看过了，知道了，然后她恨我，一点儿好感都没有。一切都结束了。

特意到我家来,并不是为了拒绝我的感情,是为是永的死来谴责我的,她说是我杀了是永!

我杀不了他呀,连想都不用想!而且那天放学后,我根本就没跟他在一起。我先去图书室看了会儿书,然后就一个人回家了。

但是国府田根本不听我解释,还掏出手机要报警!

看来她是非追究到底不可了,这样下去麻烦可就大了。

我的脑子乱成一锅粥,今天只能写这么多了。

9月22日 星期六

整理一下思绪吧。

大刀川照音受到是永雄一郎的疯狂欺负,恨死他了,这些在大刀川的日记里写得清清楚楚。

国府田打算把这一切告诉警察,当然还有奥依耐普基普特神的事。

大刀川每天都向神祈祷,求神杀了是永,但那很可能是为了掩盖杀害是永的罪行编造的。

警察听了国府田的话,肯定要来找我,我该怎样应对?

实话实说。

我恨是永,向神祈祷是事实。不过我只是祈祷,并没有动他一根手指头。

警察会相信吗?

大概会相信。事实上我确实没杀是永,也没去楼顶。把全县警察集合起来搜查一次,也不可能找到我是凶手的证据,没有证据就无法逮捕。

大刀川虽没直接下手,但是向神祈祷了,他每天祈祷,结果是永死了。就是说,大刀川咒死了是永。

警察得出结论后,会给我定罪吗?祈祷的证据可是清清楚楚地留在日记本里呢。

这也不用担心,刑法规定,不能举证某人实行过某种犯罪行为,是不能定罪的,我去图书馆查过了。不愧是神,智慧远在人类之上。

因此,就算国府田报了警,我也会被无罪释放。

慌什么呀?根本不用担心!

但是这种想法太浅薄了。

即使在法律上没罪,道义上却不能说没罪。大刀川憎恨是永,咒死了是永——如果报了警,这件事就会传遍四方,同学们、老师们知道后能理解我吗?

不可能理解,也不可能原谅,我敢打赌。葬礼上的悼词已经证明,被理解的是已经不存在的是永,绝不会是还活着的大刀川!况且他生前人缘很好,谁会相信他欺负同学?我将没有容身之地。

是永死了,和平并未到来,跟他活着时没有任何区别。唯一不同的是,我的敌人更多了,我更痛苦了……

不行不行!绝对不能让国府田告诉警察!绝对不能!

现在只有一条路,就是让她改变主意。可是,我怎样才能说服她,让那颗坚硬的心软下来呢?

也许从一开始我就不该写日记,不过,谁能预想到国府田会看到这本日记呢?

9月23日 星期日

把日记本烧成灰扔了?那样不管国府田说什么,不管她告不告诉警察,我都不怕了。警察询问起来,我就矢口否认,说是永是我的好朋友,我怎么会咒他呢?装傻就可以了。如果没有日记本,我有杀意的证据就没有了。就像国府田原先以为的那样,大家都认为我和是永是好朋友。

不,这也不行!不是还有那个视频吗?我被晒到网上,全校学生都知道，这件事就足以成为我痛恨是永的动机。

结论：一个接一个的谎言也好，全都说真话也好，我都会被追究！

另一个结论：让国府田闭嘴是唯一的办法！

9月24日 星期一

虽然非常不想去学校，但一到早上七点半我就醒了。

脱掉睡衣，穿上校服衬衫，扣扣子时忽然想起今天是补休日。方寸全乱了。

三连休，从图书馆借来的《石之血脉》和《暗杀者》我连一页都没读，上面已经有了薄薄一层灰。

9月25日 星期二

一进教室，我的视线就和国府田的对在了一起。她的眼神好像在说：我根本没把你的事放在心上。我躲开视线，她又接着和同学说笑去了，我甚至产生了上次她到我家来只不过是一场梦的错觉。

不是梦。下了第三节课，去理科实验室时，国府田从我身后追上来跟我并排，小声说了句"还有二十天"。我脊背发凉，这女人太可怕了！

9月26日 星期三

今天从美术室回教室途中，国府田小声对我说了一句"还有十九天"。她是在倒计时吗？

还有十九天？计算有问题吧？期限可是修学旅行结束那天啊。修学旅行回来的日子是10月14日，不是还有十八天吗？为什么要多说一天？是为了让我大意，在我以为还有一天时突然报警吗？这女人太可怕了。

不对！修学旅行结束那天是星期天，第二天星期一补休，所以延长一天。这说明什么？她是出于善意？

分析来分析去，一点儿意义都没有，就算延长一天，也不到二十天了。一眨眼就是十九天，必须做点儿什么！国府田让我下决心，下什么决心呢？整理好洗漱用品准备去警察局？

9月27日 星期四

国府田说过，日记本的事不会告诉任何人。

我已经不敢相信她的话了，见一次面变一次。不过，日记本的事也许她真的还没告诉别人。如果告诉了别人，瞬间就会传遍全校，那我早就成话题人物了，可是我感觉不到任何谴责的视线。所以，国府田还没对任何人提过日记本，我还可以续命。

"还有十八天！"

烦死了！

9月28日 星期五

为什么我会被"缓期执行"二十天？现在终于明白了，国府田不是为了给我悔改时间，而是怕影响修学旅行。

如果杀害是永雄一郎的凶手是同班同学并被逮捕，修学旅行就只能中止，所以她不打算在修学旅行前掀起大风浪。

她跟我不一样，中学生没有不想去修学旅行的，如果中止了，全班同学都会非常失望，还会怨恨她：都怪你，在这个节骨眼儿上告发。

到现在，我对国府田的看法彻底改变了，可以说看透了她的本性。她跟我想象中的完全不一样，太不好惹了。单相思这样的人，太不值了。

到修学旅行结束，我的生命可以百分之百得到保障。

但是不管我多么诚恳地对她解释，她也不会相信。也就是说，要想说服她完全不可能。

还有别的办法能阻止她吗?

给钱?

如果给她一笔钱,也许她就不会告诉警察了。五万日元……不,五万日元对我来说是巨款,但对别的中学生来说就未必算得上了,是永每月的零花钱就是一万。

十万也不多吧?五十万?一百万?

我去哪里搞那么多钱!

9月29日 星期六

最后期限是修学旅行结束,如果超强台风来了,交通瘫痪了,修学旅行中止了,那会怎么样?如果修学旅行延期一个月,最后期限也会延长吗?如果发生了意想不到的骚动,她会不会把我的事忘了?

9月30日 星期日

修学旅行快中止吧!要不就大规模食物中毒吧!

突然想到一个好主意:匿名打恐吓电话怎么样?

我还真打了一个。

我白天骑着车在市里到处转,找到一个四周无人的电话亭。我戴上手套,给三冈中学打了个电话。我以为星期天学校不会有人接电话,就一边听着拨号音,一边把准备好的话练习了几遍。

谁知有人接了电话。

当时只要我默不作声地把电话挂断,就什么事儿也没有。可是,我血往上涌,竟然把练习的话说了出来。

"立刻中止修学旅行!否则全体师生将食物中毒!"

等我意识到自己做了什么时,话已经从嘴里说出来了,而且反复说了三遍。

10月1日 星期一

今天学校里出现了好几个有着可怕面孔的男人，我猜他们是便衣警察，看来学校没有把我的电话当作恶作剧。

我不可能被抓，电话亭周围没人，我反复确认了好几遍。我拉开门，掏出硬币塞进去时，都戴着手套。说话时，话筒和嘴之间隔着一块毛巾。不管警察怎么调查，也查不到我这儿来。

我是这样认为的。

10月2日 星期二

今天警察也到学校来了，但是没人找我问话，好像不要紧了。

虽然不用担心警察找到我，但修学旅行没有中止的意思，也没听说过延期的传闻，好像警察和校方把那个电话当成恶作剧处理了。把肉毒杆菌混到配餐里去？到哪儿去找肉毒杆菌？

"还有十三天。"

闭嘴！闭嘴！！闭嘴！！！

10月3日 星期三

破坏修学旅行看来是不可能了，得想别的对策。

啊——就算没有国府田这事，我也希望中止修学旅行。虽然是永不在了，可是庵道、仓内、武井还在呀，太郁闷了！威胁说爆破列车或住宿的宾馆？

不行啊！为应对如此严重的威胁，警方一定会投入大量警力，到时候我肯定会被抓住。

还是得给钱，只要有了钱……

10月4日 星期四

　　要是能发生件大事，能抓住国府田的心就好了，这样她就不会再关注我了。

　　一场八级地震，她就顾不上我了。

　　校内发生枪击事件，死了很多人，她就不会管我了。

　　家里人发生不幸，她肯定会把我忘个一干二净。

　　不可能！不可能！

　　还是得给钱，钱是让她闭嘴的最现实的解决方案。

　　但是对于一贫如洗的我来说，这也不可能。

10月5日 星期五

　　"连休后就要去修学旅行啦！"

　　知道了！用得着特意来告诉我吗？

　　离出发的日子还有六天，也就是说，离最后期限还有十天，可是我还没想出对策来，怎么办？

　　其实我祈祷也是为了国府田，为了把她从是永的魔掌中解救出来，为什么她对我如此狠毒？想不通。

　　光发牢骚没用！得想对策！想对策！！

10月6日 星期六

　　修学旅行的日程安排是星期四出发，星期天回来，星期一补休。有傻瓜说什么星期一休息，好幸运啊，一年级和三年级还得上课，活该！他们怎么忘了星期六和星期天都没休息呢？如果是星期二出发，星期五回来，周末就可以连休两天。所谓补休，是为了让学生觉得赚了。星期二出发，星期五回来，可以连着四天不用上课。星期四出发，星期天回来呢，加上星期一的补休，三天不上课。也就是说，星期四出发要比星期二出发多上一天课！这是学校使用的技巧。

还顾得上想这些没用的！

对于怎么对付国府田，我什么都没想出来，没用的倒是想了一大堆。

真没办法了，本来我想靠自己的力量解决，看来没戏！

奥依耐普基普特神啊，我该怎么办呀？什么事都求您帮忙，真的很对不起。可是，我自己确实解决不了了，您就帮帮我吧！求求您了！

10月7日 星期日

奥依耐普基普特神啊，我不想被警察抓起来，也不想被调查审讯。就算不给我定罪，但诅咒是永这件事要是被大家知道了，我就完了。

我觉得奥依耐普基普特神也有责任，因为实际杀死是永的不是我，而是奥依耐普基普特神，所以，奥依耐普基普特神啊，您得负起责任来。求求您了，把我从走投无路的境地中拯救出来。

10月8日 星期一

奥依耐普基普特神啊，您看这样如何？您托梦给国府田，就说给她些钱，把大刀川的事情忘了吧，给她一百万或一千万。

还有，您把国府田的记忆抹掉吧！把她从我日记本里看到的一切，还有看了以后感觉到的一切都抹掉。您是神，轻而易举就能做到吧？

10月9日 星期二

今天是约翰·列侬的生日，也是丰彦的生日，所以晚饭比平时丰盛，还有一个插着蜡烛的大蛋糕。

寿司、烤牛肉，这些都是平时很少吃到的，但我一点儿都吃不下去，蛋糕也只吃了一口。妈妈担心地问我："后天就要去修学旅行了，你身体不要紧吧？"我说："没事，怕吃多了吃坏肚子。"丰彦还在楼下折腾呢，他拿出很久没弹的吉他，连唱列侬的歌，异常兴奋。

安静点儿好不好！我正在死亡线上挣扎呢！儿子这么痛苦，你也不管，配做父亲吗？弄出这么大动静，邻居松田先生说不定会跑来教训你！

奥依耐普基普特神啊，国府田的事就拜托您了。请您帮帮我！请您救救我！

10月10日 星期三

"明天就要去修学旅行了！好期待呀！"

国府田夏美这女人！

奥依耐普基普特神啊，请让她闭嘴吧！

10月11日 星期四

啊，还有一小时就要出发了，学校还是不来电话——我盼望的中止修学旅行的电话，我一直抱着希望呢，看来那个恐吓电话没起任何作用。

奥依耐普基普特神啊，帮帮我！救救我吧！

10月14日 星期日

修学旅行结束了，疲劳。

他们没在大巴上逼着我唱歌，也没逼我去买酒，没把我推进女澡堂，也没在熄灯后用被子蒙我，可为什么我觉得这么累？因为我总在担心，一直很紧张，身体和精神的弦每分钟都绷得紧紧的。

我害怕的事情都没有发生，真扫兴！替他们扛扛行李也无所谓，可是他们竟然没让我扛。那三人抱成一团，把我孤立在一边，这也许算是另一种形式的欺凌。整个修学旅行期间，那三人也是神情恍惚，没有一点儿精神。看来中心人物不在了，做什么都不行啊，是永小团体完蛋了！

是永一伙怎样我都无所谓，已经收拾利索了，现在最大的问题是国府田。

旅行期间，我跟她一句话都没说。结束后回到学校，解散前她走过来，小声对我说："留下了美好回忆吧？"

我差点儿晕倒。

她的意思是：被逮捕前留下了美好的回忆，没什么遗憾了吧？

她的记忆还没有被奥依耐普基普特神抹掉。

神果然不存在。是永的死不过是偶然，庵道摔下楼梯也是偶然，跟我的祈祷一点儿关系都没有，我感到绝望。

等等！

如果神不存在，是永的死就不是我的祈祷造成的，跟我一点儿关系都没有，只是单纯的事故。那我写在日记本里的事就算被人知道了，不也没问题吗？

不对！不行！日记本里记录着我对他们的仇恨，被别人知道就麻烦了。大家会认为是我为了报仇把他俩推下去的，诅咒他们死则是我在精神上威逼他们。那样我就不能去学校，也活不下去了。

10月15日 星期一

今天也许是我人生的最后一天，明天到学校，她问我"下决心了吗"时，我即便哭着求她放过，出了校门也会被带到警察局或派出所去，或者不出校门就被带到老师那儿去。

我已经被逼到悬崖边上了。可我放弃抵抗了，坐在图书馆里发呆。这是逃避，我已经彻底崩溃，随便吧。

在这种所谓的最后时刻,可能只有我这样的人刚才还借了三本书。如果被抓了,这三本书怎么办?可以带进去吗?如果不行,家里人也会帮我还了吧。

我的心情很平静,静静地等死。

奥依耐普基普特神啊,再次向您祈祷。

请把关于日记本的记忆从国府田脑子里抹掉!不能杀了她,国府田没那么坏,她跟是永不一样,您把记忆抹掉就可以了。您要是有钱,悄悄给她一笔钱也可以。

奥依耐普基普特神啊,我真的没时间了。这是最后一次求您,请您在二十四小时之内制止她!奥依耐普基普特神啊,求求您了!

怎么办？
(How？)

1

副岛有一年多没见到心爱的女儿了。

她长高了，胳膊和腿比一年前长很多，身体也显得丰满了。女儿十四岁了，正是从女孩向女人蜕变的年龄。

他在当警察的第十二年结了婚，次年有了女儿，取名真菜。真菜小学四年级时，副岛跟老婆离婚。副岛的工作既不能准点上下班又非常辛苦，工资还不高。老婆对此极为不满，动不动就发脾气，最后竟带着女儿回了娘家。那时副岛正处于晋升关键时刻，需要拼命工作才有可能拿到推荐信，顾不上家。

女儿真菜被判给了母亲，副岛只有每个月跟女儿见一次面的权利。但是他为了当上刑警，节假日也很少休息，约好跟女儿的见面取消了一次又一次，两个人越来越疏远。

昨天，女儿真菜发来短信，说要马上跟父亲见面。这时副岛已经被调到了县警本部搜查一课，虽说工作更忙了，但他还是挤出了时间。现在，父女俩正在一家餐馆吃饭。

但是，谁都不说话。

副岛最初就说了三句话："你看上去挺好的！""你妈还好吗？""想吃什么就点什么。"真菜含糊地回答了一下就再也不说话了，空气像凝固了一样，互相看不上的男女第一次约会也不过如此。

父女俩默默地把注意力集中在了吃饭上。副岛像在品尝高级西餐似的，毫无声响地操弄着刀叉，每送进嘴里一点儿菜都要咀嚼很久才往下咽。吃快了嘴巴就闲下来了，说话吧，又没什么好说的；不说吧，又太尴尬。

不是今天才这样，副岛本来就不爱说话，真菜又继承了父亲的秉性，从小宁愿把自己关在屋里看书或玩游戏，也不愿去跟朋友们聊天。

父母离婚后，真菜每次跟父亲见面都是这样，几乎一句话不说。父女俩面对面坐着，却像两个互不相识的人。吃完饭后默默分手，等副岛付完钱走出餐馆，真菜早就无影无踪了。

今天是女儿要求见面的，按说她应该多说点儿，但她还是跟以前一样，什么都不说。大概是跟母亲吵架了，要不就是有事找自己帮忙。如果是这样，副岛就太高兴了。

但他完全想错了。率先吃完餐后甜点的真菜，今天第一次主动说话。

"三笠川事件……"

真菜只说了半句，就用餐巾纸捂住了嘴巴。

"太可怕了，真菜也要小心啊。"

副岛放下刀叉，看着女儿的脸。

"在调查这件事吗？"真菜问道。

"你说我吗？"

"对呀。"

"我是机动队的，一直在行动。"

真菜皱起眉头，躲开了父亲的视线。

"怎么了？"

"您在调查三笠川事件，对吧？"

"啊，我就是个帮忙的角色。"

"就这些?"

"什么?"

"您果然不知道啊!我本来就没抱什么希望。都十天了,连个电话都没打。要是知道,当天就该打电话过来了。"

真菜说完,叹了口气。

副岛慌了,但完全不知道自己错在哪里,感到一阵不安。

"被害者是哪个中学的?"

"三冈中学的呀。"

"我就在那儿上学!"

"啊?什么?"

"连女儿在哪个学校都不知道!算了算了!"

真菜用双手捂住了脸。

"我知道的呀,所以才叫你小心点儿……"

"骗人!"

"对不起……"

副岛承认错误,低下了头。以前应该听真菜说过,但完全没有记住,因为不在一起生活——这绝对不是理由。

"罚款!"

真菜说着拿起菜单,要追加甜点。

"那可太恐怖了。你很害怕吧?"副岛说完,忽然抬起头来,"被害的那个同学跟你是一个年级的吧?我记得是二年级的。"

"跟我同班!"

不知道说什么好了。

10月16日傍晚,三笠川相生桥下的河床上,发现了一具年轻女性的尸体。根据她身上携带的物品,很快就判明了身份:国府田夏美,十四岁,市立三冈中学二年级学生。

国府田夏美是前一天,也就是10月15日下午五点半左右,在母亲去超市买晚饭食材时离开家的，然后就失踪了。家人等了一夜也不见她回家，16日早上报了警。

死因是头部遭受重击引起急性硬膜外血肿，表面看好像是越过桥上的栏杆跳下去的，但尸检后发现，被害者除了头部遭受重击，身体其他部位没有摔伤的痕迹，可以断定是在别处被杀害的。凶手将其杀害后，把尸体搬到相生桥上推下去，企图误导警方推断为事故或自杀。不过在伪装方面，凶手是个外行。死亡时间推定为15日晚上七点到八点之间。

"一定尽快将凶手捉拿归案，爸爸向你保证。"

副岛只会说这种套话。

"我倒是不害怕，就是太恶心，浑身起鸡皮疙瘩。"

真菜把服务员叫来，点了一个芭菲冰激凌和一杯果汁。

"一定为你的朋友报仇雪恨。"

"倒也算不上朋友，您不用想那么多。我叫您过来，不是想为她报仇雪恨，也不是为了责怪您。"

"真的抱歉。"

副岛向女儿低头认错。

"我是想给您一个忠告。"

"忠告？"

"听说警方认为凶手企图强奸她，因遭到反抗将其杀害，还说凶手是个性犯罪惯犯。警方是这样认为的吧？"

副岛大吃一惊，十四岁的女儿竟然能直接说出"强奸"这个词，这让副岛有点儿坐立不安。不过，她说的是事实。

被害者两个手腕有被强力握过的伤痕，衬衣第二个纽扣被拽掉了。虽然尸体没有被强奸过的痕迹，但强奸未遂的可能性很大。警方召开记者会时就是这么说的，各报社也是按照这条线索婉转地报道的。

"但是,凶手的目的绝不是强奸。按这个思路,肯定抓不到凶手。"

女儿的表情和语气没有一丝慌乱。

"为什么?"

副岛假装平静。

"我们班是三冈中学二年二班,从几个月前就开始发生各种可疑事件。6月,一个男生上完校外补习班回家时,滚下路边的台阶,摔成了重伤,昏迷了一段时间。9月,另一个男生从教学楼楼顶掉下来摔死了。10月,这个女生被杀害了,国府田夏美。"

"都是一个班的?"

"都是一个班的。连续发生这么多不幸事件,这可不正常。也许是二年二班被恶灵缠身,如果不是的话,只能认为是人的力量,是某人针对二年二班展开连续杀人。"

真菜的表情非常认真,绝不是在开玩笑。

"从教学楼楼顶上掉下来摔死,具体是怎么回事?"

副岛记忆里没有这样的案件。

"是作为事故处理的。放学后,一个叫是永雄一郎的男生跑到教学楼楼顶上,也不知道是什么原因,从防护栏的缝隙间掉了下去,头扎进地上的排水沟里摔死了。"

"当时就他一个人吗?"

"说是就一个人。"

"谁都能随便到楼顶上去吗?"

"为了防止发生意外,通向楼顶的门是锁着的,但听说他偷偷配了钥匙。"

"到楼顶上去干什么?"

"这个嘛……好像经常和几个男同学一起干坏事。"

"警察去调查了吗?"

"查了。很快就认定为事故了。"

"那就应该是事故吧。如果警方怀疑是他杀,肯定会进一步调查的。"

"正是警察不认真调查,才让国府田也遇害了。"

"那个上完校外补习班,从台阶上滚下去的男同学呢?"

"他叫庵道鹰之。"

"是怎么滚下去的?"

"在路边发短信时,被行人撞了一下,失去平衡滚下去的。"

"那肯定是事故吧?"

"如果不是故意撞的,可以说是事故。"

"你的意思是故意撞的?"

"说不准。"

"撞他的人是谁,说什么了吗?"

"跑了。"

"没人看见吗?"

"没人看见。"

"他怎么说的,感觉是有人故意撞他的吗?"

"庵道鹰之不是我的朋友。"

"感觉是被人推了吗?"

"是不是故意的他也不知道,也没看见是男是女,光顾着看手机了。"

"那是6月的事?"

"6月14日晚上。"

副岛双臂交叉,右手摸着下巴,慎重地说道:

"四个月内发生了三件大事,都在一个班里,一个重伤,两个死亡,这种情况是不寻常。应该是因为你也是这个班里的,难免神经紧张。如果是三天内发生的,确实值得怀疑,可前后经历了四个月呢。"

"你看,正是因为你们没调查才什么都看不见。"

真菜的眉头锁得更紧了。

"从楼顶掉下来摔死的事,警方肯定调查过了,我查看一下记录……"

"大概跟校园欺凌有关。"

"校园欺凌?"

"是永和庵道,这两人经常欺负别的同学,我认为国府田跟他们也是一伙的。"

"你们班里有校园欺凌?"

"当然。一个受重伤的和两个死亡的同学有一个共同点——都是校园欺凌的加害者。如果这个猜想成立的话,那么对这一连串事件的判断就会发生根本性转变!不是强奸未遂被杀害,也不是不小心摔伤或摔死。"

"你的意思是,这是被欺凌者的报复行动?"

"这种事不是时有发生吗?"

这孩子,这些是从哪里学来的——副岛产生困惑。

"但是……你们班发生校园欺凌没人管吗?"

"与其说没人管,不如说是根本就没意识到那是校园欺凌。"

"老师也没发现吗?"

"他就是个睁眼瞎!"

"为什么只有你注意到了?被欺凌的人跟你说过吗?"

"我自己也遭受过校园欺凌,所以很敏感。"

副岛不由得欠起身子。

"你也受过欺负?"

"坐下好不好?"

"你在学校里被人欺负?"

副岛没坐下,目不转睛地盯着女儿的脸。

"现在已经不受欺负了。坐下!"

"已经解决了?"

"不是解决了,是他们不理我了。"

"那不等于无视你吗?"

"可以那么说。不过,我也无视他们,无所谓的,快坐下!"

服务员送芭菲冰激凌来了,副岛重新坐在椅子上。

"你遭受校园欺凌的事,班主任也不知道吗?"

"大概不知道,因为他什么都没跟我说过。"

"你妈呢?"

"不知道,我没跟她说。"

"怎么不跟她说呢?"

"行了行了,别说我了。"

真菜把勺子插在冰激凌中央搅拌了几下。

"总而言之,三冈中学二年二班有个男孩子一直遭受校园欺凌,名叫大刀川照音。他每天都跟另外几个男同学一起行动,表面看是小团体的成员,但是在跟他们一起玩时,他的目光呆滞,那阴森的眼神令人毛骨悚然。我观察他,发现他的笑也很奇怪。不需要笑时他也笑,说话声音和身体动作都像是故意做出来的,他在假装很快乐。就在我产生怀疑时,那个小团体里一个叫庵道鹰之的受了重伤,当时我什么都没想。但是当小团体老大是永雄一郎从教学楼楼顶上掉下来摔死后,我就不由得把这些联系起来了。虽然国府田夏美不是那个小团体的成员,但我认为她跟学校地下网站的视频事件有关。那段时间她经常跟永他们在一起小声商量,视频里说话的那个女孩,很可能就是国府田。当然,声音被处理过了,乍一听是听不出来的,不过从用词和语尾分析,应该就是国府田。视频事件是这样的,有一个嘲笑大刀川的视频被上传到学校地下网站,大刀川就成了全校同学耻笑的对象。我认为是是永他们拍了那个视频,虽然没证据,但除了他们不会有别人。通过这件事,我意识到大刀川一直遭受校园欺凌。其实我直接问过他，他很生气，马上就否认了，但那正是他在遭受校园欺凌的证据。"

真菜开始吃被搅碎的芭菲冰激凌。

"你认为是大刀川杀了国府田？"

副岛拿起餐巾纸，把真菜弄在餐桌上的奶油擦干净。

"相比怀疑是流氓犯罪，我的分析现实多了。"

真菜抬起头来看着父亲。

副岛点了点头："社会上流氓也不少，不过，如果从一开始就确定是流氓犯罪，根本不去学校调查，只能说是警方搜查上的疏忽。大家都没意识到校园欺凌的问题，警察也没掌握这方面的情况，这也没办法。你找爸爸就是为了说这件事吗？"

真菜没说话，继续低头吃冰激凌，副岛端起早就晾凉的咖啡慢慢喝起来。

"真菜你在学校遭受欺凌……"沉默很久以后，副岛又开口了，"……的原因，大概是单亲家庭……"

"不是的！"

真菜不等副岛说完，立刻予以否定。

"不用顾虑我的感受，说实话。"

"如果我能顾虑到别人的感受，也不会遭受校园欺凌了。就是因为协调性太差，不会说讨好别人的话。本来不高兴却强装笑脸，本来不伤心却跟着流眼泪，我也讨厌那样做。昨晚的电视节目啦，班里谁喜欢谁啦，用得着在学校讨论吗？跟我有什么关系？勉强凑个小团体有什么意思？有时间我就做自己想做的事。把时间花在别人身上，不是浪费人生吗？"

真菜端起盛满果汁的玻璃杯，一口气喝了个精光。

副岛心情复杂，说不清是高兴还是悲伤。

2

　　副岛回到县警本部，先查了是永雄一郎从楼顶掉下来摔死的事故。是当地警察署负责调查并结案的，没有上报县警本部，所以副岛记忆里没有这件事。

　　事故发生于9月11日下午两点左右，那天下午是三冈中学修学旅行家长说明会，二年级的学生们上午上完第四节课，吃完配餐就都回家了。也有为了参加俱乐部活动留在学校里的，但是永没参加任何俱乐部。

　　发现是永尸体的是来参加说明会的一位家长，他看见教学楼一侧的排水沟里有一个男生头朝下，从远处看也能知道是发生了事故。那位家长立刻通知了学校。虽然叫来了救护车，但没抢救过来。是永头部受到重创，当场死亡。颈部、肩部、背部也都有伤，因此他被判定为从高处掉下来后摔伤的。

　　在场人员当即打电话报了警，刑警在楼顶上发现了是永的书包。包里有香烟，栏杆外侧有一个打火机。

　　警察认为，是永不小心把打火机掉在了栏杆外侧，为了捡打火机，他从栏杆的缝隙间探出身子，结果失去平衡掉了下去。栏杆上有是永抓过的痕迹，还有指纹和掌纹。

　　根据校方提供的情报，通向楼顶的门一直是锁着的，他私自配了一把钥匙，那把钥匙就在他的裤兜里。

　　也就是说，是永雄一郎是一个人跑到楼顶，从上面掉下来的。警方得出这个结论后，很快就将此案当作意外事故处理了。

　　调查如此偷工减料，被一个十四岁女孩批评也无可厚非。分明是先得出"事故"结论，再走个形式调查。作为一名警察，副岛替他们感到羞耻。

　　根本没搜集目击者情报，事发当时是否有目击者？死者又是以怎样的姿势掉下来的？

也没有调查死者的行踪，不参加俱乐部的学生为什么留在学校？死者生前和谁在一起？有没有人看到？

调查忽视了打火机上没有指纹这个重要疑点，对此副岛尤其不能理解。如果那个打火机是是永的，按理应该有他的指纹才对。但打火机上根本没有指纹，是某人故意把打火机扔到栅栏外，拜托高个子的是永去拿，趁是永探出身子站不稳之际，从身后推他一把——这样解释不也能成立吗？

副岛认为是永从楼顶掉下摔死一案，即便跟国府田夏美被害事件没有关联，也很有必要再次展开调查。

3

副岛打报告说三冈中学一系列案件很可能是连续杀人案，要求再次展开调查，上级马上批准了。

一同前往三冈中学的警官共有六名，包括副岛在内的两名刑警、少年犯罪搜查课的两名女警官，还有要到楼顶再次进行现场勘查的科学搜查研究所的两名技官。

在教育机构进行搜查要求慎之又慎，因为搜查对象有可能是未成年人。那么快把是永雄一郎的死定性为事故，与其说是怕麻烦，不如说是出于上述顾虑。

副岛他们跟校方说此次前来是为了进一步查清是永雄一郎一案，希望校方予以协助，同时也要收集国府田夏美被杀事件的情况，但没说两个学生的死很有可能互相关联。

他们马上就掌握了新的线索：9月11日放学后，每天都跟是永一起行动的小团体是分开行动的。是永说他要在学校里见一个女孩子，但是那个女孩子是谁，大家并不知道。他们对大刀川照音也展开了调查。这是最敏感的问题，因此副岛他们没有直接跟大刀川见面，而是首先清除外围障碍。

"是永同学有没有遭受过校园欺凌？"副岛问班主任久能聪。

"怎么可能？"久能马上否认，"是永君是我们班的榜样，大家都仰慕他、信赖他，他绝对不可能遭受校园欺凌。"

"电视上、报纸上几乎每天都有关于校园欺凌的报道，你们学校也或多或少存在校园欺凌现象吧？"副岛用闲聊的口气问道。

"我们学校没有这方面的问题。"久能和颜悦色地答道。

"二年二班也从来没发生过校园欺凌吗？"

"那当然！我们班同学个个亲切友善，天天笑声不断，上课热热闹闹，隔壁班老师和学生都羡慕不已。在我带过的班里，这个班是最好的。"

副岛真想大喝一声："胡说！"

你们班的大迫真菜就遭受过，她一直被孤立，你不知道吗？如果不知道，你就没资格当老师！

但是他忍住了。如果让久能知道自己是真菜的父亲，而且已经跟真菜母亲离婚，将来真菜就没法在班里待了。

"我听说有嘲弄某个学生的视频被上传到了学校的地下网站。"

副岛没有说出大刀川照音的名字。

"那只不过是玩笑开得有些过头。这个年龄的男孩子呀，总是追求新的刺激，考虑问题却很浅显，往往会闹过了头。"

副岛心想，这位老师说话好像并不是先考虑脸面，也不是想把事实掩盖起来，他是真的认为班里没有校园欺凌。正如真菜所说，就是个睁眼瞎。考虑问题浅显的不是学生，而是老师。

女儿的班主任就是这样一个老师啊，心如果腐烂了，从外表就能表现出来。一个男老师还染头发，穿那么时髦，衬衣领上镶着波浪形的褶边，就像少女漫画里的王子。班里学生刚去世没几天，不应该是这种打扮吧？

他们也找二年二班的一些同学谈了谈，对于上传到地下网站上那个大刀川照音的视频，有几个学生也开始认为那属于校园欺凌，但他们并不认为是永是加害者。是永是那个小团体的老大，大刀川是他的手下而已。

视频副岛也看了，虽然网站上已经下架，但真菜完整地保存在她的电脑里了，包括那些非常过分的评论。

视频的性质非常恶劣，看了让人生理不适，可是很多同班同学并不认为那是校园欺凌，副岛对此很难理解。没说实话吗？还是在揣测别人的想法？要不就是脑子里根本没有校园欺凌的概念。不管是哪个，都令人感到恐怖。

4

终于可以跟大刀川照音本人谈话了，得特别注意，现在还不能让他感觉到警方已经怀疑上他了。

谈话理由是他跟是永经常在一起玩，也已经找庵道、仓内、武井等人谈过了。通过跟学生们谈话，副岛得知，9月11日中午提前放学后，是永跟某人约好了在学校见面。

跟大刀川的谈话是在升学指导办公室进行的，久能也在场。

他是个非常矮小的少年，比真菜还矮，又小又瘦。是永呢，身高一米八，体格健壮，根本不像个中学生。如果让大刀川站在是永身后推他一把，恐怕会纹丝不动。即便是国府田夏美，大刀川也不可能轻易杀死她。

"你跟是永很亲密吧？"

问话的是少年犯罪搜查课的女警官，姓福元。为了不让大刀川感到压力，副岛坐在了离他们比较远的地方。

"你经常和是永一起玩吧？"

大刀川沉默着，一动不动，嘴唇紧闭，双拳紧握放在膝盖上，表情看上去似乎在忍着悲伤。

"请你协助我们。9月11日，中午吃完配餐，开完班会后，他干什么了，你知道吗？"

"不知道。"

大刀川终于开口说话了，声音很小，但非常清晰。

"没跟你说他要跟谁见面吗？"

"没跟我说。"

"你认为他到楼顶上去干什么？"

"我不知道。"

"你以前也一起到楼顶上去过吧？那时候都干什么？"

"我没去过。"

"是不是因为老师在场，你不好说呀？久能老师，请保证不会为此事批评他，也不会记入学生档案。"

久能马上就答应了："没问题。大刀川，不用担心。"

但是大刀川还是说没去过。

"那天，你直接回家了吗？"

"没有，我去图书室看了会儿书。"

他抬头看了福元一眼，流露出警戒的神色。

"我们在找那天见到过是永的人，他没在图书室吗？"

福元笑着掩饰了一下。

"我没看见。"

"从教室到图书室的路上，也没见到他吗？"

"没见到。"

"你在图书室待到几点？"

"是下午两点到两点半，我记不清了。"

"救护车来学校了你知道吗？"

"我出校门回家时，正好看见救护车进来。"

已经找图书室老师确认过了，9月11日中午，二年级全体同学放学后，大刀川于下午一点左右进图书室，待了一个小时左右。但是，他并没有一直盯着大刀川，在那一个多小时里，大刀川也有可能去过楼顶。

"你从图书室出来往校门口走，路上也没看见是永吗？"

"没看见。"

"那你看没看见别的什么人到楼梯那边去了？"

"没看见。"

"看没看见有谁从楼梯上下来？"

"没看见。"

这时久能忍不住插嘴说："到此为止吧，别再问了。"

大刀川却毫无表情地说："没关系，问吧。"

福元继续问下去。

"那么我问一个别的问题吧。10月15日晚上，你见没见过国府田同学？也就是修学旅行回来第二天，没在什么地方见过她吗？"

"我一直在家里，没见过她。"

"在你自己家吗？"

"是的。"

"一直在家里吗？"

"对。"

"比如从校外补习班回来的路上，没见过她？"

"我不上补习班。"

他说完这句话，垂下了眼皮。

"那天，或者前一天，比如15日傍晚，你没听国府田说过她要去哪儿、和谁见面吗？"

"这种事您问大刀川他也……"

久能又插嘴了。

福元就跟没听见似的,继续问道:"她没跟你联系吗,比如发个短信?"

"我没手机,我家也没电脑。"

大刀川抬起头来,瞪了福元一眼。

"不要再问这些伤害孩子的问题了!"

久能站在大刀川身旁,手放在学生肩膀上,做出保护他的样子。

福元无视他,继续问下去。

"你跟国府田关系好像很亲密。"

"我们很亲密?谁跟您说的?"

大刀川低着头,咬住嘴唇。

"不亲密吗?"

"不亲密。"

"这就奇怪了,我听说你们关系很亲密。"

"没有那回事!"大刀川抬起头来,有些激动。

大刀川照音和国府田夏美的关系并不亲密,但是在国府田被害前,他们俩经常有简短的对话,副岛听真菜说过,也听其他学生说过。他为什么否认呢?

"你能推测出国府田被杀的理由吗?"

"我推测不出来。"

大刀川又低下了头。

"以前在学校以外的地方,你见没见过谁和她在一起?"

"没有。"

那以后大刀川再也没有抬过头,除了"没有"什么都不说了。

谈完以后,副岛问福元对大刀川照音的印象。福元在少年犯罪搜查课工作了十五年,有丰富的经验。

福元说大刀川没说谎，但是在最重要的部分他设置了一道严密的防线，而且防守得非常严。

5

跟大刀川照音谈完后，正好是学校午休时间。副岛吃完午饭直奔大刀川家，他想从照音母亲大刀川瑶子那儿了解一些情况。

大刀川家是古旧的县营住宅，二层的连排房。在副岛小时候，这样的连排房是主流建筑，现在几乎看不到了。副岛想起了大刀川说过的话："我没手机，我家也没电脑。"

副岛按了好几次门铃也没人答应，向隔壁邻居打听了一下，才知道瑶子上班去了。

瑶子所在的公司叫田崎总业，盖新屋拆旧屋，属土木建筑业。副岛给公司打了个电话，得知下班时间是下午五点半，就回三冈中学继续向师生了解情况。

傍晚，副岛和一个姓桧垣的刑警来到了田崎总业。

桧垣刚把面包车停在公司前，就看见一个身材矮小的中年妇女骑着自行车从公司后面出来，斜着穿过小院，向北疾驰而去。桧垣慢慢开车追上去，超过自行车三十多米后，桧垣把车停在了路边。副岛从车里探出身子，挥着手喊道："您是大刀川瑶子吗？"中年妇女吃了一惊，赶紧从车上跳下来，接着又后退了一步。

副岛把警察证掏出来给她看了看。

"我们有两三个问题想问您。"

肯定不止两三个，这是套话。大刀川瑶子的手紧握着刹车，那是一双非常粗糙的手，一看就知道经常从事繁重的体力劳动。

"您上车吧，风挺大的，很冷吧？"

副岛从车里伸出手，拍了拍后车门。

"您有什么事？我还有工作呢。"瑶子困惑地问道。

"您还没下班吗？"

"下班了，但是还有别的工作。"

"真够辛苦的。下个工作几点结束？"

"去了才知道。"

"那我们边走边谈吧。在哪儿啊？您把自行车放到我们车上来吧。"

"你们要跟我说什么？"

瑶子依然紧握着刹车。

"我们想问问您照音的事。"

"照音的……"瑶子吓得肩膀抖动了一下，然后向副岛这边伸着脖子问道，"是关于偷东西的事吗？"

"偷东西？不不不，不是的。"

"啊，是吗？不是啊？"

她松了一口气，但是副岛一提起国府田夏美的事，瑶子的表情又变得很僵硬。

"国府田同学的……你们到底想问什么呀？"

"您的时间没问题吗？"

"啊，这个嘛……请等一下。"

瑶子把自行车支起来，从包里掏出手机，跑到电线杆后打了个电话，很快就回来了。

"晚一点儿到也没关系。在这里说话太显眼了，找个别的地方吧。"

桧垣把瑶子的自行车放在面包车后部，让她上车后向前开了一段，拐进了一块没人的空地。副岛移到后座，把座椅转动九十度，跟瑶子面对面。

"您想问国府田同学什么事？我家孩子跟她没来往。"

还没等副岛坐稳，瑶子就急着说话了。

"没来往？"

"是的。"

"那不是很奇怪吗？国府田到你家去找照音玩过呀。"

刚才副岛去大刀川家时，看到房子非常破旧，想起了真菜让他看过的视频。视频里的推拉门和墙壁都非常破旧，还有，视频里跟大刀川对话的女孩子，虽然声音经过处理，但据真菜说很可能就是国府田夏美，那个视频很可能就是在大刀川家偷拍的。

"她没来过我家，我家孩子是个男孩，一个女孩怎么会到我家来呢？"

瑶子非常气愤地予以否定。

"我是想，如果照音跟国府田的关系比较好，应该知道那天晚上她从家里出来的理由。"

"我家孩子什么都不知道！不可能知道！"

"10月15日是修学旅行回来后的第二天，二年级的学生都没上学，照音是不是跟国府田见过面或打过电话呢？"

"刚才不是说了吗？我家孩子跟她没有来往。"

"10月15日傍晚，照音在干什么？五点半后，没出去买东西吗？"

"15日……"

"上上个星期一，正好是两周前。"

"那个时间我还在上班，不在家里，不知道。"

"也就是说，照音有可能从家里出来过。"

"啊？"瑶子好像突然明白了什么似的捂了一下嘴巴，"难道……你们认为是照音把她……"

"您误会了。我的意思是说，如果照音从家里出来过，就有可能在什么地方见过国府田，对吧？"

"不是说过了吗？我家孩子跟她……"

"没来往，但总认识吧？他们是同班同学呀。我们在搜集目击者情报。"

"这个嘛，倒也是。但是我认为照音那时是在家里，下午五点半？他天黑后从不出门。"

"但您也不敢确定吧？也有可能出于某种原因从家里出来了。"

"对了！我丈夫肯定知道！"

"15日那天，你丈夫在家休息吗？"

"啊，不，他比我回家早。他所在公司的业务是市政府委托的，上午八点上班，下午五点准时下班，从不加班，下班后就马上回家。公司离家很近，上上个星期一的下午五点半肯定在家。我给他打个电话。"

瑶子慌忙从包里掏出手机，被副岛制止，说以后会直接找他。

"照音是从什么时候开始遭受校园欺凌的？"

副岛突然单刀直入。

瑶子放在膝盖上的双手一下子攥紧了。副岛清楚地记得，她的儿子照音在接受福元询问时也有过同样的动作。

"您跟欺负他的学生家长谈过吗？"

瑶子不回答。

"是永是怎么欺负照音的，您能举个具体例子吗？比如，照音被殴打过吗？"

副岛又逼近一步，把名字说了出来。

"照音跟您说过是谁偷拍了他的视频并上传到网上的吗？是永？国府田？"

瑶子身体僵硬。

"视频事件后，照音有什么变化吗？"

她的嘴唇在颤抖。

"关于是永从楼顶上掉下来的事，照音说过什么吗？"

她的眼睛充血。

副岛也不说话了，他要观察一下。

大刀川瑶子的皮肤干燥，脸上的粉底斑驳，露出浅黑色斑块。很久没有烫染过的浅茶色头发，根部至少有两厘米是白色的。据了解，她四十八岁，但在副岛看来，她像五十多快六十岁的人。

过了很长时间瑶子才开口。

"照音从一年级起就遭受是永的欺凌，他说照音的坏话，故意把照音的课本碰到地上，在照音的配餐里放垃圾，把照音的校服藏起来，让照音替他打扫卫生，要照音的钱，也殴打过照音。

"但是照音没对老师说，他不能说，那孩子嘴笨。是永呢，又特别会说，总能巧妙地辩解。照音觉得就算告诉老师，老师也不会相信他，同时他也害怕是永报复。还有，照音觉得，如果把自己被欺凌的事情公开，就证明自己无能，那样会更耻辱。

"不能公开，当然也就得不到帮助。对谁都不能说，这样忍耐到了一定限度，照音多次想过死，还试过自杀，结果都没死成。照音忽然想到，自己什么坏事都没做，就这样死掉也太不公平了，于是就开始每天诅咒是永君。"

副岛默默地倾听，大刀川瑶子似乎要把积郁至今的一切都倾倒出来。

"是永去死！是永去死！——照音向神祈祷，每天都祈祷，但也就是祈祷而已。结果是永真的死了，国府田也死了。那是犯罪吗？我认为道义上是有问题，但照音除了祈祷什么都没干，那孩子最多杀过蜘蛛和蜥蜴，这也是犯罪吗？"

瑶子血红的眼睛潮湿了，说话开始颠三倒四。

"照音遭受过是永的欺凌，对吧？"副岛开始一件件确认。

瑶子点了点头。

"因此对是永产生了憎恨，对吧？"

"对。"

"随着憎恨加深，希望他死掉？"

"对。"

"然后就把是永给杀了？"

"不！照音没杀他，杀的是蜘蛛和蜥蜴。"

"为了发泄愤怒，把蜘蛛和蜥蜴踩死了吗？"

弱者遭受强者的欺凌后，就去欺负比自己更弱小的，这是常有的事情，就像妻子遭受了丈夫的家暴，就去虐待孩子。

但瑶子摇头。

"不是，照音把蜘蛛或蜥蜴供奉给神。"

"供奉？"

"他还把自己的手指割破，用鲜血供奉。"

"祈祷神灵杀了是永？"

"对。"

"然后他就死了？"

"对。"

"只是祈祷，对是永本人什么都没做？"

"对。祈祷而已。"

副岛掌握了谈话的内容，但还是不能理解，回头看了看桧垣，他皱着眉头，也是一副不解的表情。

"你的意思是，他的声音被神听到了？杀害是永的是神？"桧垣愤怒地质问。

"应该是这样。"

"大刀川瑶子女士！你真的这样认为？"

"说实话我也不相信，所以，一定是偶然。"

"照音也祈祷神灵把国府田杀了，是吗？"

"这个嘛……"

"国府田的死也跟祈祷无关？是偶然？"

瑶子犹豫之后，做出肯定回答。

"是。"

"是永的小团体里有一个孩子叫庵道，庵道鹰之，6月的一天，滚下台阶摔成了重伤。"

"啊？"

"这件事你知道吗？"

"哦，知道。"

瑶子的眼球左右移动，用一种微妙的角度动了动脖子。

"那个事故发生前，照音君也向神灵祈祷了吗？"

瑶子不回答。

"庵道鹰之的事故发生前，照音也向神灵祈祷了吗？"

副岛又问了一遍。

"祈祷了吗？"桧垣不耐烦地追问。

"我不知道……"

瑶子说话的声音几乎听不到了。

"但是，是永和国府田死之前，照音都祈祷过。如他所愿，两个人都死了，这都是偶然吗？"

"我认为是偶然。"

"这样的偶然发生概率有多大？几亿分之一，还是几兆分之一？"桧垣又说话了。

"可是……"

"如果不是偶然，那就是祈祷灵验了？这不可能！能把人咒死的话，这个世界的秩序从根本上就无法维持了！"

瑶子不说话。

"不是咒死，也不是偶然，必然就是人干的！"

"人干的？"

"是人干的！而且，是对那两人有仇恨和杀意的人干的。"

"你是说……照音？"瑶子瞪大眼睛。

桧垣向前伸脖子:"哦?照音母亲也这样认为吗?"

"不!我的意思是,照音只是祈祷而已!"

"咦?刚才可是你亲口说的,恨到了那种程度!"

"我说的是实话。照音只是祈祷,别的什么都没做。请你们相信我!他那么瘦小的身体,除了祈祷还能干什么呀!"

瑶子双手合十,看看桧垣,又转向副岛。

"照音母亲,请你冷静一点儿。我们只是想找到一些线索,关于照音的两个同学——国府田夏美和是永雄一郎离奇死亡的线索。"

"对了,照音遭受校园欺凌,您是什么时候知道的?"

"这个嘛……最近才知道的……"

瑶子羞愧地低下了头。

"是听他说的吗?"

"是……是的……"

"没跟班主任说吧?久能老师并不知道。"

"是的。"

"为什么不跟班主任说呢?"

"这个嘛……是永深得老师信任,说照音遭受他的欺凌,老师肯定不会相信的……久能老师非常固执……我怕说不好照音更受欺负。"

"与此同时,你儿子开始向神灵祈祷。"

"是的。"

"更准确的说法是诅咒,你就这么看着他诅咒别人吗?"

"我什么也没做,什么也没……"

瑶子声音突然变大,愤怒地重复了好几遍。

"那您说我该怎么办?不管是谁,痛苦时不都会祈祷吗?我看照音之后平静了一些,也就没管他。"

瑶子小声诉说着。

副岛没有谴责她，换位思考了一下，如果是自己的孩子遇到这种事，他会是怎样的态度？

真菜就遭受过校园欺凌，但是副岛知道时已经过去了很久。副岛心想，孩子自己把问题解决了，真是太好了，同时又感到不安：真的解决了吗？

6

"我上学时特别讨厌学习，不做作业，上课睡觉，考试前偷玩游戏，然后就向神灵祈祷：保佑我考个好分数吧。平时在神龛前连合掌都懒得合，只有在考试前才会在心里生出一个神来。"桧垣苦笑着对副岛说。

"我也祈祷过呀。运动会时，祈祷跑在我前面的同学摔跤；郊游前一天，祈祷明天是个大晴天什么的，哈哈！"副岛也笑了，两个人正在车里聊天，他们让大刀川瑶子先走了。

"但是前面的同学没摔倒，第二天台风来了吧？"

"考试肯定没及格！"

"现在虽然不祈祷了，但谁要是招惹了我，也会在心里大骂：明天出门让车撞死你！但是人没死！"

"总之，谁的心中都有神灵，不过一点儿都不灵，许什么愿都实现不了。但是，大刀川照音许的愿竟然实现了，如果是一次，还可以说是偶然，这可是两次，两次啊！"

前后发生了好几件事，用"偶然"解释不通。

"但我们也有意想不到的收获。"

"对！人哪，在遭受意外打击时，往往不能做出理性的判断。"

一个做母亲的，知道孩子被怀疑后，会跟警察说他恨欺负他的同学，每天祈祷神把他们杀了吗？一般而言，母亲会竭力隐瞒才对。这位母亲不但不隐瞒，反而积极地说出来，只能说明她听警察指出校园欺凌的事实后，内心产生了剧烈的动摇。

"再找她谈一次吧，更严厉地追问！"桧垣说着用双手拍了拍方向盘。

"先去找照音君的父亲谈谈吧。"

副岛看了看仪表盘上的时钟，催促桧垣出发。刚才，副岛让瑶子给丈夫打了个电话，说警察有两三个问题要询问，请他到附近的公园里去。不直接到家里去，是为了不让照音察觉。

大刀川丰彦跟一般中学生的父亲很不一样，戴一顶白色的盔式无檐帽，长发披肩，天都黑了，还戴着一副墨镜。身穿军装式夹克，脚踩一双长筒靴。脖子上挂着一个吊坠，为了让人看得更清楚，还特意解开了夹克最上边的两颗纽扣。

他太太就是一个普通的家庭主妇，甚至比普通主妇还要朴素得多，儿子也是一个几乎没有存在感的少年。这身花哨的打扮，让副岛觉得他跟一般人很不一样。

副岛问大刀川丰彦，10月15日星期一那天，照音有没有离开家到外边去。

"也就是修学旅行回来的第二天，二年级学生补休那天，下午五点半到晚上八点左右，照音在家吗？"

"一直待在家，没出门。"丰彦马上回答道，好像预先知道警察要问这个似的。他说自己在一楼，照音一直在二楼的房间里。他还说，房子太老了，上下楼都会发出很大声响，照音偷溜出去是不可能的。

"到底怎么回事！问这个是什么意思？你们怀疑我家孩子杀了国府田夏美？"

丰彦明显表现出不快。副岛只好向他解释，警方只是想调查国府田夏美被杀害前有没有人见过。解释的同时，副岛一直觉得以前在哪里见过他。

7

第二天下午，副岛返回县警本部。

回到搜查一课，走到办公桌前，桌上放着一张写得非常潦草的字条。是桧垣留的，说是万分火急，让副岛尽快与他联系。副岛拿起电话拨了手机号。

"联系不上你，知道我有多着急吗？"

桧垣一接电话就埋怨。

"我去法院了，旧案出庭，应该跟你说过。"

副岛用头和肩膀夹着电话，一边跟桧垣通话，一边从公文包里掏资料。

"判决结束后你的手机也打不通啊。"

"开车呢，我把手机关了。"

"当刑警的，怎么能关手机呢？"

"十万火急的事还说不说？"

"十万火急！快到我这儿来！"

"你在哪儿？"

"笹尾警察署。"

"有进展了？"

国府田夏美被杀案的搜查本部就设在笹尾警察署。

"有进展了！"

"凶手果然是大刀川照音？"

副岛放下公文包，右手紧握着电话问道。

"电话里不好说，你赶快过来就是了。不要直接进笹尾警察署大楼，把车停在大楼后的第二停车场，然后联系我。"桧垣压低声音，似乎是怕附近的人听到。

副岛直奔笹尾警察署，在第二停车场把车停好，下车后正要给桧垣打电话，只见一辆熟悉的轿车车窗开了，桧垣探出头来。

"好像没有讨债的人吧。"副岛开了个玩笑，坐在了副驾驶座上。

"找不到你，我只好一个人调查。"

桧垣说着叼上一支烟，把烟盒递给了副岛。

"调查出什么了？"

"国府田夏美被杀害的时间段，大刀川照音一直在家。虽然只有他父亲做证，不能百分之百相信，但从体格上看，他不可能把是永雄一郎从楼顶上推下来。所以，大刀川照音是凶手这个推测站不住脚。"

"可是一个班里连续发生了两起离奇的死亡事件，凶手最有可能是班里学生或跟这个班有关系的人。具有杀害这两人动机的，只有大刀川照音。"

"是的。但是他有不在场的证明，虽说当父亲的很有可能说谎，可我们没法证明。"

"确实有点儿棘手。"

"于是我就想，放弃大刀川照音这条线索如何。因为我忽然想到，除了他，还存在具有杀害是永雄一郎和国府田夏美动机的人。"桧垣停顿一下，抽了一口烟，继续说道，"确实存在！"

"谁？"

"杀人背景是校园欺凌，除了大刀川照音，不是还有想报复他们的人吗？"

"班里除了大刀川还有学生遭受欺凌吗？叫什么名字？"副岛激动起来。

他激动的原因只有一个，那就是他的女儿也在这个班遭受过欺凌。

"不是学生，而是大刀川照音的父母。很可能是他们为了给儿子出气，杀死了是永雄一郎和国府田夏美。"

"哦。"副岛松了一口气。

"照音母亲说她知道儿子在学校的遭遇后，没有跟学校说。按照她的解释，是不知道该怎么说。"

"多一事不如少一事，学校肯定靠不住，跟加害者说吧，家长肯定护着自己孩子，绝对不会承认。总之，无论跟谁说儿子也无法得到拯救，那就只有自己动手解决。把加害者杀了，儿子就解脱了。"

"小孩子打架，自己孩子被打哭了，找到对方家长后大人之间打起来是常有的事，极端情况下发展为杀人案件也不奇怪。"

"照音母亲说儿子曾经诅咒加害者，祈祷神灵杀死他，结果加害者真就死了。难道不是害怕自己被怀疑才这么说的吗？"

"是吗？你也这样认为啊！"

副岛啪地拍了一下大腿。

"其实她早就引起了我的注意，一会儿战战兢兢，一会儿大声叫喊，确实很可疑。但是我当时觉得那是她看到儿子被怀疑后一时失去理性，还真引起了我的同情。"

副岛觉得跟真菜见面后，自己作为刑警的警惕性似乎有所松懈。

"于是我着手调查大刀川瑶子是否有作案的可能。上午我去了一趟田崎总业，先调查国府田夏美被杀害的时间段，瑶子在干什么。结果有好几个证人证明，她在公司一直工作到下午五点半，然后去老板家做家务，干到晚上八点多。国府田夏美的死亡推定时间是晚上七点到八点之间，所以大刀川瑶子没有嫌疑。

"然后我又调查了是永雄一郎事件，这是工作日白天发生在学校里的。9月11日，三冈中学的特殊日子，中午二年级全体学生放学回家，下午召开家长的修学旅行说明会，所以家长随便进出学校也不会被怀疑。我一开始这样推测：参加说明会的大刀川瑶子在校内找到是永雄一郎，两人到楼顶进行交涉，她警告对方不要再欺负自己儿子。对方不仅不道歉，还不承认，大刀川瑶子一气之下，就把对方从楼顶上推了下去。但是很遗憾，大刀川瑶子那天也去上班了，而且一整天都没有离开过公司。"

"她根本就没参加修学旅行说明会？"

"应该是。"

"母亲是清白的？"

"恐怕只能这么说。"

"父亲呢？一样憎恨儿子的敌人，杀人的话，男人的可能性更大，而且是永身高体壮，女人还真对付不了。"

"大刀川丰彦那天请假去参加修学旅行说明会了吗？学校的事情父亲一般不出面。"

"去他公司确认过了吗？"

"还没有。瑶子说他的工作跟市政府有关，具体没说是怎样的关系，意思就不是公务员，而是市政府委托的什么公司，我马上去调查。至于他跟国府田夏美事件的关联性，可以做如下分析。他说自己10月15日下午五点下班就回家了，一直在家待着。但正如他本人所说，儿子在二楼，他在一楼，不用走楼梯就可以悄悄离开家，先将国府田夏美杀害，等到深夜再将尸体扔到桥下。"

"值得怀疑？"

"他那打扮，看着就恶心，肯定不是个好东西。"

"不能有先入之见哟。"

"不管怎么说都有必要调查一下大刀川丰彦，但是为了不让他们知道我们要调查，最好别打电话问他老婆，要想别的办法弄清他在哪儿上班。"

"你说得对。"

"分头去他家附近打听，怎么样？"

二人开一辆车直奔县营住宅。四家一排的二层住宅一共有十栋，周围是矮树篱笆墙。大概都去上班、上学了吧，住宅区里一个人也没有，非常安静，看来很难打听到什么。

"鲶田？"

从车上下来刚走进小区时，桧垣突然叫了一声。

这时副岛也看见住宅楼阴影里有一个人，桧垣大声叫起来："鲶田！你是鲶田吧？"桧垣一边叫一边向那个人走过去。阴影里的人抬起头来。那是个男人，刚才正低着头看手机。男人一瞬间流露出怪异的表情，然后惊得半张着嘴巴呆住了。

"果然是你啊！身体还好吗？脸色还是那么差！"男人的表情僵住了，一句话都说不出来。桧垣回过头来对副岛说："我在地方警署当刑警时，这小子因为盗窃罪和恐吓罪，被我照顾过四次。他叫鲶田幸四郎，当罪犯把这么好的名字糟蹋了。"

"我只被您照顾过三次。"男人苦笑着纠正道。

"加上今天不就是四次吗？怎么，想趁人不在家钻进去偷东西？"

"您这话可太不中听了，我现在可是有正经工作的人。"

鲶田说着从夹克口袋里掏出一张名片递给桧垣，掏名片时带出来了一张纸。

"哦？兴信所？当上私人侦探啦？搜集恐吓材料？"

"就知道您会这么说。"

"我说中了？"

"不是。都是很普通的调查，比如第三者，结婚对象的家庭情况什么的。"

副岛弯下腰去捡刚才鲶田掏名片时带出来的那张纸，一看，不由得大吃一惊，猛地站了起来。

"这是怎么回事？"副岛指着那张纸上的照片问鲶田，纸上印着大刀川丰彦和瑶子的照片。

"没……没什么。"

鲶田伸手去拿那张纸，副岛不给。

"你在调查这两个人？谁有第三者了？"

桧垣也是一脸吃惊的表情。

"也不是调查……"

"那你为什么有这两人的照片？"

"没什么……"

"说实话！这张纸你一直带在身上，还是在哪里捡的？"

"啊……是，刚才捡的。"

"胡说八道！你给我过来！"

桧垣和副岛每人架着鲶田一只胳膊走到车旁，拉开后门，让鲶田坐在后座上。桧垣坐在他身边，副岛坐在了前面的驾驶座上。

"说！你在调查这两人什么事？"桧垣摇晃着那张纸，厉声喝道。

"我们有为客户保守秘密的义务，所以……"

"是谁委托你们调查的？"

"为客户保守秘密的义务……"

"浑蛋！义务在公职人员面前顶个屁！我们负责解释！"

鲶田的眉毛挑成"八"字，他小声问道：

"你们怎么这么关心这两个人？难道警察也在调查他们？"

"少说废话！"

"这也太不公平了吧？只让我说，却什么都不告诉我。"

"混账！我们是警察！快说，否则把你带到审讯室去！"

"审讯室？不说话就逮捕吗？"

"非法侵入住宅罪！你小子刚才待的地方不是公用道路，是县营住宅小区内，没有小区住户的允许不能随便进入。今天我就第四次照顾照顾你！"

鲶田还在小声嘟哝，一看副岛真要发动汽车，马上服软了。

"我说还不行吗？"他不情愿地继续说道，"大概今年5月中旬，这位太太来到我们事务所，请求调查她儿子在学校遭受校园欺凌的事，说希望我们能拿到证据。那时她没钱，说等6月有了钱再请我们调查，谁知刚开始调查没几天，她突然来电话说不用再继续了。我刚把她儿子的交友关系搞清楚，也确定了是哪几个臭小子在欺负他，正要搜集证据，她却说不用继续了，我觉得很奇怪。"

"你所说的是是永雄一郎那几个臭小子吗？"

"是的。他们总是跟大刀川照音在一起，放学回家的路上，书包让他一个人背。不过，也许那只不过是玩耍打闹。就在这时，这位太太突然说不用再调查。我反复对她说，这时候停下，调查费一分钱也不退，但她不为所动，坚持说不用再继续了。她家经济条件不好，住在这破旧的县营住宅里，二十万的调查费等了半个月才凑齐。要是不查了，二十万不就白扔了吗？"

"是不是她自己掌握了证据呀？"桧垣问道。

"当时我也是这么想的，于是就问了她一句，结果她说什么儿子没有遭受欺凌，完全是一场误会。她说话的语气有点儿奇怪，我觉得她是在打马虎眼。"

"哪里奇怪呢？"

"如果是一场误会，语气应该很高兴才对，可是她打电话时却有一种非常紧迫的感觉。我突然意识到，这肯定跟两三天前发生的那件事有关！"

"哪件事？"

"大刀川的同班同学晚上从路边台阶上摔下去摔成了重伤。"

"庵道鹰之？"

"不愧是警察！连那起事故都掌握了。"

"少啰唆！接着说！"

"庵道也经常跟大刀川在一起，我怀疑他也是加害者之一。庵道晚上在路边被一个行人撞到台阶下去了。当时我就想，那个行人恐怕就是大刀川君的母亲吧。那不是无意撞的，而是故意推的，为了给儿子报仇。因为她已经报了仇,所以不用我再继续调查了。如果在调查中发现是她把庵道推下去的,对她很不利。二十万白扔了虽然可惜,但总比被逮捕坐大牢好吧?

"于是我开始调查庵道出事那天大刀川瑶子的行踪,她白天在建筑公司上班,下班后去老板家做家务。6月14日那天,她晚上八点半离开老板家,十点才到家,骑的是一辆破旧自行车,一刹车就会发出很大声响,她一到家,邻居都知道。从老板家到她家骑自行车只需要十五分钟,那天她却用了一个半小时,那一个多小时她到哪儿去了?干了什么?再说庵道这边,他去校外补习班,下课时间是晚上九点,发生事故是晚上九点十五分左右。大刀川瑶子那一个多小时的空白,正好覆盖事故发生的时间。当然,时间上有犯罪可能性,并不能肯定就是她把庵道推下去的,需要确凿的证据。于是我到事故现场去了好几次,搜寻大刀川瑶子的身影,比如怎么推下去的,有没有目击者等。"

"喂!你小子为什么要调查那起事故?"

"兴趣而已。"

"我还不知道你吗?肯定是想去敲诈她!"

"绝对不是!"

"敲诈未遂!今天先饶了你。我问你,找到大刀川瑶子把庵道推下去的证据了吗?"

"没找到。警察现在找也不可能找到了,时间过去太久了。"

"用不着你操心!"

"我折腾了半个月也毫无成果,就放弃了。"

"果然是想敲诈!"

"后来我就把这事忘了。可是有一天,我偶然在报纸上看到了记忆中的名字。消息说,三冈中学发生了死亡事故,死者是二年级的是永雄一郎,正是被我怀疑的一个加害者。他的死引起了我的注意,于是我就开始调查这起事故。事故当天是家长的修学旅行说明会，大刀川瑶子也去了吗？我调查后发现她那天一直在上班，根本没有离开过公司。可是，被我怀疑为校园欺凌加害者的，先后重伤或死亡，难道是偶然吗？

"就在我感到不可理解时，大刀川照音的同学又死了一个，名叫国府田夏美。我倒是没怀疑她也是加害者，但短时间内一个班里有三个学生接连伤亡，怎么想都不正常。可是呢，国府田夏美的死跟大刀川瑶子也没关系。事件发生时，她根本不在现场，难道是我看错了？

"不对！我又想，大刀川照音还有父亲呢，是不是父亲出手报复呢？把庵道推下台阶的应该是父亲，母亲知道了这件事，害怕丈夫的罪行被发现，于是就打电话，不让我再调查下去了。"

"你调查大刀川丰彦了吗？"桧垣焦急地问道。

"调查了呀。"

"到什么程度？"

"我是要收费的。"

"不追究你非法侵入民宅的罪过了，这费用支付得还少吗？"

鲶田轻轻咋舌。

"证据我还没找到，不过，9月11日他去学校参加修学旅行说明会了，你们已经掌握了吧？"

"他去参加修学旅行说明会了？"

"是的。"

"没搞错吗？你从哪里知道的？学校？你到他公司确认了吗？那天他请假了？"

"倒是没请假。你们见了大刀川丰彦，没感觉到什么吗？"

鲶田反问起桧垣来。

"哪方面？"

"他的穿戴。"

219

"故意打扮得很年轻?"

"没发现他打扮得跟约翰·列侬一样吗?"

副岛的目光落在了那张印着大刀川夫妇照片的纸上,发型、墨镜、帽子、夹克——确实跟约翰·列侬一模一样。昨晚第一次见面,副岛就觉得好像在哪里见过这个人,原来是这样。

"他一直是这身打扮,年轻时组过一个模仿披头士的乐队,在这一带很有名,每年庙会都登台演出呢。"

"不知道。"

"他是个约翰·列侬迷,模仿列侬的歌曲,穿列侬的衣服,完全是角色扮演。他老婆名字叫瑶子,列侬夫人叫小野洋子,瑶子和洋子的发音一样,他就是因为迷上了这个名字才跟瑶子结婚的。这也许是偶然,但儿子的名字可不是偶然,照音,明显就是模仿约翰和洋子的儿子肖恩的发音。"

"这些有什么意义吗?"桧垣瞪着眼睛。

副岛也歪着头,想不出这些事情之间有什么联系。

你能否安然入眠？
（How Do You Sleep?）

10月15日 星期一（补记）

国府田会不会改变想法？

在图书馆时我的心情很平静，可一回到家，心就揪得紧紧的。

明晚我也许就要住到警署拘留所里去了，整天想着这些，连饭都吃不下。为了分散注意力，我翻开了菲利普·迪克的书，但一页都读不进去，我又翻开《魔域大冒险》，想着这本应该容易读，结果还是一个字都看不下去。我想把一切都忘了，早早就上床用被子蒙住头，结果根本睡不着。心脏剧烈跳动，脉搏一分钟好像跳了一百五十次，甚至感觉到了疼痛。就在快要哭出来时，国府田妈妈来电话了，说她晚饭前离开家后到现在还没回去。

为什么问我？我跟她的关系一点儿都不亲密，她说过以前来过我家的事吗？就在脑海里冒出这些疑问时，她妈妈慌张地解释说，她正拿着从久能那儿借来的全班学生名单，一个一个地打电话呢。

国府田怎么了？难道正在跟警察说我的事？

她到底怎么回事？

10月16日 星期二

国府田没来上学。

昨天晚上，她的尸体被人发现了。

10月17日 星期三

日记本的事不用担心了，国府田绝对不会说话了，我的秘密保守住了。

但是，难道……怎么会……无法相信……是谁？为什么？

我向奥依耐普基普特神祈祷了，可是我只是想让国府田保持沉默，从没想过要杀死她，为什么她就死了呢……

我没说过请神杀死她吧？那样写了吗？没有，一个字都没有，可是……为什么？

我不能相信。

奥依耐普基普特神啊，您太过分了！

太可怕了！我不知道说什么好，请给我点儿时间。

10月18日 星期四

国府田的葬礼。

我没有流眼泪，也许是因为解脱了吧。

我只是想让她把日记本的事忘了，我只是想依靠奥依耐普基普特神的力量，把国府田的记忆消除，我只希望用这种和平方式把问题解决。但是，奥依耐普基普特神采用物理手段把她的嘴封住了。奥依耐普基普特神啊，您太过分了。

不必恐慌，冷静点儿，国府田在物理意义上的生死，对我来说本质上并没有太大区别。

我曾经很喜欢国府田，但是她并不喜欢我，甚至觉得我恶心（虽然这和是永把我画的画拿给她看有很大关系）。虽然我想以后通过努力让她喜欢上我，但她连看都不看我一眼，我再怎么努力也没用，就连当普通同学都很难。看到她那强硬的态度后，我对她的热情已经冷却了。

也就是说，国府田夏美存在与否，对我来说已经无所谓了，她的死跟我没什么关系，只是感觉有点儿不愉快而已。

葬礼上半个小时的读经时间里，我一直在想这些问题。

这次大迫同学也没来，她真了不起，不仅了不起，简直就是超凡脱俗。

可我呢，不敢越雷池半步，永远是个凡夫俗子。

10月19日 星期五

为了国府田的事埋怨奥依耐普基普特神是不对的，并不是奥依耐普基普特神随便把她杀了，问题大概出在我身上。

我认为只要向奥依耐普基普特神祈祷，愿望就能实现，但是我祈祷的手段太幼稚，没能准确地传达，所以造成了错位的结果。

这就好比买了一个巨大的机器人但是不会操控，导致机器人一会儿晃到这边，一会儿晃到那边，我想让它往右走，它却后退起来，我想让它飞，它却发射了导弹，失控了。虽然比喻不太恰当，但确实就是这么回事儿。

是因为我的祈祷技术不好。如果我的祈祷技术高，就不会发生这种疯狂的事情了。

10月20日 星期六

不行！这几天我心神不宁，把一件重要的事情忘了。

奥依耐普基普特神啊，您制止了国府田把日记本的事情告诉警察，我从心底感谢您！您拯救了我。以前我还埋怨您，说了很多失礼的话，诚恳请求您原谅。

今后也请多多关照！

10月22日 星期一

开班会时老师发给每个人一张纸，开始我以为是因为国府田被杀，提醒全体同学晚上不要外出，结果一看是关于升学指导的通知，说学校要举行学生、教师、家长三方面谈，我有点儿吃惊，怎么这时候还有心思干这个？

不过话说回来，也不能因为谁死了就不考高中了吧？为了继续活下去，感情这东西并不必要，甚至是块绊脚石。一个人的存在，也就是这么回事。

就算二年二班的学生死了一半，不，就算都死了，考高中还是会按照预定时间进行的。就算三冈中学发生地震，整个学校和师生都被掩埋，考高中的日子恐怕也不会变。就算飞来导弹在城市上空爆炸，所有市民都化为灰烬，别的城市活着的人也会照常考高中。

一想到这些，我又睡不着了。

只是死一个人，世界什么都不会改变。谁也不会为死了的人做什么，人们只会弃之不顾。

10月24日 星期三

上数学课时，我忽然想到一个问题。

国府田的葬礼跟是永的葬礼是在同一个殡仪馆举行的，只是小礼堂不同。国府田的葬礼使用的小礼堂规模只有是永的一半，参加葬礼的人只有是永的四分之一，拿到的回礼也完全无法跟是永的相比。在是永的葬礼上拿到的是高级礼品，在国府田的葬礼上只拿到两包一百克的茶叶。同一所学校同一个班的学生，差别怎么就这么大？

10月25日 星期四

警察开始重新调查是永坠楼案。为什么又想起调查来了？跟国府田被杀一案联系起来了？

10月26日 星期五

今天中午配餐吃的是小鱼干拌饭，我吃了一口就吐了。明明软软的却嚼不动，还有一股橡胶味。仔细一看，那根本不是小鱼干，而是橡皮屑。碗里还没吃的部分也有很多灰色橡皮屑。根据橡皮屑的量和混入状况来看，肯定不是无意中混进去的……

10月27日 星期六

奥依耐普基普特神啊，您帮了我很多，我衷心地感谢您。可是，从根本上来说，我的生活没有任何改变。

10月29日 星期一

今天接受了警察的询问。正如我预感的，警察问了国府田的事。我不记得是怎么回答的了，答得应该没问题吧？

10月30日 星期二

国府田也许在日记里写下了我有日记本的事，家人从她的遗物中发现后交给了警察？

但她说过没有写日记的习惯，也许不是以日记形式，而是用字条记了下来。

怎么了，到底怎么了！

我的心怦怦直跳，又睡不着了。

10月31日 星期三

一大早警察就到我家来了，是去过学校的那个刑警。

丰彦和他一起出去了，妈妈拉着我的手目送他们远去。刑警紧挨着丰彦，让人感觉丰彦被逮捕了。妈妈说了声不要紧，紧紧攥了一下我的手。

为什么要把丰彦带走？我问了妈妈好几遍，除了"不要紧"，她什么都没对我说。

我去上学了，上课时一个字都听不进去。总算熬到放学，跑回家一看，一个人也没有。妈妈那么惊慌，却照常去上班了，但是她五点四十五分就回了家，直接来到二楼我的房间，用微弱的声音一遍又一遍重复着"不要紧，不要紧"。

天完全黑下来时，丰彦回家了。

"无罪释放！庆祝一下！"

他拉开一罐啤酒，一饮而尽，打了几个嗝后，转过头来问我："你被人拍了丢人现眼的视频？"

语气令人愤怒。

"警察说照音为此视频痛苦，我作为父亲实在看不下去了，就把是永君和国府田杀了。也就是说，我是一个连续杀人犯！"

他像在扮演怪物似的，十指张开放在脸两边。

"国府田是10月15日晚上被杀的，那时候我一直待在家里，但警察说我有一段时间从家里溜出去了。说什么呢？的确，照音一直在二楼，我溜出去不是不可能。但是证据呢？没有！警察话锋一转，问我9月11日下午干了什么。时间过去那么久，我也不可能记得呀。他就说是修学旅行家长说明会那天。那天啊，我参加说明会了呀。我没去教学楼，只去了体育馆。警察非说我把是永从楼顶推下去了。想干什么？先把我设为凶手，再把状况证据塞进去吗？太过分了！这些警察破案的手法，跟五十年前一模一样！"

"别说了！"妈妈用胳膊肘碰了碰丰彦。

"警察还提到了庵道，说6月14日晚上是我把他从台阶上推下去摔成重伤的。那两个浑蛋没完没了，为了逼我承认轮番攻击。说实话真够我受的，精神压力太大，但是我没有屈服。对方也许着急了吧，威胁说要做DNA鉴定。原来他们从国府田指甲缝里采集到了非本人的皮肤碎片，大概是凶手的，她可能在反抗过程中抓了凶手一下。我知道这是虚张声势，就张开嘴巴说：'来吧！随便采集！如果跟我的DNA不一致，我告你们损害名誉罪，还要索赔，顺便再告你们一个非法搜查！'结果他们以证据不足为理由把我释放了。不对，根本就没逮捕，应该说解放！庆祝解放！"

丰彦举起了罐装啤酒。这是第三罐。

警察真是傻瓜，你们问丰彦能问出什么来？是永和国府田是奥依耐普基普特神杀的，你们完全搞错了嘛！

丰彦更是大傻瓜！

天还没黑就开始喝酒，一出去买东西就半天不回来，原来是去打老虎机了。每天穿得跟约翰·列侬一模一样，实际上不过是个懒鬼。

在便利店打工也行啊，把喝酒钱挣出来也算个男人！妈妈做着两份工作，你呢，顶着主夫的名，躺在家里什么都不干，就是吃软饭的！

你要是好好工作的话，我们家也能过上一般人的生活，我房间也能有空调，我也能有手机、电脑、游戏机，也能上校外补习班，将来也能去东京上大学！都是你的责任！

妈妈也是，为什么要养着这么一个没用的男人啊？还骗别人说丰彦有工作。那就把耻辱扔掉，跟这个男人离婚吧，这样就能过上更好的生活。可是现在呢？

好悲惨呀！

警察干吗要把他放回来？把他逮捕了多好！

啊，对不起！
(I'm Sorry!)

鲶田幸四郎的嗅觉还是很灵敏的。

大刀川瑶子偷看了照音的日记，知道了照音被庵道拉去偷书的事，她非常愤怒。我家孩子不是坏孩子，而是受害者，坏孩子是那个制订了偷书计划，硬拉着我家孩子去偷书的庵道鹰之。在书店被人发现后，庵道鹰之装作与自己无关，把责任都推给了照音，太坏了！

愤怒越积越多，逐渐变成了仇恨。于是，6月14日晚上，在老板家做完家务后，瑶子没有直接回家，而是去了庵道的校外补习班，想当面质问他。

瑶子在外面等了一会儿，就看见庵道下课出来了。当时有三个人在一起，朝着同一个方向骑行。瑶子也骑上自行车，悄悄跟在他们身后。三人去便利店买完东西后，先走了一个，紧接着又走了一个，就剩下庵道了。

瑶子跟在他身后，想找机会叫住他。庵道骑出去没几步，突然停在路边，掏出了手机，他在发短信。

庵道盯着手机，专注地发短信。他身旁是一个又窄又陡的台阶，那里光线很暗，没人路过。

瑶子打算叫他一声，然后质问他，但在走近时，突然怒从心头起，伸手推了他一把。庵道当时跨在自行车上，一只脚脚尖点地很不稳定，一下子就滚到了台阶下面。

咣咣当当一阵声响，瑶子回过神来，往台阶下一看，庵道被压在车下，一动不动了。瑶子知道闯了大祸，赶紧掏出手机，偷偷叫了救护车。

庵道没有生命危险，瑶子放心了。

几天后，瑶子去医院看望他，表面是看望，实际是打探庵道看没看见是谁把他推下台阶的。听他说连背影都没看见，是男是女都不知道，瑶子松了一口气。

去看望他还有一个目的，就是追究偷书的真相。为此，瑶子特意去神社取回了庵道的旅行包。她想让庵道产生动摇，但没想到那小子坚决不承认。

这再次点燃了瑶子心中的怒火：坏孩子应该去死！如果不是病房里还有别的患者，瑶子也许当场就会……

她不能原谅庵道，一定要惩罚他。

话是这么说，可再次袭击并不那么容易。有过一次教训，以后庵道会非常小心，如果被人看见，一切都完了。上次是被愤怒冲昏头脑，没考虑后果就下手了。虽说是晚上，但时间还早，没被人看到只能说是运气好。瑶子给兴信所打电话，要求停止调查儿子的案子。

请上天惩罚庵道鹰之！

瑶子每天都向神祈祷，不是到照音房间里向奥依耐普基普特神祈祷，而是上班途中去一个稻荷神社祈祷，还向田崎总业的神龛祈祷。

庵道没受惩罚，是永雄一郎却死了。

庵道事件后，瑶子也一直偷看照音的日记，知道了是永的欺凌并没有停止，也得知了是永指使国府田夏美偷拍视频上传到地下网站的事。在照音祈祷的同时，瑶子也每天去神社祈祷。不久，是永死了。

国府田夏美威胁照音时，瑶子也把希望寄托在神的身上。想想办法吧！帮帮我们家照音吧！不久，国府田夏美也死了。

前几天，警察把丰彦叫去，怀疑是他把是永和夏美杀了。为什么是丈夫？瑶子觉得不可思议。莫非他也偷看了照音的日记？把那两个人解决了？丈夫那天去学校参加修学旅行家长说明会了。

瑶子对此还有一丝期待，如果这个吊儿郎当、什么事都不管的人看不了儿子被人欺负，说明他还有点儿男人气概。

但丰彦被释放了，瑶子为自己的期待感到耻辱，连便利店柜台都不想去站的人，能干出这么大的事来？他不可能为了照音不顾一切。

瑶子今天也祈祷了。

把我跟那个男人分开吧！再离一次婚太不体面，让我或他死于疾病或交通事故吧！

请告诉我真相
(Gimme Some Truth)

11月1日 星期四

　　教英语的德本老师叫我到办公室去，刚一进门他就大声吼道："大刀川！你想干什么？"说着递给我一张试卷。今天第一节课是英语小测验，我英语本来就不好，拣着会的写，连一半都没答完，顶多得三十分，我心想也许是为这个批评我吧。谁知一看试卷，在写名字的地方用英语胡乱写着一堆骂人的话。

　　我慌张地解释："不是我写的！"

　　"不是你写的？这不是你的卷子吗？"他说着，把试卷拍在我脸上。

　　我拼命解释："您看，笔迹不一样，跟答题区写的完全不一样，肯定是有人想陷害我，偷偷写上去的。"

　　德本说："这次先饶了你，下次一定告诉你们班主任。"他总算把我放了，但好像并没有相信我，转身就会告诉久能，老师都是这种人。

　　那些东西到底是谁写上去的？前几天就有人往我的配餐里放橡皮屑，今天又有人在我的卷子上写骂人的话，肯定有人捣鬼。是永一伙已经烟消云散，二年二班应该不会再有人欺负我了。三年级的妹尾虽对我有敌意，可根本不是一个班的呀。

　　交卷子是从每列最后一个同学往前传，所以写那些话的人，一定是我前面的人。坐在我前面的人有三个：大木太一、真濑宏美、诸井康平。

11月2日 星期五

今天是三方面谈——老师、家长、学生坐一起商量考哪个高中。老师说我除了语文别的科目成绩都不行，不加把劲的话，中央高中绝对考不上。那我就考城西高中或商业高中。本来我是想考是永不打算考的中央高中的，我永远不想再见到他，但现在那小子死了，考哪个都无所谓。我家穷，肯定不能上私立高中。

为什么总是丰彦来学校呢？一般不都应该是母亲来吗？我知道妈妈有工作，但也不是每天都忙吧，请一天假不行吗？休半天也够。

丰彦来学校对我来说是一种耻辱，那种打扮的父亲全世界哪里还有？在不知道约翰·列侬的人眼里，丰彦只不过是一个变态大叔而已。

穿成那样进学校太扎眼了，人们会在心里嘲笑：这个傻瓜是谁的父亲啊？要是大家知道是我父亲，肯定会嘲笑我。

赶快长大吧，长大后就能离开他了，我的忍耐已经超过了极限。

11月3日 星期六

妈妈，您根本就不爱我吧？所以不来学校参加三方面谈，不来学校参观上课，不来学校参加运动会，不来学校参加修学旅行家长说明会。您根本就不爱我，是吧？

11月5日 星期一

"那是你爸？上星期我在购物中心看见他了，穿的还是那件T恤衫，你爸太喜欢那种T恤衫了吧，不然怎么什么时候都穿那件？都11月了，不冷吗？"

久住这样嘲笑我。

在楼道里，别班的同学也对我指指点点。

就是因为丰彦到学校来了。过了个周末，我还以为大家早忘了，不会嘲笑我，谁知他们根本就没忘。

都怪你！丰彦！不许你再进三冈中学的大门！

你要真想成为约翰·列侬，就赶紧像他那样被人枪杀！马上就是12月8日了，约翰·列侬就是那天死的。

11月6日 星期二

一进教室就看见一群同学聚集在告示板前谈论什么，我没理他们，直接走到座位上坐了下来。刚坐下，忽然听到有人说"随地小便"什么的，我又站起身来向他们走过去。

告示板上贴着我的数学试卷。那次考试只得了十五分，考得太差了，所以试卷我没带回家，折成一个小方块塞进了书桌里。

又有人耍弄我！看来班里还有我的敌人。

以前是永他们把我的笔记本从书桌里偷出来，把我画的国府田的画撕下来贴在告示板上，引起了很大骚乱。现在是永已经不在了，他的手下也不来骚扰我了。

究竟是谁？

11月7日 星期三

今早的班会由来宫老师主持，他说久能要晚到一会儿。第五节课应该是久能的社会课，结果我们被通知上自习，看来他今天缺勤。放学前的班会，教导主任来了，说久能不幸去世了。

教室里一下子寂静下来，紧接着同学们就开始叽叽喳喳地提问：为什么？交通事故吗？什么病？教导主任说刚得到消息，具体什么情况还不知道。

11月8日 星期四

早上走进教室，讲台上摆着一束菊花。

教导主任主持了班会。他要求大家冷静，要保持一颗平常心，就像念操作指南一样说了一条又一条。关于久能的死因，他只说三个字："不知道。"

但是每次课间休息，都能听到一点儿关于久能死因的消息。

好像是自杀。有消息说他是在住的公寓的洗澡间里，把沐浴液和刷厕所的洗涤剂混合起来喝下去了什么的。

我想不通，久能是杀了别人自己也要活下来的那种人，为什么会自杀？看他那样子，也不像有什么烦恼啊。老师之间也有欺凌吗？他的发型和着装太花哨，显得很轻浮，确实遭人反感。

第二节课就开始像平常那样上课了。由于是永和国府田的死，我们班课程落后于其他班，得赶进度。

葬礼在久能老家青森举行，学生谁也去不了，学校也只有校长和另外两个代表去了。我虽然不喜欢久能，但对他还是有一些怜悯。

死掉的又是二年二班的，这是怎么回事？跟奥依耐普基普特神没关系吧？我从来没有诅咒久能死啊。

是死亡的空气感染了久能？或是班里接连死了两个学生，感到自己责任重大？那也不完全是他的责任呀。

肯定不是奥依耐普基普特神把久能杀了吧？

11月9日 星期五

来宫老师当上了代理班主任，放学前的班会由他主持。

大扫除后正要走出教室时，他跟我打招呼。

"大刀川，以后请多关照！"

我迷迷糊糊地答应了一声。

"怎么了？这么没精神啊？"

来宫老师从身后拍拍我，顺势抓住肩膀把我转过来，端详我的脸。班主任刚死，怎么会有精神呢？还有，干吗跟我这么亲热？我甩开了他的手。

"最近有什么为难的事吗？"

他依然端详着我的脸。

"没有。"

我后退半步，跟他保持距离。

"自那以后我每天都上地下网站看看，看到有问题的投稿或视频就让他们删掉，再没见过跟大刀川有关系的内容了。"

"谢谢您。"

"这是老师应该做的。再有什么一定告诉我，千万别客气。休息日到我家来也可以，还记得我家在哪儿吧？"

"不要紧的，再有什么我会拜托神灵的。"

"神灵？"

"老师再见！"

我逃也似的跑了，三年级的妹尾要是看见我跟他说话，非修理我不可。

对了，来宫老师原来是副班主任，现在是代理班主任，有点儿不对劲。为什么不能当正式班主任？需要什么资格证书吗？当然，这些跟我一点儿关系都没有，我只是有点儿好奇而已。

11月12日 星期一

"不是早就警告过你吗？不许靠近阿柔！"

妹尾她们果然来修理我了，跟上次一样，我又被绑进了女厕所的单间里。

"还搭着肩膀，脸靠那么近，干什么呢？"

妹尾用右手紧紧揪住我的衣襟，前后推搡着。她身后站着的还是那两个我叫不上名字来的女同学。

"没……什么都没干，老师只是把手搭在我肩膀上……而已……"

我咳嗽着，好不容易才说出话来。

"是不是你装哭故意引起他同情？随地小便！老实交代！"

妹尾伸出左手狠狠地扯我的耳朵。

这个外号都传到别班去了？

"来宫老师当了我们班的班主任——哦，是代理班主任——跟我打招呼而已。"

"骗人！再胡说八道抽死你！"

"真的，我们只不过是师生关系。"

我拼命地反复解释，妹尾照着我的肚子打了一拳，把我放开了。胃里的东西涌到嗓子眼，差点儿吐出来。学姐呀，不要太过分了，否则我要向奥依耐普基普特神祈祷了。

当然这是开玩笑，我不明白，二年级教室在三楼，三年级教室在二楼，她们怎么能看到三楼的事呢？

我不由得想到最近发生在身边的怪事，是她们干的吗？不过，把我拽进女厕所当面教训的人，怎么会做那种拐弯抹角的事？

11月13日 星期二

久能老师杀了国府田——不知从哪里传出风言风语。

11月14日 星期三

从早上开始我就觉得脖筋儿一跳一跳的，感到针扎般的剧痛，一定是有轻蔑或好奇的目光注视我，这是我在遭受漫长的欺凌过程中形成的动物般的直感。

这回他们在嘲笑什么呢？告示板上只贴着地板打蜡通知和配餐菜单，我把校服上衣脱下来看了，也没有贴纸条，今天丰彦不可能到学校来，地下网站有来宫老师监视，到底是怎么回事？

上完第一和第二节课后，脖筋儿更疼了，甚至有一种压迫感。中午,我虽然基本上把配餐吃完了,但根本尝不出是什么味道。想接着看那本叫《重放》的漫画,但一页都看不下去,只好懒懒地趴在书桌上打瞌睡,那时还是感到脖筋儿针扎般的剧痛。

保持一个姿势趴着很累,一转头,我的视线与隔着三个座位的大迫同学的视线撞在了一起。她躲开我的视线,低头去看笔记本。我站起来向那边走,隔着一个座位时,大迫"啪"的一下把笔记本合上了。

"我没要看。"

我捂住眼睛。

"你有事吗?"

她两只手紧紧按住笔记本,看都不看我一眼,真是个不可爱的姑娘。

"我觉得气氛不对劲。"

"什么气氛?"

"老觉得有人看我。"

"我没看你。"

"没说你,我觉得别人在看我。"

"不知道。"

"最近地下网站又有人说我坏话吗?"

"不知道。"

她抱着笔记本站起来,走到教室外去了。这女孩自我意识太强。

我正要回座位上,靠在窗前的仓内看了我一眼,走到我面前。

"随地小便!自我感觉良好嘛!"

"你什么意思?"

"是永君不在了,你小子自我感觉不错嘛!当心倒霉!"

"你什么意思!"

"问问你自己吧!"

"问什么……"

237

"去玩一会儿'西部电影'？好长时间没玩了。"

仓内冲着我做了一个投球动作，转身走出教室。我还以为他是去叫庵道他们了，提心吊胆地在教室等着，没想到等了三分钟也不见他们过来，原来仓内只是说说而已，我松了一口气。

"大刀川。"

有人拍了我的后背，是诸井。

"你来一下。"

诸井冲我招招手，先往教室后方走去，我跟着他走过去。他拉开放扫除用具的柜子，把左手伸了进去。

"你到我旁边来。"

我按照他的指示站在右侧，看见他伸进柜子的左手拿着一部手机。这样别人就看不到了，校内禁止使用手机，有的学生常常这样在书桌下玩手机。

诸井单手打开手机。看着他熟练使用手机的样子，我觉得很帅，忍不住又想要手机了。我更痛恨丰彦了。

"这是大刀川你吧？"

他把手机画面转向我。

我不由得尖叫一声。是一张照片，我的照片，照片上的我正从女厕所里走出来。

"这是大刀川你吧？"

他又问了一遍。

"不……可是……这个……"

我一时找不到合适的词。

"你先回答我的第一个问题，这个人是你，是不是？"

"是我……"

"下面回答我的第二个问题，你在女厕所里干什么？"

诸井的口气很严厉，他是以班长身份质问我的吗？

"什么也没……"

那是前天被妹尾学姐她们教训时的照片。如果我实话实说,肯定会遭到她们的报复。

"不是偷看女生上厕所或偷拍吧?"

"不是不是,我怎么会干那种事?"

我小声解释着。

"那你为什么进女厕所?"

"这个嘛……那天我迷迷糊糊的……哦,那天我想去厕所,一边走一边想事,走错了。"

"真的吗?真是走错了?"

他别扭地转过身子,注视着我的脸。

"真的真的,我向神起誓!"

诸井君注视了我很长时间,他还在怀疑我。

"这次相信你了,下次再有这种事,我一定告诉老师!"

怎么说话呢?瞧他那口气,好像对我有多大恩惠似的,我还是受害者呢!

"你怎么会有这张照片?"

我强压着怒火问道。

"昨晚有人用邮件发给我的。"

"谁?"

"不知道。"

"既然是邮件发你的,肯定有那个人的邮箱地址啊。"

"一个我不知道的地址,匿名是很简单的。"

"是吗……这张照片,别人也收到了吗?"

"也发给别人了,据我所知,我们班至少有五个人收到了。"

就算只有五个人收到,这五个人也会给别人看的,也许全班同学都看过,甚至别班同学也看了,我成了一个溜进过女厕所的流氓。

到底是谁干的？我正在被卷入一个怎样的阴谋里呢？

11月16日 星期五

久能杀了国府田的传言越传越邪乎，也越来越具有可信度了。传言说他把国府田从家里叫出来，让她坐进车里，但遭到了抵抗。国府田说要把久能的行为告诉家长，他一怒之下把她杀了。眼看事情就要败露，他知道自己逃脱不了，就自杀了。

很有可能。久能喜欢女同学，让女同学坐进他车里，我都看到过好几次。

如果久能是杀害国府田的凶手，葬礼在老家举行就好解释了：为了避开三冈中学的老师和同学。

但是不对呀！久能是凶手？国府田的死是我向奥依耐普基普特神祈祷的结果啊，是奥依耐普基普特神让她不能再开口说话的。如果久能是凶手，奥依耐普基普特神不就是久能了吗？我怎么越来越糊涂了？

11月17日 星期六

走出女厕所的那张照片我猜不出是谁偷拍的，也不知道怎样找到偷拍的人。我不知道怎么用手机，电脑知识也仅限于学校学的那些，一点儿办法也没有。我越来越憎恨这个没手机也没电脑的家庭。

这时我想起了来宫老师，地下网站的事就是他帮我解决的，他是一个值得信赖的老师。他说过休息日也可以去找他，今天正好是周末，我忽然想去找他了。

但我最终没去，我怕被妹尾学姐看到。她们好像一直在跟踪他，周末大概也不会放过的。这回要是被她们看到了，她们得把我打个稀巴烂。

11月19日 星期一

校长用广播向全校师生讲话。

"不要听信谣言，更不要传谣！"

现在才讲话太晚了，(谣言?)已经传开了。

传言说国府田指甲缝里留下了久能的皮肤碎片，还说久能的脖子被国府田抓了一下，留下了伤痕。

警察也跟丰彦说过，国府田指甲缝里有皮肤碎片，所以这跟那些毫无根据的谣言不一样。我想起来了，国府田死后，久能好像一直穿着高领衫，也许是为了遮挡伤痕。

还有，听说在久能的公寓里发现了三冈中学女生的照片和录像，还是在学校里拍的。

于是整个学校都在寻找哪些女生和久能有关系。男生们一旦怀疑上某个女生，就立刻把她抓住，怪笑着审问，吓得女生哇哇大哭，整个学校都乱套了。皆上同学从上周四开始就不来学校了，肯定是这个原因。

久能聪太坏了！那么爱打扮，就是为了讨女生喜欢。最无耻的教师，该死！自杀是卑怯的表现，应该让警察抓住他，把罪行暴露在光天化日之下，判无期徒刑，让他痛苦一辈子。

不过话又说回来，久能真是凶手吗？杀害国府田的真是他吗？不是奥依耐普基普特神为了保护我而杀了国府田吗？

11月20日 星期二

也许是奥依耐普基普特神操控久能杀了国府田，久能的死不是自杀，而是奥依耐普基普特神干的。为什么要杀久能？因为我早有那样的愿望。

让久能去死——虽然一次也没祈祷过，但在我的内心深处，是希望他死的。他总是自以为是，其实根本不会处理问题。他看不透是永的本质，偏向女同学，而且不止一两个。以前我经常想：为什么坏老师那么多？有的犯错误被免职，有的酒后驾车。偷书事件发生后，久能完全相信庵道的谎言，把我推进了万丈深渊，我永远不会原谅他！

难道说奥依耐普基普特神知道了我的心思，替我把他杀了？

11月21日 星期三

知道了从女厕所出来被偷拍的事后，我每天都很紧张，把来宫老师家访的事忘了。

最近，来宫老师要到我家来家访，说是作为新班主任，要到每个学生的家里，切实把握每个人的情况。还有一个目的是消除家长的不安，因为最近班里发生了太多事情。

但我不希望来宫老师到我家来，久能来的时候我就感到非常羞耻，我不想让老师看到我那个又小又破的家。当然，他看了也不会说什么，但内心肯定会蔑视的。

更主要的是我不想让他见到丰彦。好不容易跟来宫老师建立了良好关系，一看我有那样一个父亲，他对我的印象肯定会发生变化。

不过，丰彦去过学校好几次，来宫老师也许早就知道他了，现在隐瞒也没什么用了。

但是一对一交谈后，印象肯定会更坏，真不想让他们见面。

要是妈妈在家就好了，但她白天恐怕要工作脱不开身吧。请一天假，不，请半天假，不，请一个小时假也行呀，要不就请老师晚上来。

11月22日 星期四

是永和国府田的桌椅还放在教室里，桌上还有鲜花，也不知道是谁放的，每到周一和周四都会换新的。

久能死后讲桌上也摆过鲜花，不过这样会影响其他老师上课，就把鲜花插在花瓶里，放在了讲台一侧的架子上。

今天一进教室，我发现是永和国府田桌上以及架子上的花瓶里的鲜花都被摆在了我桌上。

11月23日 星期五

又是三连休。连休太多了，好像比上小学时多了。即使连休也是在家待着，哪儿都去不了，只能让我觉得自己很可怜。

11月26日 星期一

昨晚我就说了，明天要早点儿去学校，可是起床后下楼一看，早饭还没准备好。丰彦还在被窝里，妈妈慌忙起床，给我做了煎培根鸡蛋。丰彦不是家庭主夫吗？哼！

到学校时是七点四十五分，校务员刚把大门上的锁打开。走进二年二班教室，一个人也没有，算突破了第一关。

我抱着书包钻进放扫除用具的柜子里，从里边把柜门拉上。柜子里又酸又臭，我一秒钟都不想待，但是教室里能藏人的地方只有这里。

我用嘴呼吸，以减轻臭味对鼻子的侵袭。这时，教室的门响了一下，我屏住呼吸，从缝隙往外看。

进来的是一个男生，他的座位正对着讲桌，但他没到自己座位上去，而是拿着书包斜着穿过两列课桌，走到正中间那一列从前数第四个座位，也就是我的课桌那儿，把椅子从桌下拉出来，然后蹲下去，手伸进桌里，把什么东西拿了出来。他的身子挡住了我的视线，因此他还干了些什么我没看见。

一个月前开始，就经常有陷害我的事情发生。为了抓住犯人，我决定埋伏在柜子里侦察。我做好了扑空的思想准备。不过今天不要紧，早晨的班会是全校集会，所有学生都要去体育馆，等大家都走了我再出来，跑着去体育馆。今天是三连休后上学的第一天，有人陷害我的可能性很大。他肯定会想：又要上学了，真没劲，解解闷吧！

我猜中了，坏蛋现在就在教室里。可是我做梦也没想到，那个人竟然是班长！

一分钟后，诸井直起身子，把椅子放回原位，拿着书包走出了教室。

简直无法相信，诸井只不过是到得早吗？

提前一个小时到校，不管怎么说都太早了。他没有参加任何俱乐部活动，肯定不是晨练，不去自己的座位，而是去我的，很不正常。

他很可能就是陷害我的坏蛋，留在教室会引起怀疑，所以他在别的同学进教室前离开，等来的人多了，再装作没事人似的进来。

我从柜子里出来，虽然很想马上知道他干了什么，但还是先拿着书包走出教室，在厕所待着。

还有三分钟就要去体育馆集合了，我假装没事人似的从后门进了教室，低着头向座位走过去时，瞥了一眼第一排正中间那个座位，诸井君已经坐在座位上了。

我坐好后，把书包挂在课桌一侧，侧着上半身往课桌里看，不敢贸然伸手。如果是裁纸刀的刀刃？如果是一只死耗子？但犹豫太久会引起怀疑，我毅然把手伸了进去。

自从那份十五分的数学试卷被人翻出来后，我就打算把书桌里的东西全都拿回家，不过为了引诱坏蛋，我故意留下了一些。

语文课外阅读教材的书口全都被粘起来了，胶水还没干透，可以确定就是诸井干的。

配餐里的橡皮屑，英语试卷上骂人的话，被贴在告示板上的十五分数学试卷，都是他干的？

在英语试卷上写脏话这事儿，坐在我前面的三个人都值得怀疑，其中一个就是他。

这么说，偷拍我从女厕所出来的照片并发给别人的，也是他？不过，也是他告诉我有那张照片的，是为了表明不是他拍的吗？还是想近距离观察我的反应？

无论如何我也搞不懂诸井这样做的理由，我们之间发生过什么吗？不记得，我甚至没怎么跟他说过话。

我看了诸井一眼，他好像对我一点儿都不关心，正跟旁边一个姓槌谷的女同学谈笑。

11月28日 星期三

妈妈突然向我道歉，连说了十几遍对不起，后来我总算知道为什么了。

原来她明晚回家会很晚，十一点才能回来。

太过分了。来宫老师要来家访，我好不容易跟他说好明晚八点来，妈妈明天为什么非要晚回家呢？为什么要十一点才回来？

年会？哪有十一月开年会的？就不能喝完一杯赶紧回家吗？

可是妈妈说不行。不管我怎么求她，她只说对不起，都快哭了。

想哭的是我呀！我向来宫老师请求半天，他才同意晚上来的，现在还要让他改时间，我怎么说得出口！而且，晚上十一点才回家，不正常！

妈妈不爱我，我终于知道了，说一百个对不起也没用！不原谅！

11月29日 星期四

丰彦！我恨死你了！你快去死！

11月30日 星期五

补记一下昨天的事。

来宫老师来家访时，丰彦不在家，妈妈去参加年会也没回来。昨天早晨吃早饭时，我最后一次求她早点儿回家，她没答应我，吃完早饭就去上班了。我也差点儿骂她一句"去死"。

下午放学回到家时，丰彦还在家。后来我一直在房间里看《13个冲击》，丰彦离开家时我根本没注意到。他没留字条，电话也不接。一个连工作都没有的人居然还有手机，大人想买什么就买什么，真好啊。

大人都不在家，我对来宫老师说："您等一下，我去找找看。"来宫老师说他先去霜村家，让我找到父母后给他打电话。霜村的母亲是单身，在酒吧上班，来宫老师本来计划最后去酒吧做家访。

丰彦果然在弹子房打老虎机，我很生气，质问他知道老师来家访，为什么不在家等着。他笑嘻嘻地说一玩起来就停不住，根本不觉得自己做错了。我问他为什么不接电话，他说弹子房里太吵，听不见。

他说马上就结束，让我先回家，我不相信，看着他换完现金，拉着他一起回家了。尽管如此我也不能原谅他，只认可一件事：他今晚赢了两万日元。

我给来宫老师打电话，请他再次到我家来。让他坐在破烂的餐桌前，我感到非常羞耻。家里连个沙发都没有，总得上一杯好茶吧，用冰箱里的瓶装茶待客，太失礼了吧？老师曾经可是特意为我沏了一杯红茶。

后来，来宫老师说有话要单独跟家长说，我就回二楼房间里去了。

有什么话不想让我听见呢？我很在意。说我在家里表现如何吗？丰彦那小子，不知道会怎么胡说呢。

我家房子虽然破旧，但隔音效果没那么差，我能隐约听见他们说话，却听不清到底说了什么。

他们好像谈到了柔道，也就是来宫老师个人的事。谈得那么愉快吗？

越是听不清楚，越是想知道他们在谈些什么，我心里也越是焦虑。为了缓解情绪，我翻开一本书，但根本读不进去。

过了一会儿，从楼下传来的声音变得有点儿奇怪，不但说话速度快了，声音也变得粗暴起来。莫非丰彦又喝多了？我坐不住了，仔细一听，好像来宫老师也很激动，是不是跟丰彦无法沟通，来宫老师生气了？

我从椅子上下来,趴在地板上,耳朵贴着听下面的动静。

忽然,"咣当"一声,房子都摇晃起来,像地震似的,我不由得把身体缩成一团。

愤怒的叫声是丰彦的。我站起身来,冲着推拉门拉开了搏斗的架势。

又一次听到了愤怒的叫喊,然后是"咚咚咚"脚踏地板,开大门,"咣"的一声关门的声音。我从楼梯口往下张望,看不到人,接下来是死一般寂静。

我一阶一阶地往下走,既想知道发生了什么,又害怕知道。

来到一楼餐桌旁,只有来宫老师一个人呆呆地站在那里。

"老师……"

我怯生生地叫道。

他"啊"了一声,回过神来。

"我爸呢?"

我看了看厨房里也没人,餐桌旁,一把椅子倒在地上。

"啊,哦,那个……你爸爸,他说出去冷静一下……我对他说了很失礼的话……"

来宫老师一副惴惴不安的样子。

"说了失礼的话的,应该是他吧?"

"不是的,是老师……"

"老师别往心里去,一定是他口出狂言,又不想承认错误,就跑出去了。我去找他!"说完我就往外走,"我一定把他找回来,让他赔礼道歉!"

我趿拉上鞋跑出家门,连鞋后跟都没提就跨上自行车。

找了两家弹子房都没找到丰彦,便利店、超市、餐馆、电器商店、二手服装店、乐器店、公园……丰彦有可能去的地方都找遍了,还是没找到。

247

正发愁时，我突然想起已经把来宫老师一个人扔在家里很久了，慌忙回到家里一看，来宫老师正坐在门口台阶上看手机。他抬起头来对我说："我怕不锁门就走会出什么事，就一直在这儿等着。"

真是个好人！我感动得眼泪都快流出来了，一个劲儿地道歉，他却说应该说对不起的是自己。

"丰……我爸说了什么？"

我低着头问道。

"刚才不是说了吗？是我说了失礼的话，让你爸爸生气了。"

"老师骗人。"

"真的，老师没骗你。在霜村妈妈工作的酒吧里，她给了我一杯啤酒，刚才我借着酒劲，对你爸爸说了很多不该说的话，真的对不起。"

"到底说了什么呢？"

"那个……嗯……衣服的事，今天看见你爸爸穿的还是以前去学校时穿的那件T恤衫，就说，您真喜欢这件T恤衫呀，老穿同样的衣服不好吧？我并没有挖苦的意思，可是说话太不注意分寸了。"

骗人！丰彦不可能为这个生气，他从来都为穿那件T恤衫感到骄傲。

"今天本来计划最后去霜村家，但因为你爸爸不在家，我就先去了霜村妈妈工作的酒吧。如果按照原计划先来你家，你爸爸跑出去，半天回不来，今天我就去不了霜村家了，可以说是歪打正着吧。"

我更觉得对不起了，向他鞠躬致歉，说本来应该由妈妈接待的。

来宫老师说："爸妈都上班的学生，我都是晚上去家访，你说的那些根本不是问题，用不着道歉。"

老师又说改天再登门致歉，然后就回家了。真是个好人！

看不到他的背影后，我再也忍不住，眼泪哗哗地流了下来。

晚上十一点，妈妈回家了，丰彦还是去向不明。妈妈问我怎么回事，我大叫一声："都是你不好，连个假都不肯请！"然后狠狠地踹了大门一脚。

丰彦后半夜才回家，一进门就大叫："喂！给你们买好东西回来了！"一听就是喝醉了，我当然没下楼，也没理他。明天早晨去厨房看，肯定是装寿司的空盒。

我想责问他跟来宫老师之间发生了什么，但转念一想，跟一个醉鬼说什么也没用。

他和妈妈在楼下说话，一直说到快天亮。虽然算不上吵架，但有时也能听到丰彦大喊大叫，还听到几次开关冰箱和拉啤酒罐的声音，在外边还没喝够吗？

跳进酒缸淹死算了！

下面说说今天的事。

早晨起床下楼一看，妈妈正在做早饭。丰彦昨晚喝多了，还没睡醒，这个浑蛋！

下午放学回来，看见丰彦在家，他头发蓬乱，正躺在电视前的沙发上睡觉。房间里依然酒气熏天，世上没有比丰彦更坏的男人了。

我问他昨晚为什么跑出去，他沙哑着嗓子说跟小孩子没关系。见我不肯罢休，丰彦就说，别人家的事，不要那小子多管闲事——他竟然称来宫老师"那小子"。我问他，老师管什么事了，他一下子从沙发上跳起来，把我推开，走到卫生间，把水龙头开到最大，开始洗脸，水溅得地板上到处都是。

气死了。算了！既然他不想跟我通过谈话解决问题，我也就不把谈话作为解决问题的手段了。

现在，我要让自己冷静下来，睡一个晚上。我的一切，都交给命运来安排吧！

约翰挺住
（Hold on）

1

不是不想工作，而是不能工作——大刀川丰彦对自己是如此分析的。

他上中学时知道了约翰·列侬，立刻就迷上了他，列侬看上去非常帅气，一举一动、一言一行都很酷。在他的歌曲里，丰彦好像看见了自己的影子。当丰彦知道了列侬的生日跟他是同一天时，全身热血沸腾。后来又知道了列侬小时候父母就离婚了，他是跟着姨妈长大的，丰彦更激动了，连这都一样，这真是命运的安排。

约翰·列侬孩提时代在利物浦生活，他看到和听到的东西，别人听不到也看不到，因此被人疏远，非常苦闷。丰彦在学校也被人疏远，感到苦闷，但当他知道约翰·列侬与自己有着一样的经历后，苦闷变成了欢喜。

他不仅喜欢听列侬的歌，而且开始演唱他的歌。高中上了一半就退学，模仿约翰·列侬成了他生活的中心。他一边打工，一边组了个乐队，以本地音乐厅为据点进行演出。

那时，没有父母唠叨，姨妈的心思又都在自己亲孩子身上，丰彦想干什么干什么。喝酒，抽烟，无所不为，十八岁跟人同居，十九岁生孩子，结婚……现在想起来，真是黄金时代。

但想干什么就干什么，只有年轻时才行得通。年轻，只是昙花一现，可惜这个道理只有当人不年轻了才能明白。

演出机会还是不少的，虽说基本上拿不到演出费，但靠打工也能维持生计。住在只有六叠大的破公寓里，陶醉于就要发迹的美梦中，吃面包渣、捡烟屁股也没觉得有多不幸，年轻时总觉得贫穷是一种美。

首先不满的是妻子，她发现自己想错了，她要的是现实的生活，但是丰彦当了父亲后想的还是享乐。妻子在给孩子换尿布，丰彦却在一旁弹吉他。夜里孩子哭闹，妻子让丰彦起来哄哄，他却说要去商量演出的事，跑到别的女人那里睡去了。不久，妻子带着孩子跑了。

即便如此，丰彦还是到处演出。音乐厅有乐队的定期演出，到了夏天又可以露天演出，还去东京演出过呢。追他的女孩子也不少，有什么理由停止音乐活动呢？即使乐队成员意识到这样下去没有未来，一个又一个离去，丰彦也一边招收新成员，一边继续演出。

有一天，丰彦认识了小野寺瑶子。瑶子的发音跟列侬的夫人洋子的发音一样，丰彦觉得这是命运的安排。列侬比洋子岁数小，丰彦也比瑶子岁数小。还有，瑶子跟洋子一样结过婚，丰彦也跟列侬一样有过婚史。

在命运安排下，丰彦和瑶子结婚了；生了个男孩，这也是命运的安排；取名叫照音也是必然，因为列侬和洋子的儿子叫肖恩，要取其谐音。

第二次结婚后，丰彦还是以音乐活动为中心。但照音的出生成了他改变生活的契机，三十多岁了还看不到成功的征兆，他终于认识到自己成不了约翰·列侬。就算有演出机会，也拿不到演出费。演奏披头士的曲子还有人鼓掌，演奏原创曲目，观众就都散了。把创作的歌曲录制成CD，投出去也是音信皆无，一点儿希望都没有。照音的出生是一个契机，丰彦认为，承认失败会引来嘲笑，以照音出生为理由

251

引退，还能获得一点儿同情。

他放下吉他，剪短头发，开始在一家公司上班。

但那工作他做不了，作为推销员，他什么都推销不出去。早上一上班就被上司骂，下班回到公司还是被骂。两个月后，他辞掉那份工作，去了一家工厂，结果在流水线上总出错。后来无论是当仓库保管员，还是在运输公司搞分装，都常常出错。

丰彦心里明白：在音乐方面出不了成绩，是因为没有才能。同样，当一个好工人也需要一定资质，他没有那种资质，不管什么工作他都觉得没意思。

他意识到自己无法融入社会，这不跟约翰·列侬一样吗？列侬也为自己跟别人不一样而烦恼痛苦。发现共同点后，丰彦知道该走哪条路了。

他决定像列侬那样，当一名家庭主夫，这是命运的安排，是必然的结果。

幸运的是，妻子瑶子非常适应公司的工作，从来不出差错，人际关系处理得也好，老板家的家务活也揽了下来。县营住宅的房租很便宜，如果不追求奢侈的生活，一家三口可以吃穿不愁。有时买个吉他、墨镜，那不叫奢侈，而是必要经费。而且，他不再抽烟，也不去外边喝酒，节省了很多开支。去弹子房能赢点儿钱，也不算浪费，他是这么想的。

转眼十年过去了。

被儿子蔑视、讨厌，丰彦能感觉得到，理由也很明了：他跟正常的父亲完全不一样。

他也记得照音小时候他们共度的那些快乐时光，一起打游戏，一起玩。那时照音那发自内心的欢笑，丰彦永远不会忘记。

十四岁，是最烦父母的年龄，也是所谓的反抗期。这个年纪的少年，希望得到别人都有的东西，一旦发现自己跟别人不一样，就会感到不安。但是，随着年龄增长，孩子对父母的抵触情绪就会慢慢减少，即便有跟别人不一样的地方，也能正确看待自己，到那时照音还会有发自内心的欢笑——丰彦坚信不疑。

2

听瑶子说照音可能在受同学欺负，丰彦一笑了之，但瑶子执拗地问了一个又一个问题。

"你没见过照音有时衣服弄得很脏，有时胳膊上有伤吗？"丰彦说，中学男生比女生幼稚，还会像上小学时那样玩捉迷藏、摔跤什么的，衣服脏一点儿胳膊受点儿伤很正常，而且照音从来都按时去学校。

虽然否定了瑶子的说法，但看到她那么认真，丰彦心里也犯嘀咕。后来，在去买东西的路上，他忽然想到瑶子很可能在照音房间看到了什么。刚才她在一楼到处找透明胶带，说去二楼看看有没有，下楼后就突然问起照音的事情来。

5月黄金周连休后的星期一，丰彦拿着吸尘器上了二楼。既然自称家庭主夫，卫生还是要打扫一下的。照音房间大概每两星期用吸尘器打扫一次，但书桌和壁橱都不整理，只是把地面灰尘吸一下。自己青春期时，特别讨厌姨妈进房间乱翻。这个年龄的孩子，有不想让父母看到的东西也不奇怪。

照音房间表面上跟上次进来打扫时没什么变化，如果瑶子在找胶带时看到了什么，一定是在抽屉里。于是丰彦拉开抽屉，在中间那个抽屉里，他看到了一个日记本，封面上写满了"绝望"两个字，一眼就能看出不寻常。

日记的内容更不寻常，里面写满了照音受到欺负的苦恼，他甚至想过自杀。丰彦大惊失色，受到了巨大打击。

使他更受打击的是，自己被儿子厌恶，每一句话都像是一把利剑,直戳丰彦的心脏。既然那么心怀不满,就说一句"想要游戏机""不想去学校"呗,为什么不说?他也许说过,只是自己没理会罢了。

瑶子肯定看了这本日记,但是她没对自己说。也许是内容太刺痛,她一时也接受不了;也许是觉得她自己作为母亲竟然不知道,她感到耻辱。

丰彦也没对瑶子说看过那本日记,理由跟妻子一样。还有,他总觉得哪里不对劲。

就这样,夫妻俩都假装不知道,时间一天天过去。那以后,妻子再没说过什么,丰彦甚至觉得那本日记只不过是自己的幻想。

一个月后,在打扫照音房间时,丰彦又偷偷打开那个抽屉。

日记本还在那里,而且增加了新的内容,欺负照音的坏孩子竟然强迫他偷收款机里的钱。

已经不可能当作什么事情都没发生了,但丰彦还是没跟瑶子商量。

妻子肯定看到了,但是她什么也没对照音说,什么也没做。

现在自己虽然被照音蔑视、厌恶,但如果能凭一己之力把儿子从火坑里救出来,就有可能重拾作为父亲和丈夫的威严。

话是这么说,可究竟该怎么解决这个问题,丰彦毫无头绪。

一般来说要找学校,但照音的班主任不值得信任。以前丰彦也跟他说过话,根本说不到一块去。而且,那几个坏孩子的手段很巧妙,也善于狡辩,如果坚决不承认,瞎眼的班主任肯定会相信他们。所以,找学校对照音反而不利,还会遭到报复。

去那几个坏孩子家里警告他们?他们肯定不承认,回头还要加倍欺负照音。

时间一天天过去。有一天,三冈中学突然来电话说照音去书店偷书被抓了，学校已经严厉批评了他，希望家长也严厉批评。照音回家后，丰彦问他怎么回事，他低头说对不起，老老实实承认了。问他是跟谁一起去的，他说是自己一个人。

肯定没那么简单，丰彦趁照音不在家时，在日记本里寻找答案。

果然不出所料，偷书是照音被坏孩子硬拉去的，结果坏孩子将责任推给照音，老师也不听他解释。

看到这里，丰彦愤怒极了，心里更加清楚，班主任久能靠不住，也不能原谅那个叫庵道鹰之的坏孩子！丰彦恨不得马上找到他，狠狠揍他一顿。

然后他想到了一个办法。

照音希望欺负他的人能得到惩罚，那就惩罚他们！不是很简单吗？

把真实身份和目的隐藏起来，狠狠惩罚他们！庵道鹰之晚上要去上校外补习班，可以埋伏在他回家的路上伺机袭击。

但就在丰彦采取行动前，庵道受了重伤，住进了医院。丰彦在感到沮丧的同时偷偷笑了：没想到神在天上看到了，照音的愿望实现了。

庵道遭到了惩罚，但他只是个跟班，不把那个小团体的老大干掉，照音就得不到安宁。

果然，照音在学校里还在受欺负。放暑假前，学校地下网站上传了一个嘲弄他的视频，说得极端点儿，就是在全世界面前侮辱照音。照音精神上受到前所未有的打击，他反复向神祈祷。

丰彦决定狠狠收拾是永雄一郎，如果是永也能像庵道那样发生事故就好了。

他还有一个想法，除了报复那几个坏孩子，还要制裁置之不理的班主任久能聪。

255

第一次看照音日记时，他知道了久能欺负过学校的女生，而且不止一个。

丰彦脑中闪过一条妙计：不如以此来威胁久能，敲诈他，如果不给钱，就说要去学校告发他。那样，打老虎机、喝酒的钱都有了，再买一把新吉他也没问题。

在威胁久能之前，必须先找到证据。如果能把他欺负女生时的丑态拍下来，用照片百分之百能敲诈他。

丰彦没工作，有的是时间，他开始在久能公寓附近或情人旅馆盯梢。终于有一天，他看到那辆黄色的甲壳虫轿车里坐着一个女学生，他偷拍了下来。

王牌到手了，但现在还不能急着敲诈，要先利用这张王牌。

"如果不希望这事被公之于众，就把永雄一郎杀了！"

丰彦给久能发了邮件。为了方便联系，老师的邮箱总是印在学校发的各种通知上。

他没用自己的手机。在弹子房，别的客人上卫生间或去买饮料时，把手机放在了台子上占位。丰彦利用机会，换上记忆卡，发出邮件，再把手机恢复原状。

一开始久能没有反应，丰彦就发第二次、第三次，加上后来偷拍的照片，继续威胁。

"把永雄一郎杀了！否则我揭发你。"

久能终于把永杀了。班主任把学生叫到楼顶上去，可以有很多理由。估计是久能让永捡打火机时，趁其身体失去平衡，将他推了下去。

是永死了，那几个坏孩子对照音的欺凌停止了。在神不知鬼不觉的情况下解决了难题，摇身一变成了儿子心目中的英雄，丰彦开始自我陶醉起来。

后来他甚至产生自己就是神的错觉，不用脏自己的手，操控别人完成大事，只有神能做到。

但是，他没有让久能杀国府田夏美，只是要求久能袭击她。

警察绝不会相信是永是被照音咒死的，但是说他是为了欺骗警察，故意在日记本里写那些的，却可以解释得通。还有，就算有证据证明照音并没有杀害是永，他那么痛恨是永的事实如果被大家知道，肯定会遭白眼，所以不能让夏美把这件事告诉警察。

杀了夏美确实可以封住她的嘴，但不用要了她的命，只要身上发生变故，她就会只顾自己而忘记照音的事。分散她的注意力即可。

但久能却把她杀了。袭击夏美时，久能肯定蒙着面，也许夏美感觉出了他是谁，久能不得不杀了她。

夏美死了，照音却被怀疑上了。日记本没被别人看过，为什么？照音遭受的校园欺凌，老师和学生不是都没意识到吗？警察是从哪里知道的？

丰彦正感到不可思议时，自己也被警察怀疑了。虽然警察的推理偏离事实，但如果说是家长采取的报复行动，在逻辑上也说得通，所以被询问时，他也有点儿紧张。后来又听说夏美的指甲缝里有加害者的皮肤碎片，他意识到一旦追查到久能，自己威胁他的事情就会败露，因此有了强烈的危机感。

于是，丰彦在久能的公寓里杀了他，伪装成自杀，丰彦的手最终还是脏了。这时他才真正明白，人啊，为了补一个洞就要再挖一个洞，结果是罪上加罪。

校园欺凌的头目从这个世界上消失了，企图告密的人再也不会说话了，照音的愿望全都实现了——是丰彦帮照音实现了全部愿望。

但丰彦没得到任何来自照音的感谢，非但没有感谢，照音甚至将不满的矛头全部指向了自己。

如果毫不隐瞒地对照音说明一切，说爸爸都是为了你，他会改变对自己的看法吗？以后要做些什么，儿子才能认可自己呢？

3

12月3日，丰彦打扫照音房间时，又拉开了抽屉。

校园欺凌的头目、小团体、打算报警的女同学、冷眼旁观的班主任都被解决了。

一切问题都解决了，但丰彦又有了新的担心。

照音又开始被欺负了，这次并非永小团体的余党，那么到底是谁？

久能已经被处理掉了，他只能亲自动手。

以后是尽可能帮照音呢，还是完全不管？丰彦还没想好，先掌握照音身边的情况再说。

此外，丰彦还有一件担心的事情。

前几天，代替久能当班主任的来宫老师来家访，聊到了很多过去的事，说着说着，丰彦就冲动起来。那次谈话的内容，照音听到了多少？

他没有马上用吸尘器打扫房间，而是先拉开抽屉，拿出放在最下面的日记本。

这回欺负照音的学生姓诸井，但照音对此也半信半疑，还不是出手的时候。

丰彦从日记里了解到，照音并没听到他和来宫老师谈了什么，可以放心了。但是，自己在照音心中的形象更差了，更被厌恶了。

事态比丰彦想象中要严重得多，已经到了紧急关头。

读完11月29日和11月30日的日记之后，又翻到了12月1日那一页，一行字映入眼帘，丰彦浑身战栗起来。

心智游戏
(Mind Games)

12月1日 星期六

奥依耐普基普特神啊，求求您，把大刀川丰彦杀了吧！

12月2日 星期日

我的想法没变。

奥依耐普基普特神啊，求求您，解决掉大刀川丰彦吧！

由于他的存在，我的人生一片黑暗。

丰彦给我起了与"肖恩"谐音的名字，结果我成了大家嘲笑的对象。而且和大刀川这个姓连起来读就成了"随地小便"，连幼儿园小孩都能想到。一有机会，就会有人故意大叫，这种后果连小学生都能预见。可是，丰彦却优先满足自己，根本不为我考虑。

被欺负往往是从名字开始的，以嘲笑名字为契机。是永确实是个大坏蛋，但造成我受欺负的原因在丰彦这里。

丰彦模仿约翰·列侬也让我备受煎熬，他一被嘲笑，我也跟着被嘲笑，因为我的身上流着他的血，这简直就是来自亲生父亲的虐待吧。

他还模仿列侬当家庭主夫，实际上他只不过是一个中年尼特族[①]，很少做家务，大白天坐在电视前喝酒，晚饭时说是出去买东西，其实是去弹子房。他就是一个不想工作的懒蛋，模仿约翰·列侬只是借

[①] 指那些不就业、不升学，整天待在家里靠父母养活的年轻人。

口，他根本算不上约翰·列侬的粉丝。

因为他不工作，我家一直很穷困。现在家里只有一台21英寸的电视，一台只能放录像带的录像机。我都不记得上次吃牛排是什么时候了，可是他照样买吉他，打老虎机。不挣钱还随便花，如果不是丰彦乱花钱，我也可以买电脑和游戏机，每个学期也能去东京玩一次。

不管对我还是对我们家来说，丰彦都是一个恶性肿瘤。奥依耐普基普特神啊，请您把这个毒瘤切除了吧，不然我和妈妈就活不下去了。

三天了，我翻来覆去地想了又想，想法一直没变。

家里如果没了他，不仅少了一个人吃饭、喝酒，还少了一个人糟蹋钱，财政状况会大大好转。

听说单亲孩子容易被欺负，我都这么大了，不会有什么影响。丰彦不在我身边转来转去，反而会减少我被嘲弄的次数。

这么一想，没有丰彦不会有任何不利。那家伙不在了，我和妈妈就能过上幸福的生活。

奥依耐普基普特神啊，求求您，把大刀川丰彦杀了吧！

如果可能的话，就在12月8日那天把他杀了，在列侬的忌日死去应该是他的夙愿吧，生日和忌日都跟约翰·列侬一样，这样的粉丝，世界上能有几个？

奥依耐普基普特神啊，把大刀川丰彦杀了吧！求求您了！

让丰彦从这个世界上消失！

12月8日 星期六

丰彦死了，真的死了……

12月11日 星期二

补记一下上星期六发生的事。

晚饭后，丰彦突然离开家，再也没回来，妈妈到处找他。丰彦什么也不说就出去，而且很久不回来，是常有的事，基本都是去弹子房，妈妈根本就没找过他。今天她到处去找，难道这就是所谓不祥的预感吗？

妈妈一个人回来了，附近丰彦有可能去的地方都找遍了。今天是约翰·列侬的忌日，莫不是去教堂了？就算去，也该回来了呀。以悼念为名喝酒去了？可是每年忌日，丰彦都在家里，一边听列侬的CD，一边心情沉重地喝酒。后来警察来电话说，丰彦被汽车轧死了。

我和妈妈赶到医院时，丰彦的脸已经蒙上了白布。

爱
（Love）

　　遗体告别仪式是在县营住宅的集会所举行的，来宫和树赶到时已经是晚上十一点多了，仪式早已结束，房间里没多少人。

　　铺着榻榻米的房间深处设置着一个小小的祭坛，祭坛前有三个中年女性，歪七扭八地坐在榻榻米上小声说着话。

　　照音一个人坐在靠墙的地方，双手抱着小腿，下巴支在膝盖上发呆。人少，献花也少，是个让人感到寂寥的守夜仪式。

　　来宫没赶上遗体告别仪式，进来以后先道歉，然后开始悼念，上香，在大刀川丰彦的遗像前合掌。未亡人瑶子低着头打招呼，直到来宫走都没抬起头。照音跪坐在一旁陪着母亲，双手一直攥着拳放在膝盖上。

　　自称是瑶子妹妹的女性端来一杯啤酒，来宫说自己是开车来的，谢绝之后，一边扣大衣扣子，一边向停在路边的车走去。

　　"老师！"

　　身后有人叫他，是大刀川照音。

　　"谢谢老师特意过来。"

　　照音走到他面前，深深地鞠了一个躬。

　　"我来晚了，对不起。"

　　"不不不，开始还来了不少亲戚，都走了。我们家太小，接待不了。"

　　照音尴尬地解释着，其实来宫根本没问这些问题。

　　"昨天我出门了，在外边住了一夜。去的时候在火车上把手机关了，后来一直没开机。"

来宫挠着头皮解释着。刚才他回到家里，看见座机里有学校打来的好几个电话留言，才知道照音的父亲突然去世了。

"老师到什么地方去旅游了吗？"

"说不上旅游，就是去东京玩了一天。"

"东京？真好啊。"

照音双手放在后脑勺上，托着头仰望夜空。冬夜清澄的天空中，星星一眨一眨的，好像撒在上面的白砂糖。

"事情发生得太突然了，你不要紧吧？"

来宫老师再次慰问。照音看着夜空，稍微点了点头。

"不要紧的。"鼻子好像有点儿堵了。

"发生了交通事故？"

"是的。"

"在什么地方？"

"高畠①那个路口，向增渊方向不远。"

"哦，那地方是个弯道，视野太差，经常发生交通事故，我每次开车经过那里也很紧张。"

"听说他跟跟跄跄地突然跑到一辆大卡车前面去了。大傻瓜！"

照音咬牙切齿地说道。

"喝了很多？"

"好像是。"

"去参加年会了？"

"嗯，那天是重要的忌日。如果像去年那样在家里喝就死不了了，自作自受！"

"你爸爸多大岁数了？"

"四十五。"

---

① 多用于人名和地名。

"正是年富力强的年龄。"

"他根本就没工作。"

照音用拖鞋尖踢着地面。

"外边冷，快回去吧，越是这种时候越要注意身体。明天葬礼是上午十一点举行吗？早点儿休息吧。"

来宫看了看手表。

"知道了。我有几天不能去学校了，不过下周一肯定能去。"

"现在你就不要想那么多了，快回去吧，别感冒了。"

"对了，我还想问老师……"

"什么？"

"老师的父母都已经去世了吧？"

"啊。"

"很早就去世了吗？"

"啊。"

"是您像我这么大时去世的，还是更晚一点儿？"

"我刚懂事时父亲就去世了，母亲是在我初一时去世的。"

"这样您还成了这么优秀的老师，我从现在开始努力也来得及吧？"

照音双手合十放在胸前。

来宫老师笑了："优秀谈不上。即使父母都不在，也能当老师、医生、运动员。不管父母在不在，都得靠自己。当然啦，也会遇到很多困难。"

"钱？"

"经济问题当然是最大问题，不过可以争取拿助学金，申请学费减免，不用太担心。但是，成绩不好也是考不上大学的，得好好学习才行。"

"还是得学习呀。"

照音噘着嘴，耸了耸肩。

没想到他情绪还不错，来宫老师放心了。

"以前也对你说过，遇到什么困难，有什么不懂的，就来找老师，不要客气。"

"嗯嗯。三年级您就不当我们班主任了，我得好好想一下有什么困难和问题，趁现在问。"

"不当班主任也没关系呀，来我家也可以。"

"嗯……老师家我可不敢去，非被教训一顿不可。"

"什么？"

"没什么。老师……"

"嗯？"

"为什么老师你人这么好啊？"

"什么？"

"经常问我有没有困难，非常耐心地听我诉说，像亲人一样关心我。"

"我是你们班主任嘛，应该的。"

"可是，地下网站的事发生时，您还不是啊。哦，副班主任？但只是挂个名。把暑假时间都花在了我身上，还耽误您约会。"

"不是跟你说了吗，那不是约会。如果不当班主任了，作为教师，帮助有困难的学生不也是应该的吗？"

"久能老师就做不到，他只喜欢成绩好、性格好的学生，我的话他一句也听不进去。"

"老师也是人，也会有做不好的地方。"

"但来宫老师跟他不一样，您真是个好老师。"

我根本不是一个好老师，来宫心想，选择教师这个职业，完全是因为收入比较稳定，养老有保障。我也不想为更高工资付出更多辛苦，希望放学后和周末的时间都是自己的。所以作为音乐老师，没去吹奏乐或合唱俱乐部当顾问，因为那样就没有自己的时间了，我不想把一年三百六十五天都花在学生身上。

我根本不是一个好老师，这样做只是出于对弟弟的关心。

从头再来
(Starting over)

12月12日 星期三

人泪流满面有时不是因为悲伤，而是受周围气氛的影响。

妈妈也是。在医院、集会所、火葬场，她一直都在哭，可是刚才却说起丰彦那些吉他拿去哪里卖掉最合适，还说卖之前要好好学习一下吉他知识，否则会被狠狠杀价，说着说着还笑了。

妈妈也希望丰彦死掉吧？应该是的。

12月13日 星期四

这半年来我学到了很多东西，其中感受最深的是，把想法正确传达给别人非常困难。

12月14日 星期五

今天我去上学了。我已经一星期没去学校了。本来计划下星期一再去的，但今天妈妈去上班了，我也就去学校了。

说老实话，我还想再休息一天，但又一想，像我这么笨的人，要是长时间不上课就更跟不上了。我还得努力学习，怎么也得拿个奖学金，争取学费减免什么的。

每次放长假后进教室时，心脏都会剧烈地跳动，今天更紧张了。

大家都在看我，但没人跟我打招呼，是考虑我的感受吗？不，他们从来都不跟我打招呼。理睬我的只有是永一伙，是永不在了，我也不理睬他的余党了。虽说被欺负令人难以忍受，但谁都不理我也不好过，存在被否定也很痛苦。

这是一种矛盾的心理。

这时，诸井康平走过来对我说："家里出大事了，够你受的吧？要是想抄落下的笔记就跟我说，别客气。"他的表情怪怪的，说话声音也怪怪的。

这家伙真的要攻击我吗？我还不能确信。

12月15日 星期六

丰彦买了人寿保险，每个月交两千日元，因此我和妈妈拿到了四百万日元的赔偿金。这些钱对别人可能是小钱，但对我们家来说可是一笔巨款。住在县营住宅里的母子二人，可以轻轻松松享受一年。这是丰彦干的最后一件好事，为此我得感谢他。

还有，大卡车司机上了汽车保险，由于丰彦的死属于交通事故，保险公司也会支付我们一笔保险金。虽然是丰彦喝醉了自己撞上去的，但责任全在司机，家属也能得到保险金。我想振臂高呼：保险万岁！

我家的运势要变好了。

12月17日 星期一

打扫完教室，我去垃圾场扔垃圾，被妹尾学姐她们抓住了。这回她们没把我塞进女厕所的单间里，而是把我拖到游泳池后面去了。

这次教训我的原因是丰彦遗体告别仪式那晚，我跟来宫老师站在路边谈了很久。那么冷的天，她们是怎么跟踪的？真佩服她们的毅力。妹尾学姐，我可要警告你了，不要再招惹我，否则我让神惩罚你！

12月18日 星期二

　　第五节课上到一半时，警报响了，是避难训练。学校早就通知说第五节课中间警报会响，让大家不要慌。避难训练还提前告诉大家，有意义吗？一点儿紧张感都没有。课上到一半，下次从哪儿开始，根本接不上，还得从头讲。老师也很为难吧？避难训练肯定是市教育委员会安排的，学校只能照章执行，一点儿灵活性都没有。校领导都是榆木脑袋，还要求老师教出聪明的学生来，不是很滑稽吗？

　　警报一响，古内老师就引导大家往外走，到院子里去避难（模仿避难）。下楼梯时，左腿外侧突然一阵剧痛，我差点儿叫出声来。我被人踹了一脚。

　　往左后方一看，是诸井的侧脸，他正在跟高锅一边聊天一边下楼。

12月19日 星期三

　　做完镁和铜的氧化实验回到教室，看到桌上有一张字条。

　　"来宫老师找你，马上到办公室去。"

　　我跑到办公室一看，来宫老师不在，问了下别的老师，说是可能在音乐教室里。我又跑到那边，来宫老师正在音乐准备室里修理乐谱架。我问他找我有什么事，他说没找我，我疑惑地歪着头转身要回教室，他把我叫住了。

　　"你怎么样了？"

　　"啊，没事了。"

　　"你妈妈呢？不要紧吗？"

　　"不要紧的。"

　　"你们应该很累吧，让你妈妈注意身体，你也要多加注意。"

　　"知道了。"

"事故证明和死亡证明要多准备几份，到时候用得着。"

"知道了。"

"还有，也许你爸爸还买了你和你妈妈想不到的保险，好好查一下。信用卡啦，火灾保险啦，都查查。你爸爸买的保险，你妈妈要是不申请也是拿不到的。"

"回家就跟我妈妈说。老师再见！"

我还没把话说完就跑出来了。那张字条是假的。有人设置了陷阱，想趁我离开教室时捣鬼。

回到教室后，我假装平静地坐到座位上，慢慢地把书桌里和书包里的东西都拿出来检查了一下，没发现什么异常。

诸井坐在紧挨着讲台的位子上，看着教科书在写什么。这小子没捣鬼吗？

是不是他故意让我到来宫老师那儿去，让妹尾她们发现后来修理我？

开始上课后马上就有了答案。

前天英语老师说了，今天的英语课用一半时间搞小测验。卷子发下来后，我拿出自动铅笔按笔芯，按了好几下也不出来。上午上社会课时我刚换过笔芯，不可能没了。我觉得有些奇怪，但没多想，就拿出装笔芯的盒子往外倒新的。就在那瞬间，我不由得大叫一声，全班同学的视线都转向了我。德本老师怒喝道："安静点儿！"

从装笔芯的盒子里瀑布似的流出来很多黑色的小颗粒——是被弄碎的笔芯，全都被弄碎了，最长的也只有3毫米。

上午换笔芯时还好好的，就算盒子被摇晃，被碰到地上摔了，也不会碎成这样。肯定是有人做了手脚，把所有笔芯弄得粉碎，这得多执拗啊。

我把笔芯全都倒出来，没找到一根能用的。没办法，只好用指甲夹着3毫米的笔芯答题。因为写得太慢，我连一半都没答完。当然，就算自动铅笔能用,我能答对多少也很难说,但那另当别论。

我得尽快把诸井康平解决了。

后天,第二学期就结束了,离结业式还有三天。如果可以,今年的问题就在今年处理完,用愉快的心情迎接新的一年①。

---

① 日本学校第二学期的结业式在12月下旬举行,再过几天就是新年。

想象
（Imagine）

1

这个季节的北关东地区，一过下午五点天就黑了。暖气已经关了，教室里冷得很，一个人也没有。再加上黑暗和寒冷，特别是因为大刀川照音不善于处理这样的事情，不免有点儿害怕。

在犹如废墟般的教室里，照音有点儿后悔，心想用别的方法就好了。就在这时，教室外面响起了脚步声，而且越走越近。照音屏住了呼吸。

脚步声在教室门口停了下来，"咣当"一声，教室门被推开了。过了片刻，天花板上的荧光灯一闪，教室里充满了白光。

"哇——"

诸井大叫一声，头撞在了门上。放学后教室里居然还有人，被吓一大跳也没什么可奇怪的。

"忘带东西了？"

照音忍住笑，用机械的声音问道。

"嗯……是的。"

诸井揉着被撞疼了的头走进教室，来到座位前，弯下腰在书桌里找东西。

"在这里，太好了。"

诸井松了一口气，随后从书桌里拿出手机按这按那，忽然他停下来，好像刚想起来什么似的问道：

"你在这儿干什么呢？"

"冥想。"

"什么？"

"在黑暗又安静的地方可以集中精力。"

"哦？"

当然不是。刚才大扫除时，照音从诸井的书包里把手机偷了出来，等着他回来找，为的是当面对决。

"那我先走了，你继续冥想吧。"

诸井收起手机，向门口走去。

"等等！这是诸井你写的吧？"

照音叫住诸井，走到他面前，拿出一张字条。

字条上写着："来宫老师找你，马上到办公室去。"

"这是什么？"

诸井歪着头问道。演技不错，看上去没有一点儿不自然。

"这是诸井你写的吧？"

"不是。"

"很像你的字。"

"不像，一点儿都不像。"

的确，那行字横平竖直，像用尺子比着写的，看上去不像诸井平时写的字。

"那咱们去做笔迹鉴定吧。"

"什么？"

"国府田事件时，到我家去调查的刑警跟我们全家都很熟，委托他做个笔迹鉴定，应该没问题。"

"骗人！"

确实是骗人，不过，能让诸井脸色大变就够了。

"还有，一个月前，你在我书桌里鼓捣什么来着？上个月26日早晨。"

"什么？"

"11月26日早晨，不到八点就进教室了，你来那么早，在我书桌里鼓捣什么？"

"说什么呢，完全不懂你的意思。早上不到八点？我从没那么早来过学校。"

诸井皱起了眉头。

"那时，我在那里边。"

照音转过头去，指了指放扫除用具的柜子，诸井瞪大了眼睛。

"你早上不到八点走进教室，到我的书桌里翻东西，把我的语文课外阅读教材用胶水粘上，然后走出了教室，我都看见了。你说我骗人？你想看证据吗？我用手机拍下来了！"

"绝对是骗人的！你根本没手机！"

诸井笑了，说话的声音是颤抖的。

照音从裤兜里掏出手机，在诸井眼前晃了一下。

"我爸爸提前给我买的圣诞礼物。"

这才是骗人呢。这是父亲用过的电话，他死后就成照音的了。

"想看看你干坏事的照片吗？"

照音打开手机，输入密码。由于刚开始用，还很不熟练。

诸井脸上的笑容瞬间消失，胸前的两只手僵住了。

照音把手机收起来，他根本就没有作为证据的照片，那时丰彦还活着，照音还不能用这部手机。刚才只是虚张声势，但是吓唬诸井已经足够了。

"还有，把我的铅笔芯弄碎，把我15分的卷子贴在告示板上，偷拍我从女厕所走出来的照片，把橡皮屑放到我的配餐里，都是你干的吧？"

诸井不回答。

"为什么骚扰我？"

诸井与其说是沉默，不如说是陷入了恐慌状态。

这样的问题，照音一次也没问过是永。他害怕，如果这样问是永，不知道是永会怎么修理他呢。人真会看人下菜碟。

"你问我为什么？"

诸井自言自语似的问道。

"是的，为什么？我可从没招惹过你。"

"你想知道？"

"嗯，想知道。"

诸井一边双手扒开两边课桌，一边大踏步向照音冲过来，到两人相距一米左右时，他张开右手，对着照音的脸扇了一个大耳光。照音有所预感，已经拉开防御架势，双手挡住了诸井的右手。但由于诸井用力太大，照音一屁股坐在了地上。

"你要干什么？"

照音可怜地大叫。

"我生你的气！"

诸井说着右手又打下来，照音伸出双手抵抗。

"我生你的气！"

由于照音用双手挡着，没有被打到脸，诸井的运动神经不比他发达多少。

诸井左右手并用，一下接一下地打。照音虽然一次都没打到脸，但双手也被打得生疼。

攻击并未持续太长时间，先是慢下来，最后完全停止了。诸井的双臂无力地下垂，呼呼地喘着粗气。照音双手护头，屁股慢慢向后移，移开一定距离后，才扶着课桌站起来。

"我到底做错什么了？"

"不是……告诉你了吗？我生……你的……气！"

"我什么地方惹你生气了？"

"所有地方！"

"所有地方？"

"你嘿嘿傻笑的样子，战战兢兢说话的样子，鼻子里发出的声音，动不动就红的脸，乱蓬蓬的头发，豆粒般大小的字，令人讨厌的名字，只有穷鬼才穿的胶底鞋……"

照音全身发热。

"就因为这个才捉弄我的吗？"

"就是！"

"为什么？"

"为什么？不是跟你说了吗？一看见你我就心情烦躁！生气！"

诸井说着又扬起了右手，照音用双手护住了脸。诸井忽然咳嗽起来，收回右手，捂住嘴巴。等诸井不咳嗽了，照音又问：

"什么时候开始的？"

"跟你分到一个班后。"

"从4月开始，你就讨厌我？"

"是。"

"可是，以前你从来没捉弄过我呀。"

"你一直跟是永他们在一起，我无法出手。"

"哦……"

照音的猜测是正确的，是永的存在给了周围很大压力。但是，是永已经不在了。

"你最好不要来学校！太碍眼！看见你的脸，听见你的声音，我都会烦躁。老师提问你答不上来，傻乎乎的，挠着头皮像个猴子。愚蠢会传染给我，我无法集中精力学习，责任都在你！"

诸井一边说着不讲理的话，一边拉开书包拉链，在里边找东西。

"太碍眼了,所以我让你吃不成配餐,翻不开教科书,把你15分的卷子贴在告示板上,让你丢人现眼。可是你呢,根本就理解不了!"

诸井的手从包里抽出来,他握着一把折叠小刀。

"我现在就清清楚楚告诉你,从明天开始,不许再来学校!"

诸井说着打开了刀。

"明天是结业式,你不看我就是了。"

照音往后退了一步。

"寒假后也不要来了!一直到第三学期结束,都不要来!听懂了没?"

诸井向前逼近了一步。

"第三学期很短,很快就结束了,然后一调班,咱们就分开了。"

照音又后退了一步。

"那不是还有三个月吗?我忍受不了。从4月到现在,我忍受的时间够长了。"

"你不来学校也行啊。"

"开什么玩笑!"

诸井又向前逼近一步。

"太危险了,把刀子收起来吧。"

"少废话!"

照音撞在桌子上,无法再往后退了。

"把我弄伤了,你也没有好日子过。"

诸井那淡淡的眉毛跳动了一下,刀刃向下,大吼一声。

"讨厌!"

他一把抓住照音的手腕,紧逼上去,小刀在照音鼻子前晃动着。诸井的眼睛在充血,鼻翼一张一翕的,气势汹汹。这样的人最可怕,一冲动就容易做出越过底线的事。

"太碍眼了!消失吧!去死吧!"

诸井带着哭腔，一遍又一遍念咒语似的重复着，把刀刃抵在了照音脖子上。

"为什么不哭？为什么不叫？气死了！"

脖颈有刺痛感，也许已经出血了。

"哭叫有什么用？谁也不会来救我，老师都回家了。我怎么办？向神祈祷？神啊，救救我吧！"

照音能感觉到心跳在加快，上下牙在打架，嘴唇干涸，紧闭的嘴巴想张开，可怎么用力也张不开。脉搏越跳越快，从手臂到手指都僵硬了。

神啊！

照音在心中叫道。

但是他本人最清楚：叫神也没用。

救救我！救救我！

照音在心中一遍又一遍地叫着。

被逼到这种状况，还是条件反射似的求神救命，很滑稽吧。

约翰·列侬说："神只是人类衡量痛苦的一个概念。"

说得太对了。照音很清楚，这个世界上没有神，奥依耐普基普特神只是他想象出来的。

2

奥依耐普基普特神是大刀川照音随意编出来的一个神，名字也是随便起的。照音一次也没有感觉到神的存在，过去没有，现在没有，将来恐怕也不会有。

不仅神是照音捏造的，《绝望笔记》也只是照音的创作。《绝望笔记》不是如实记载每天发生的事，那根本就不是一本日记，而是以一定的事实为基础的日记体裁的文学创作。

照音讨厌父亲。

都老大不小了,还对约翰·列侬那么着迷。模仿外表,收集吉他,找借口不工作,害得家里穷困至极。这个家不但没有快乐,就连穿衣吃饭都得不到满足。如果不工作,那就老老实实在家待着,不要扮成约翰·列侬的模样到处乱转,还去学校丢人。不但他自己被人戳脊梁骨,家里人也跟着倒霉。

照音也很讨厌母亲。

一天到晚为全家生计操心,照音想要什么都不给买,总说家里穷。有时就是想买个自动铅笔的笔芯,母亲都要犹豫半天。白天工作,晚上也工作,从不关心照音。考了20分的试卷拿给她看,她也只是说一句没办法,既不鼓励,也不生气,更不会让照音去上补习班。

照音并没有要求奢侈的生活,只是想得到别的中学生都有的东西,像别人那样在父母身边,和父母一起吃饭,一起玩耍。

有时他也会向父母发泄不满。

爸爸,你为什么不去上班?

结果被爸爸用拖鞋一顿痛打。

妈妈,别人都有游戏机,为什么不给我买一个?

结果妈妈说他不听话,让他去做别人家的孩子,把他赶出家门挨冻。

照音明白了跟他们说什么都没用,就再也不说了。

他默默忍耐着,偶尔向神祈祷,祈祷能得到一台游戏机,祈祷能住在大房子里。

但是,他的愿望一个都没实现。

他继续默默忍耐着。

但有一天,他突然想到——

我一直在忍耐。

一直一直在忍耐。

以后也要一直忍耐下去吗？

我是什么？

爸爸妈妈爱我吗？需要我吗？

他们并不需要我，还会把我当回事吗？

于是，照音做了一本《绝望笔记》。这是写给爸妈看的，是测试他们的一道考试题。

文字，具有不可思议的力量。

例如，"今天我杀了一个人"这句话。

聊天时听到和在一封信里读到，哪个更真实？

一个口头上否认杀了人的男人，在日记里承认自己杀了人，人们是相信他本人说的话呢，还是相信文字呢？

文字给人感觉是发自内心的，没有一点儿虚假。

还有一点不可思议的是，通过正当途径看到的文字，总是不如偷偷看到的让人觉得真实。在寄给自己的信上看到"今天我杀了一个人"这句话，和偷偷在寄给别人的信上看到"今天我杀了一个人"这句话，人们更容易相信哪个？肯定是后者。因为人们一般会认为，别人藏起来的秘密更具有重大的真实性。

于是照音写了一本为了让父母偷偷看到的《绝望笔记》。

他把想说的话用日记的形式记录下来。当然，直接拿给父母看，就没有意义了。放在桌子上呢，意图太明显；放在抽屉最上面，也不会被认为是秘密；于是照音把《绝望笔记》放在了抽屉最下面，他必须让父母觉得忽然发现了儿子的秘密。

国府田夏美说过，日记是为了让别人看到才写的。照音的《绝望笔记》就是国府田夏美所说的那种日记。所以，当国府田夏美说他的日记是虚构的时候，照音觉得自己的意图被看穿，反应过度了。

照音想对父母说的首先是不满——不工作、总是逃避现实的父亲，只顾为家庭开支忙碌的母亲。这两人只看得见自己的事，至于儿子过得多么悲惨，一概不知。

还有，照音对父母有一个最根本的疑问：他们爱我吗？

手机、电脑、游戏机、山地车、名牌运动鞋，一样都没给他买过；夏威夷、东京、游乐园、烤肉店、百货大楼，哪儿都没带他去过。只是单纯因为没钱吗？如果他们爱儿子，哪怕再困难也会做一点儿吧？可是他们毫不关心——

爸爸、妈妈，你们爱我吗？

那是不能面对面直接问的。明明心里不爱，但被问到这个问题时一定会说爱。

所以，照音要间接地测试他们。把自己置于危急境地，看看他们如何反应。是挺身而出保护儿子呢，还是谨慎地伸出援助之手？抑或是漠不关心？

照音假装自己正在学校受欺负，写了一篇又一篇日记。

大刀川照音在现实生活中并没有受欺负。

名字确实被嘲弄过，上幼儿园时就发生过这种事。他痛恨父母，尤其痛恨给他起名的父亲。同学叫他"随地小便"，他听了虽然不高兴，但并没有遭受校园欺凌。

上课时老师点名让他回答问题，他口吃、脸红，引起哄堂大笑。T恤衫穿旧了，杂牌运动鞋后脚跟磨薄了，也被人戳过脊梁骨，但是没有人直接攻击他。

小学四年级暑假结束刚开学时，他装病不去学校，是因为暑假作业没做完。

是永雄一郎没有欺负照音，他是照音的玩伴。

初中一年级第一学期快结束时，是永主动跟照音打招呼，从那以后他们就经常一起玩。放学后、周末、假日，只要是永不上补习班，他们就在一起玩。庵道鹰之和仓内拓也是这个小团体的成员，到了二年级，武井晴人也加入进来。

照音被是永拍过脑袋，也被他练过摔跤，但那只是一种嬉戏。"西部电影"游戏他们几乎每天都玩，虽然照音经常被"欺负"，但是永同样尝过被"欺负"的滋味。

是永是照音的朋友，但照音把他虚构成加害者，日记也是虚构的。照音几乎没有跟父母谈过学校生活（就是谈，他们也不听），所以父母根本不知道是永长什么样，是怎样的人。

如果他们去学校了解情况，或者去是永家提出抗议，就能知道日记的内容是假的。那种情况下，是永肯定会生气，质问照音为什么诬陷他，两人的关系就会被破坏。

那也无所谓，跟是永的关系破裂，也是照音的一个目的。

没错，是永是他的朋友，是个好人，但他好得过分了，让照音感到不快，甚至有点儿恨他，断绝了关系更好。

最初他们只是普通朋友，应该说是永比普通男孩优秀很多，他看到照音总是一个人默默看书，就把他拉进了自己的小圈子，放学回家时，还经常给照音买冰激凌或果汁。

但随着两个人感情加深，忽然有一天，照音发现是永根本看不起他。

是永的身高和体重在全年级数一数二，学习成绩也是前几名。他虽然没有参加运动队，但比每天在运动队训练的同学跑得还快，投球技术也丝毫不逊色于棒球队的同学。上课时，他积极发言，也很会说话。他家庭很富裕，总是穿着最新款的名牌运动鞋，游戏机也都是最新型号的，游戏卡整盒整盒地买。不好的地方也有一些，比如偷偷配了一把去楼顶的钥匙，时不时跑到楼顶上去偷玩，那种若无其事的样子显得他更酷了。

总而言之,是永雄一郎和照音处于两个极端。跟照音这个身材矮小、思维迟钝、阴暗贫穷的人相比,是永简直就是另一个世界的人。他想找朋友,找谁不行?可他偏偏要和照音交朋友,主动把照音拉进小团体。

可是照音会觉得高兴吗?会觉得自己也变成是永那样优秀的人了吗?会感到自豪吗?大错特错。他只不过是怜悯照音。

是永对照音并没有好感,性格也合不来,他是一个救济弱者的志愿者,给照音买冰激凌也是施舍。他本人也许没那么想,但毫无疑问,他没把照音放在平等地位。

照音忍受不了,是永每给他买一个一百日元的冰激凌,他就会觉得自己比是永低劣了一百日元,已经低劣了几千日元,不,几万日元了。一起玩"西部电影"游戏吧,一起回家吧,一起去楼顶看好玩的东西吧——是永每次笑着邀请时,照音都会感到窒息、屈辱,仿佛心脏被削去一块。

但要拒绝是永的好意,照音做不到,他没有勇气把心里话说出来,时间一长,精神压力越来越大。

或许可以通过写日记来解除跟是永的关系。

在日记里写上自己受是永欺负,父母看了就会找到学校或去是永家里抗议。是永呢,就会找他算账:"我根本就没欺负你,为什么这么说?"照音打算这样回答:"我也不知道怎么回事,可能是我父母误会了。他们非常顽固,不让我再和你一起玩,而且根本不听我解释。算了吧,以后我们别一起玩了,就作为一般同学相处吧。"

父母陷入混乱:"是永不承认欺负你呀!"他打算这样对父母说:"是永骗你们呢。他很狡猾,很难抓住他的狐狸尾巴。不过爸妈找了他,他以后就不会欺负我了,谢谢你们!"

是永很狡猾——照音在"日记"里反复提过,父母很容易会相信。这就是文字的力量。

这样一来，照音就知道父母是爱自己的，同时也跟是永断绝了来往——这就是计划。

照音那日记体文学创作了一段时间，什么也没发生。由于日记本被故意放在很难被人发现的地方，被父母看到需要时间——这一点照音有思想准备。如果第一学期结束还不能被父母看到，他打算采用某种手段引导父母，但现在还不是时候。

谎言一点一点积累着。在照音笔下，校园欺凌逐步升级，他用笔煽动着幻想世界中的是永，对父母的不满也频繁出现。

奥依耐普基普特神也完全是虚构的，那天他们确实在一起玩过"西部电影"游戏，但仓内并没有受伤，当然也没有拄拐。他根本没被埋在土里的石头绊倒，学校后院根本没有埋着什么石头。那块有点儿像人头的石头，是在县营住宅附近的院子里捡到的。为了日记的真实性，他特意拿回房间供了起来。

捡回石头不久，照音发现了微小的变化，抽屉好像被人翻过，不止一次，而是好几次，父母终于上钩了。

但什么事情都没发生，父亲也好，母亲也好，都没有关心一下照音。不，他们也问过一次，很紧张的样子，但照音一否认，他们就不再说什么，后来也没再追问，好像没去学校确认，也没到是永家里去质问。父亲照样当着中年尼特族，母亲也照样一日元、两日元地节省。

他们果然不爱我——每次看到日记被翻看，照音都感到失望和沮丧。

但是，照音的创作并没有停下来。他把自己扮成一个受害者，由此获得了一种甜美的感受，越是用笔刺痛自己，就越陶醉其中。随着他描绘的校园欺凌逐步升级，写完后他经常兴奋得难以入睡。

在高原塑胶模型店和岩上书店偷钱的事都是虚构的，虚构的同时，也有真事——春日图书中心的偷书未遂事件就在现实中发生过。但那天是照音一个人去的，不是被硬拉着去的，庵道鹰之根本就没跟他一起。

他过去也在商店或书店里偷过东西，母亲每月只给他一千日元零花钱，能买什么？书虽然可以在图书馆借，但《哈利·波特》系列有上百人排队等着。马上就想看，怎么办？

6月里的一天，照音去春日图书中心偷书，被一个女店员抓住了，在他被带到办公室的途中，女店员手机响了。照音趁她接电话之际逃走了，但那个名牌旅行包被扣住了。那个包是他在一个大型购物中心偷来的。包里有什么可以推断出包主是谁的证据吗？没有。就算没有，也能一眼看出偷书贼是个中学生，他预料到春日图书中心会到各个中学去找人。

他编了一个偷书的故事，说是庵道硬拉着他去的。不一定非是庵道，仓内也行，武井也可，如此，他就成了受害者，罪过就会减轻。如果是用嘴说出来，谁听了都会认为他是编瞎话，但是写在日记里，可信度就会陡增，一个弱小灵魂悲切的哀鸣，一定能博得读者同情。

果然不出他所料，书店给学校打电话了。照音找到班主任久能，坦白说是自己干的，他并没有说是庵道拉着他一起去的，但在日记里却这么写了，是为了让父母看。

学校马上就给家里打了电话，父母并没有打骂他，也没有严厉地批评他，因为他们已经被故事洗脑了，他更深刻地感受到了文字的力量。

不久，照音更是体会到文字巨大的破坏力。

为了转嫁责任，照音在日记里反复向神祈祷，请求神惩罚庵道。一天晚上，庵道在补习班回家的路上，从台阶上滚下去摔成重伤，需要住院治疗。

最初照音认为这只是巧合，有些吃惊。后来他意识到这不是偶然，很可能是父母看了日记本后给自己报仇采取的行动。他甚至希望就是这样，因为这说明他们心里有这个儿子。

那么，把庵道推下台阶的是父亲还是母亲？从体力上看应该是父亲，但实际上肯定是母亲。

那个晚上，母亲回家比平时晚，回家后的样子也很不自然，失魂落魄的，洗澡的时间也特别长，大概是想把犯了罪的手和被犯罪污染的身体洗干净吧。

她肯定读了那本《绝望笔记》。那天照音跟她要钱，说看望庵道要买慰问品，母亲提到了仓内摔伤的事情。照音从没对她说过这件事，只写在了《绝望笔记》里。

是母亲把庵道推下台阶的，照音坚信不疑。知道自己并没被母亲抛弃后，他的心情好多了。同时，照音也知道了事情按计划进行有多困难，人轻易被操纵有多可怕，而可怕背后又有多愉快。

照音没想让庵道受伤，但确实希望伤害是永，当然，只是伤害一下，绝没想过让他死。

最初，他连伤害是永的想法都没有，只是不想再跟以救济者情怀接近他的是永在一起玩。他讨厌是永得意忘形，讨厌是永用满是泥巴的脚践踏别人的心。

是永把他偷画国府田夏美的画随便贴在了告示板上，笑着解释道："既然你喜欢她，就堂堂正正地表白，像这样偷偷画画有什么用？作为你的好朋友，我是在鼓励你，帮助你。"态度极其傲慢。从那时起，在照音心中，是永就变成了令人憎恨的存在。但当时，照音笑着忍住了。

让照音无法忍受的是，自己被偷拍的视频被上传到学校的地下网站。知道这件事是由是永主导后，他质问是永为什么要这样做。

是永嬉皮笑脸地说："喜欢就说喜欢，可是你没勇气，我就让她到你家去。告诉她那些画是你画的,是为了把你的心情转达给她。上传视频也是为了告诉大家你们俩很亲密,而且你被大家嘲笑,她就会对你产生同情。要想成功,有时是需要演技的。实际上,你俩说话的机会不是变多了吗?我在背后推你一把,以后就看你的了。"

这就是是永说的话。他跟是永果然不是平等的朋友关系,是永始终都在俯视自己。照音决心打断是永那傲慢的鼻子。

笔记本里写的每天祈祷神杀了是永只不过是一种夸张的手法,为的是把痛苦更直接地传达给读者。而读者只有两个人,就是偷看日记的父亲和母亲。照音期待父母知道后,还会像把庵道推下台阶那样惩罚是永。

没想到是永真的被人杀了。

他从教学楼楼顶掉下来时,学校正在召开家长的修学旅行说明会。以工作为先的母亲是不会参加的,应该是丰彦看了日记后下的手。

这次竟然死了。照音脑中一片空白,恐惧使他全身缩成一团。

他开始努力说服自己:不是打算断绝来往吗?就算他不死,也不打算做朋友了。是的,是永雄一郎在自己心里已经死了,现在他真的死了,又有什么问题?

什么问题也没有。

平静下来后,照音顿时朝气蓬勃。

一句话就能让人行动起来,就能左右人的生死,自己简直就是神!哈哈!

国府田夏美也不是他想杀的。

照音必须阻止她,如果日记本的事被公开会非常麻烦。如果解释那些日记是开玩笑,肯定不会受到法律制裁,但也不会被原谅,绝不能让她把日记的事说出去。

最快的方法是用钱来解决。在日记里，他反复提到用钱来解决问题，是企图诱导父母给夏美一笔钱。一个中学生，给她十万日元就能封住嘴。大刀川家没那么多钱，但可以去借啊。

他们没有给夏美封口费，而是让她永远都说不了话。

照音不安起来，费尽心机诱导半天，为什么非要那样干？日记里没写过一句"杀了她"那种话呀。

他又像是永死后那样说服自己，心情再次平静下来。

接下来发生的事情让照音更加不安了，丰彦被警察带走了，虽然由于证据不足放了回来，但照音吓得要死。如果丰彦真的被逮捕，日记的事就会被公之于众，他再次认识到：用语言操纵别人太难了。

不久，久能聪自杀了。当国府田夏美是被久能聪杀害的传言在学校里慢慢传开后，照音完全平静下来了，因为有了很好的替罪羊。

谣言一旦传开，真相就很难被看到了。

父亲为了儿子杀人，肯定是出于深深的爱吧，但照音并不高兴。

家里还是那么穷，还是什么都不给买，丰彦还是天天在家待着，还是打扮成约翰·列侬的模样到处乱转，甚至到学校去。

奥依耐普基普特神啊，求求您，把大刀川丰彦杀了吧！

照音在日记里反复写着，有时写得非常过分。父亲肯定看过那些日记，但态度没有任何变化。

来宫和树老师像亲人一样对待照音，父亲却对他非常无礼，还拒不承认错误。照音再也无法忍受，对父亲下了最后通牒。

"奥依耐普基普特神啊，求求您，把大刀川丰彦杀了吧！"

此前，只要照音一向神祈祷，丰彦就作为神的代理人为照音杀人。现在，照音向神祈祷杀了丰彦，作为神的代理人，丰彦会怎么做？

照音没期待丰彦会杀死自己，他那样祈祷有两个目的：

第一，丰彦的言行太令人气愤了，照音想吓唬他一下。

第二，他想让丰彦明白儿子是多么讨厌他。把迄今为止所有不满集中起来，清楚地传达给丰彦。如果这样他都没任何改变，那就彻底放弃。

丰彦确实变了，变成了一个死人。

为了儿子，丰彦自我了断了？

照音一时慌乱，但很快就意识到并非如此。

那天是12月8日，约翰·列侬的忌日。丰彦打扮成他的模样去喝酒纪念，结果喝醉了，走路摇摇晃晃，跑到了一辆飞驰的大卡车前。

在丰彦遗体前，照音落泪了，不是出于悲伤也不是出于后悔，长期在一起生活，好歹也有一点儿感情吧。那一点儿感情随着眼泪流出，然后就烟消云散。

照音继续创作他的日记，继续按照自己的计划去写。他希望母亲读下去，以便将来再次陷入困境时操纵她，使状况朝着对自己有利的方向发展。

需要养活的家人少了一个，死亡保险金也入账了，如果妈妈还是那么吝啬，不给他买游戏机，连电视都不换，就不得不对她采取一定措施了。

原始尖叫
(Primal Scream)

在来宫和树的记忆里,父亲是不存在的,从懂事起他就没见过父亲。听母亲那摇篮曲似的牢骚,来宫和树知道了父亲是个跟母亲一样喜欢玩音乐的大孩子。

来宫和树是母亲一手抚养大的,没得过什么大病,也没受过伤,成长得很顺利。

但他在学校经常受欺负,因为家里很穷,大家都有游戏机、漫画书、名牌运动鞋,而他什么都没有。

父亲给他取的名字是树里杏,既看不出性别又看不出国籍,因此他遭到大家嘲笑。抛弃了母亲和他的那个男人沉溺于约翰·列侬的世界,列侬和第一任妻子的儿子叫朱利安(Julian),父亲就按朱利安的谐音给自己儿子取了树里杏[①]这样一个怪里怪气的名字。这个名字给他的童年留下了数不清的屈辱。为什么不取一个"大辅""拓也"之类的普通名字呢?他经常这样问母亲,她不知怎么回答。

升入初中不久,母亲去世了。她是累病的,病了以后又不肯住院治疗。

来宫和树被母亲娘家收养,外祖父和外祖母都是好人,但舅舅和舅妈对他很不好,不论是在穿衣吃饭上,还是在零花钱方面,都不如亲生儿女,更不可能供他上大学。

---

① 树里杏的日语发音是Jurian。

他对外祖父母说上大学绝不会花他们的钱,并把自己制订的计划拿给他们看,终于争取到了上大学的机会。他申请了两种助学金,又提出了学费减半的申请,住便宜的学生宿舍,再通过做家教挣钱养活自己。入学金是外祖父母和亲戚偷偷给他凑的,工作后他立即还给了他们。

上大学时,他把来宫树里杏这个名字改成了来宫和树。

大学毕业后,他在故乡的三冈中学当了老师,学校里一个大学时的学姐还经常开玩笑叫他"树里杏"。

披头士的 *HEY JUDE*(《嘿!朱迪》)是列侬跟第一任妻子辛西娅关系紧张时为了勉励他们的儿子朱利安,由保罗·麦卡特尼[①]创作的一首歌曲。朱迪,就是朱利安。来宫和树刚上大学时还叫来宫树里杏,同学们就给他起了个外号叫朱迪。

学姐开玩笑叫他"朱迪"时,学生听成"柔道"后便解释成来宫老师擅长柔道,好像还是黑带,曾入选国家队,越传越邪乎,最后还跟柔道漫画里的阿柔、著名柔道选手谷亮子的外号"阿柔"联系起来,叫他"阿柔"。这完全是与事实背离的传言,但——跟学生解释太麻烦,他就任凭他们那么叫了。

在三冈中学当老师的第三年,来宫发现有个叫大刀川照音的新生。大刀川这个姓很少见,莫非……于是他调查了一下。果然,大刀川照音的父亲就是自己的生父。来宫和树小时候也姓大刀川,后来才改随母亲的姓。一看大刀川照音的名字,他就明白是自己生父起的,很可能他是自己同父异母的弟弟。通过进一步调查,他知道了生父与一个叫瑶子的女性再婚了,就更确信无疑,因为瑶子跟列侬的第二任妻子洋子的发音一样。

第二年,来宫和树当上了照音所在班级的副班主任。大刀川丰

---

① 保罗·麦卡特尼(1942—),英国摇滚音乐家,创作歌手,曾是披头士乐队成员。

彦如果跟他有接触，肯定能发现他是自己与前妻的儿子。因为来宫和树虽然改了名字，但姓是丰彦前妻的旧姓①。而丰彦没主动接触来宫和树，即便在学校见过，也不曾对视，更没有走近谈过。来宫和树则假装不认识丰彦。

但后来他发现丰彦已经知道了自己的身份。瑶子从不参加学校活动，一方面是工作脱不开身，另一方面是不想跟丈夫与前妻的孩子见面。前些日子去家访时她不在家，恐怕也是出于这个理由。

照音被同学们起外号"随地小便"并遭到大家嘲讽这件事，他在照音一年级时就发现了。由于父亲的一厢情愿，孩子被迫背负沉重的担子，跟自己的遭遇完全一样，来宫和树非常痛苦。但如果被人认为偏袒照音，照音的处境就会更加困难，当然更不能让他知道自己有一个同父异母的哥哥。

来宫和树对此静静观察，照音被嘲笑的原因在丰彦那里，不管怎么批评学生，只要丰彦还是那身约翰·列侬的打扮来学校，同样的事情就会反复发生。尽管如此，他还是没有勇气向丰彦提意见，没有自信作为教师跟丰彦对峙。

他一直暗暗守护照音，偶尔跟他打个招呼，照音总是笑着说没有受欺负。偷书的事发生后，照音解释说是因为零花钱不够用，完全没提被欺负的事情。

上传到学校地下网站的视频引起了很大骚动。他开始怀疑照音真的在受欺负，但照音什么都不说。如果非要当面问出点儿什么，照音的心门会越关越紧。来宫和树有过这样的经历，认为弟弟也是如此。

于是他开始调查班里的情况，就在那时，班里有人死了，事故、他杀、自杀，接二连三地发生。

---

① 日本女性结婚后随夫姓，离婚即恢复原来的姓氏。孩子若判给母亲，则改随母姓。

照音的事是以从没预想到的方式被发现的。

久能聪死后，来宫和树当上了代理班主任。以前当副班主任就是形式上的职务，班里的事情他没管过，对每个学生的情况都不了解。当上代理班主任后，教导主任和年级主任建议他做家访，安抚学生和家长。

当然也要去大刀川照音家。在大刀川家，他和丰彦单独碰面了。从生下来到现在，他第一次跟父亲面对面。

丰彦早就做好了准备，以父亲的身份与来宫和树对话。而来宫和树呢，却是作为照音的班主任来做家访。家访前，他反复对自己说千万不要越线。

可人是感情动物，一开始聊的是照音的事，但面对亲生父亲，说着说着不免就把自己的感情带了进来。

就是因为你这个父亲太不检点，照音才会那么悲惨，不要再重复过去的错误——当来宫和树毫不客气地指出来时，丰彦自然接受不了，为了掩饰尴尬，反驳声音越来越大，最后两人竟吵了起来。丰彦发现形势不利，推说出去冷静一下，转身跑出了家门。

完全不了解情况的照音跑出去追他，家里只剩下来宫和树一个人，于是他在照音家里等人回来。

他去照音房间里看了看，想着也许会找到校园欺凌的证据，结果看到了那个封面写满了"绝望"的日记本。封面就很不正常，内容更不正常。只读了几页，他就认识到了问题的严重性，短时间肯定读不完，他用手机把所有日记都拍了下来。

那个周末，来宫和树一直在家里反复阅读照音的日记。

他决定旁观一阵再说时，同学们对照音的嘲讽已经发展成校园欺凌，照音受到了很大的伤害。他不能像班主任那样深入班里，所以没能掌握情况——这只能说是一种借口。过去他也曾经遭受过校园欺凌，为什么就没想到呢？

他反复责怪自己，反复考虑接下来应该怎么做，最后终于下定了决心。

12月8日晚上，来宫和树把丰彦从家里叫出来，一开始就打算把他杀了。

想让一个大人改变非常困难。他当老师的时间虽不长，但接触过的学生家长至少也有千人，从中他明白了一个道理：对浑蛋家长说什么都没用。学校的意见不听，建议一个都不接受，顽固坚持自己的主张。如果老师不接受他们的主张，他们就愤怒、威胁、骂人；孩子成绩不好或品行恶劣，他们就把责任全都推给学校。

坏孩子还有可能改，但坏家长未必。恐怕不到生死关头，他是不会改变一丝一毫的。碰到这样的浑蛋家长，最好的办法是不理他，熬到孩子毕业。

但是，来宫和树和照音是血脉相连的亲兄弟。

丰彦那些跟社会格格不入的言语和行动，直接或间接地伤害了照音，而他不可能有所改变。

12月8日下午，来宫和树给丰彦打了一个电话，说要为家访时的行为道歉，并希望再跟他好好谈谈，不但要作为班主任跟他谈谈大刀川照音，还要作为大刀川树里杏跟自己的父亲谈一谈。

把丰彦叫出来是打算杀了他，因此来宫特意用了公用电话。丰彦呢，去跟前妻的孩子见面，也不好意思告诉瑶子，就悄悄离开了家。来宫和树把丰彦叫到了自己的公寓。

他让丰彦喝酒，等丰彦慢慢陷入对约翰·列侬的怀念敞开心扉后，来宫和树把话题转向了照音。表面上说的是照音，其实说的是自己二十四年来的苦辣辛酸和对面前这个男人的血泪控诉。

因为"树里杏"的名字被人嘲笑，由此开始受欺负；全家住在只有六叠大的公寓里，家里没有洗澡间，只能去公共澡堂洗澡，回家路上头发都冻成了冰；母亲疲惫的神情；两次和母亲一起自杀未遂；母亲干裂的双手，死后脸上蒙着的白布；亲戚的冷眼……

来宫和树一滴酒也没喝，但他被自己的话语点燃，完全是酩酊大醉的状态。丰彦说的话一个字都没能进到他的耳朵里，他不让丰彦说下去了。丰彦的话听不出一点儿安慰，全是借口。

丰彦彻底喝醉了。他还以为丰彦会说一些诸如"你有出息了，吃苦才能成长，你好能说呀"之类的话，没想到丰彦却流着泪说"都是爸爸不好，原谅爸爸吧"，完全失去了父亲的尊严，去卫生间时摇摇晃晃，走路都不稳了。

他把丰彦扶上车，载到一个视线不佳的拐弯处，听到一辆大卡车开过来时，把丰彦推上了公路。

不能说没有悔恨和罪恶感，但来宫和树认为，让父亲跟约翰·列侬死在同一天，也算是自己尽的一点儿孝心吧。

他逃到东京去了。逃，不是逃亡，他是为了让自己平静下来，特意去了离现场很远的地方。

他没想过自首。过完周末回到故乡，他打算从周一开始，像以前那样给学生上课，为此他需要稳定一下情绪。

周日在东京待了一天，他恢复了平静。

有一点他很清楚：他不是救了弟弟，而是利用弟弟的痛苦，给自己报了仇。

梦之梦

是永雄一郎死了,那是命运的安排。

国府田夏美死了,那也是命运的安排。

大刀川丰彦的死,也是命运的安排。

不能改变不是命运,改变才是命运。

这是照音最近学到的。

不管是谁的命运,都会改变,都能改变。未来是动态的,现状是随着时间的流逝而变化的。

那么,现在自己面对的状况,能够改变吗?

以前受是永的欺负是虚构的,但早上被诸井欺负却是千真万确的事实。为了操纵别人改变命运的日记,一篇都还没写。

照音把刀刃抵在了自己的脖颈上。

解说

中条省平　文艺评论家

说起歌野晶午，都会想到他的《樱树抽芽时，想你》[1]（2003年）。那部作品的冲击力之大可见一斑。书中最后那个惊天动地的大诡计让每位读者目瞪口呆，其惊人之程度，与那个长长的给人印象极深的书名完美结合，将歌野晶午这位作家的形象一下子凝结成一颗亮晶晶的宝石。《樱树抽芽时，想你》理所当然地荣登该年度推理小说的大奖榜首，也斩获各项文学大奖。我认为，这些大奖对歌野晶午来说固然是莫大幸福，但与此同时，也是一种不幸。在读者心中，歌野晶午就等于《樱树抽芽时，想你》，此后他每出版一部作品，读者就会将其与《樱树抽芽时，想你》比较，期待着最后有惊天动地的大诡计。这对于一个作家来说是多么严苛的要求啊！

就在《樱树抽芽时，想你》的影响还没完全消失时，2009年，歌野晶午写了这本《少年日记杀人事件》。这部作品的反转一个接着一个，令读者赞不绝口。虽然依照"让人惊愕"的标准来看，《少年日记杀人事件》的技巧略逊色于《樱树抽芽时，想你》，但是其叙述的多样性及故事构造的复杂性，都远超后者。毫不夸张地说，《少年日记杀人事件》清晰地反映着歌野晶午个人风格的进化和成熟。更重要的是，这部作品在推理下隐藏着对人性的理解，因此更为深刻。我愿把《少年日记杀

---

[1] 中译本有三个译名：《樱的圈套》，群众出版社2008年版；《想你，在樱树长满绿叶的季节》，群众出版社2011年版；《樱树抽芽时，想你》，江苏凤凰文艺出版社2017年版。译者均为本书译者赵建勋。

人事件》认作歌野晶午的代表作。值此文库本[1]发行之际，希望读者能发现《少年日记杀人事件》里蕴含的歌野晶午的真正价值。

所谓叙述性诡计，就是通过着眼于某个很小的视点，使小说描写的世界完全变成另外一个世界的写作手法。小说描写的世界是为了让读者获得现实感，明知那是虚构的，但还是愿意相信那是一个真实的世界并沉醉其中，与架空的登场人物产生共鸣，从而达到感情移入的境界。这种视点的切换，在现实世界是不可能实现的，只存在于语言的叙述当中。正因如此，当读者接触到此种反转时，才会感到无比震撼。

歌野晶午在《樱树抽芽时，想你》后写了《关于杰西卡跑出去的七年间》（ジェシカが駆け抜けた七年間について，2004年，尚无中译本）。此时他必须承受要写出"大诡计"的精神压力。结果，《关于杰西卡跑出去的七年间》里的"大诡计"就写成了一个骇人听闻的解谜杂技。就连一直期待这本书的我，读完心里也是五味杂陈。尽管在这本书中作者将"意想不到"的绝技逼近极限，但是解开诡计的技巧，却未能带给读者之前那般冲击。然而《少年日记杀人事件》正是把这种叙述性诡计作为最重要的手法创作的推理小说。但是，这部作品的叙述性诡计不是单纯地让读者吃惊的语言游戏，其中还隐含着对人存在的理由的深刻讨论。

《少年日记杀人事件》的主人公大刀川照音是个初中二年级学生，在班里遭受同学的校园欺凌。最初只是在课间休息时被戏弄，后来被勒索金钱，被逼着偷商店里的东西，因此照音陷入绝境，甚至试图自杀。他诅咒校园欺凌的中心人物是永和庵道等同学，并向神祈祷，请求神杀了他们。照音把遭受校园欺凌的经历逐一写在了一本名为"绝望"的日记本里。照音在"绝望"开头这样写道：

---

[1] 文库本，便携的小开本平装书。

"约翰·列侬说：神只是人类衡量痛苦的一个概念。

"我要说得更明确一点：神根本就不存在！"

…………

"要是有谁还说神存在的话，就请再给我一次机会吧！

"神也好，佛祖也好，如果你们真的存在，就把是永、庵道、仓内都杀了！"

照音一边否认神的存在，一边创造了一个叫"奥依耐普基普特"的神，每天向这个神祈祷，请求神把欺负他的坏蛋及同伙都杀掉，结果他的愿望实现了。关于杀人案件，作者通过叙述性诡计技巧，在小说尾声做了巧妙的解谜。

照音在《绝望日记》开头引用的"神只是人类衡量痛苦的一个概念"这句话，引自约翰·列侬1970年发表的第一张专辑 *Plastic Ono Band*（日译《约翰的灵魂》，中译《塑胶洋子乐队》），这张专辑中的歌曲 *God*（《神》）的第一句歌词就是这么唱的。

《少年日记杀人事件》不仅引用了这句歌词，还把照音的父亲丰彦设定为一个狂热崇拜约翰·列侬的男人形象，并借丰彦之口在小说中述说约翰·列侬的音乐和人生。本来，主人公照音的名字就是丰彦模仿约翰·列侬的儿子肖恩的发音取的。不仅如此，《少年日记杀人事件》各章标题几乎全部取自约翰·列侬的歌名。

唯一不是取自约翰·列侬歌曲的那一章是《原始尖叫》，但是，"原始尖叫"（Primal Scream）是一种精神疗法[①]，也与约翰·列侬有关。披头士解散后，列侬陷入精神上的不安定状态，有了酒精依赖倾向，后来采用"原始尖叫"疗法才从困境中摆脱出来。因此，很多人认为，接受了"原始尖叫"疗法后发表的《约翰的灵魂》，正是利用"原始尖

[①] 19世纪70年代，有一种治疗精神疾患的方法叫作尖叫治疗（Primal Scream Therapy），患者通过大声尖叫把所有被压抑的情绪、压力释放出来。

叫"疗法治疗的结果。这种说法显然是可笑的,在接受过"原始尖叫"疗法的无数患者中,能创作出《约翰的灵魂》的,只有列侬一人。

《少年日记杀人事件》以浓重的笔墨留下约翰·列侬的巨大身影,当然不是作者故弄玄虚,也不是出于对约翰·列侬音乐的爱好。照音的《绝望笔记》是对父母绝望的爱的呼唤,这部小说以此根本性动机为支撑。

作者并没有特意提到列侬家庭的不幸,但众所周知,他从小就生活在一个糟糕的家庭里。《约翰的灵魂》中第一首歌曲《妈妈》是列侬的精神自传,直截了当地唱出了一个孩子的灵魂的惨剧,令人战栗不已。

《少年日记杀人事件》的主人公照音的言行深处,与约翰·列侬《妈妈》中的孩子一样,有一个被深深伤害了的灵魂。《少年日记杀人事件》中的叙述性诡计,都是基于这个根本性动机展开的。《樱树抽芽时,想你》的主人公成濑将虎,在小说开始和结束时,在读者眼里完全是两个不同人物。然而成濑将虎一点儿也没变,只是在读者脑海里的形象完全发生了变化。

但《少年日记杀人事件》跟《樱树抽芽时,想你》的不同之处在于,在这部作品里,作者不但要运用叙述性诡计让读者大吃一惊,还要以此展现照音的灵魂。照音的叙述性诡计不是为了吓唬别人使用的鬼脸,而是一个被伤害的赤裸裸的灵魂的呻吟。

乍看之下,《少年日记杀人事件》只是一个中学生遭受校园欺凌的故事,但通过照音在日记里的叙述,呈现出来的完全就是弗洛伊德提倡的精神分析概念"家庭小说(家庭恋情)"(Family Romance)的面貌。也就是说,现实中孩子和父母的关系,滑向了只有孩子才能描绘出的幻象,并在幻象的作用下,改变了现实本身。茫然间,幻象排除了现实,现实则被幻象代替——解明这个过程,正是《少年日记杀人事件》的有趣之处和真正价值。特别是来宫老师出人意料的介入,读者一定会大吃一惊。最后的写作手法之高明,相信会使读者读后余味无穷。可以说,这是一部可以窥见人灵魂深处的推理小说杰作。

文治
磨铁图书旗下子品牌

更好的阅读

特约监制　潘　良　于　北
产品经理　胡马丽花
特约编辑　朱韵鸽　金　玲
版权支持　冷　婷　李孝秋　金丽娜
营销支持　于　双　温宏蕾　黄晓彤
封面设计　瓜田李下Design
封面插画　瓜田李下Design

关注我们

官方微博：@文治图书
官方豆瓣：文治图书
联系我们：wenzhibooks@xiron.net.cn